볼펜문학회
THE BALLPOINT PEN LITERATURE SOCIETY

A NOVEL
BY KIM SUNGTAE

본 도서는 한국문학예술진흥원의 선정 우수도서입니다.

볼펜문학회
THE BALLPOINT PEN LITERATURE SOCIETY

초판인쇄 | 2024년 12월 14일 **저자 |** 김성태 **펴낸이 |** 김영태 **펴낸 곳 |** 도서출판 한비CO **출판등록 |** 200107년 1월 16일 제 25100-2006-1호 **주소 |** 41967 대구시 중구 남산2동 938-8번지 미래빌딩 3층 301호 **전화 |** 053)252-0155 **팩스 |** 053)252-0156 **홈페이지 |** http://hanbimh.co.kr **이메일 |** kyt4038@hanmail.net

ISBN 9791164871551 03810
값 20,000원

*잘못된 책은 교환해 드립니다.
*저자와의 협의로 인지는 생략합니다.

볼펜문학회
THE BALLPOINT PEN LITERATURE SOCIETY

A NOVEL
BY KIM SUNGTAE

김성태 장편 소설

추/천/하/는/ 말

해야 할 일 하도록,
　　　잘못된 일은 반성하게 만든다

　김성태 작가의 장편소설 『볼펜문학회』는 문단 어느 가상 세계의 아픈 곳을 콕 찍어서 고발하고 있다. 문인이 자기 글만 쓰면 되지 남이 잘 하는 것을 시샘하여 온갖 흠집을 내려고 한다는 점이다. 그것도 우~ 패거리를 만들어가면서 말이다.
　이 작품 『볼펜문학회』에서 주인공은 번역문학가 김성규이다. 한국문학의 세계화를 위하여서는 번역이 중요함을 강조하며 몸소 실천하는 사람이었다. 그러나 뜻하지 않는 덫에 걸리어 '사단법인 국제볼펜클럽 대한본부 달구시지역위원회' 라는 어느 괴상한 단체의 회장이 되었다. 그 단체의 주된 목표는 번역과 국제 교류였다. 그러나 회장이 되고 보니 그동안 번역과 국제 교류는커녕 돈 싸움, 자리싸움, 성 추문과 거짓말 등 이 단체의 비위가 이만저만이 아니었음을 확인하며 정나미가 떨어지게 된다. 더욱이 다짜고짜 회장 지위를 탐하는 자로부터 민사소송까지 당하게 된다. 그러나 주인공은 그런 단체의 회장은 맡고 싶지도 다투고 싶지도 않았다. 그래서 순순히 재판상의 화해에 응하며 엮이기조차도 싫던 그 문제 투성이 단체의 회장 자리를 물려준 바가 있다.

그런 한편 주인공은 번역과 국제 교류를 실천하는 진정하고 새로운 단체 'K볼펜문학회'를 창설하고는 불과 3개월 만에 책 한 권 전체를 뚝딱 번역하고 출판까지 해 내었다. 전 세계가 'K볼펜문학회'의 용기와 실력을 환영하고 박수를 보내었다. 그런데 사촌이 논을 사면 배가 아프지. 기존단체의 무리들은 온갖 트집을 잡아서 김성규를 형사고소하고 경찰과 법원에서 허위의 진술을 하며 끊임없이 괴롭힌다. 그러나 잘못한 적이 없는 김성규는 1심을 쉽게 생각하고 국선변호인을 선임하여 대응하였지만 하필이면 무성의한 변호인을 만난 데다가 자기 측 증인의 증언 실수 등으로 벌금형의 유죄판결을 받게 된다. 김성규는 곧바로 항소하여 2심을 맞이한다. 그러나 국선변호인으로는 안 되겠다는 동료 문인들이 성금을 모아서 사선변호인을 선임해 주었다. 나아가 용기를 내어서 증언대에 나서주는 동료도 있었다. 과연 어떻게 될 것인가? 이러한 사건 전개 과정을 작가는 파트마다 인칭을 달리하며 현장의 모습을 생생하게 보여주는 장점이 있다.

또한 **이 책**은 세계화 시대를 맞이하여 남보다 더 번역하겠다고 쇼를 벌이던 어떤 단체와 사람들이 막상 자신들은 번역을 통 아니 하거나 그들이 했다는 번역조차도 완전히 쓰레기 수준이었다는 것을 여실 없이 보여주었다. 세상에나 시 모음집이라는 '시집'(詩集)을 시집간다는 Marry로 번역한다든가, 자동차가 다니는 '포장도로'를 먹는 포도 Grapes로, '이육사' 시인을 6 Years old라고 이런 어처구니없는 번역을 해서야 되겠느냐 말이다. 나아가서 작가는 법적인 서류들을 되도록 알기 쉽게 진술코자 노력해주었고, 자신의 영문 실력과 번역의 경험을 토대로 하여 정확하고도 효율적인 번역의 중요성을 강조하였다. 다행히도 작가는 **유려하면서도** 박력 있는 문장으로 사건을 잘 전개해 나가고 있는 듯하다. 그러면서도 작가는 문인들이 아니, 사람들이 해야 할 도리를 하게 하고 하지 말아야 할 일은 못 하게 하는 목소리를 들려준다. 아마도 작가 스스로가 상당한 도덕적 기반 위에 서 있어서 그럴 것이라고 믿고 싶다.

(정만진, 소설가, 현진건 학교 교장)

:: 작/가/의 고/백

끝없는 시련을 마주치며

2024년도 노벨문학상을 수상한 1970년생 한강 작가는 상대적으로 나이는 어리지만, 그녀의 전 생애를 문학작품 쓰기에 올인 하였다. 나는 그러지 못하였다. 먹고살기에 바빠서라는 변명도 하고 싶지만, 오랜 기업체 생활과 대학 강의와 나의 게으름 때문에 도저히 시간 내기조차 힘들었다. 더욱이 이런저런 이유로 작은 문학단체들의 몇 개 대표직을 맡으면서 동인지 발간과 시상행사 등에 에너지를 많이 쓰기도 하였다. 그럼에도 나는 공익을 위하여 나름대로 사명감을 가지며 헌신하였다고 자부한다. 그런데 잘하면 잘할수록 질투의 화살은 매우 매서웠다. 그에 따라 예상치 못한 방법으로 시련을 겪기도 하였다. 이곳저곳 호출되거나 가치 없는 문서를 작성하는 일 등에 많은 시간을 뺏기기도 하였다. 살다보면 그럴 수도 있지 하겠지만, 너무나 많은 에너지와 시간과 심지어는 상당한 금전적 피해까지 입기도 하였다. 무엇보다도 어처구니없이 삐딱한 시선을 받게 된다거나 하는 일은 더욱 속이 상했다. 그러나 나는 인복도 많았다. 변함없이 나를 지지하고 도와주시는 동료, 선후배 문인들도 많이 계시기 때문이다.

그래서 한 번도 외로움을 느낀 적이 없다. 해야 할 일이, 하고 싶은 가치 있는 일이 하도 많이 남아서 쓸쓸하거나 심심할 여유조차 없다. 우리는 함께 번역하고, 세계 각국 100개가 넘는 다양하고도 멋진 시화를 전시하고, 다양한 책을 출간하고, 내 호주머니를 털어서 선현들을 기리는 문학상도 몇 개나 제정하여 시상하였다. 또한 국내외의 유명하고도 문학적으로 의미 있는 장소들, 예컨대 일본, 중국, 대만, 호주, 유럽 등의 각종 문학관, 미술관, 공원과 종교시설 등 여러 뜻깊은 곳을 탐방하였다. 그냥 여행만 하는 것이 아니라 영어, 일본어, 중국어, 스페인어, 포르투갈어, 프랑스어, 독일어, 네팔어 등으로 번역하여 현지에서 전시하였고, 낭송하였고, 현지인들과 토론하며 호흡을 같이하였다. 미국, 캐나다, 독일, 프랑스, 러시아의 유명 교수 같은 분들을 초빙하여 국제 문학 세미나도 많이 개최하였다. 동시통역 또는 순차통역인을 대동하였음은 물론이다. 또한 유명 문학을 원작으로 하는 해외의 유명 영화 감상회도 가졌다. 물론 다른 단체들이 관심도 두지 못하거나 제대로 수행해 내지 못하는 사업이었다. 아직도 읽어야 할 책이 많고, 번역을 위하여 사전을 찾아야 할 외국어들은 산같이 높게 버티고 있다. 다만 이 작품의 경우 모두 허구이다. 법률적 다툼을 다루면서 현장감을 살리기 위하여 다수 등장인물들이 구사하는 진술이 나오는데, 독자에 따라서는 다소 지루하거나 성가시게 느껴질 수도 있을 것이다. 이름이나, 장소 등이 우연히 실제와 같을지라도 소설은 소설임을 한 번 더 강조해 둔다. 이에 필자는 이 모든 나의 부족함을 고백하며 지켜봐 주시는 분들의 이해와 따뜻한 격려의 말씀을 구하는 바이다.

(2024년 12월 김성태)

목/차

◂추천하는 말…04

◂작가의 고백…07

1. 썩은 냄새 진동하는 문학 단체…11

2. 번역 장사나 해볼까?…27

3. 이사 회비 내는 사람들…39

4. 사기 번역도 유분수지…49

5. 사촌이 논을 사면 배가 아프다…87

6. 7인의 무뢰한…99

7. 증인의 사전 진술…113

8. 원심에 대한 반론…125

9. 변호인 의견서…171

10. 피고인 마지막 변론하다…203

11. 참된 승리란 무엇인가?…223

1. 썩은 냄새 진동하는 문학 단체

(1)

　회장과 수석부회장이 돈 싸움과 자리다툼으로 피박 나게 싸우던 문학 단체가 있다.
　내가 먼저 회장을 하겠다. 너는 나서지 말거라. 아니 내가 먼저 회장을 해 먹겠다. 너야말로 물러나라. 그래 네가 먼저 회장을 해 먹겠다면 돈이나 듬뿍 좀 내어놓아라. 그래 그건 네 생각이고 꿈도 꾸지 말거라. 아니, 네가 회장 먼저 해먹겠다면 돈 내어놓는다고 했잖아? 뭐라구? 너야말로 거짓말을 하지 말아라. 나는 돈 주겠다는 약속 같은 것은 하지도 않고 한 적도 없다. 아니 그럼 너는 우리 단체에서 잘라버린다. 제명이다. 꺼져버려라. 이렇게 투닥투닥 싸움이나 하고 있다. 패거리를 만들어가며. 그런데 서로 뜻이 맞아서 시작한 동호인단체가 아니던가? 도대체 이게 무슨 짓거리인가?

사단법인 월드볼펜클럽 대한본부라는 단체가 있다.

이 단체는 전국 각지에 각 지역위원회라는 하위 단체를 두고 있다. 다만, 자기네 규정에 의하면

① 먼저 월드볼펜클럽 대한본부에 회비를 낸 회원이 아니면 지역**위원**회 회원도 될 수 없다.
② 또한 각 지역위원회의 회장은 각 지역 인들이 직선제로 선출한다.
③ 부회장 숫자는 3인 이내로 제한한다.
④ 임원선출은 선거관리위원회의 절차를 따른다. 그러면 대한본부가 이들 지역위원회의 회장단에게 인준서를 준다는 것이다. 물론 대한본부의 전 대표자 박동재도 이 선거관리위원회의 절차에 따라서 선임되었다.

선거관리위원회를 먼저 조직하고 그 선거관리위원회가 정한 절차에 따라서 회장과 부회장과 감사를 뽑는다. 사회에 흔히 있는 절차이다. 월드볼펜클럽 대한본부도 마찬가지. 이 단체의 경기도지역위원회, 부산시지역위원회 등 다른 지역위원회는 대한본부의 규정을 충실히 따르고 있는 것으로 확인되었다. 즉, 이들 지역위원회 회원들은 자기들 지역위원회에 회비를 내기 전에 먼저 대한본부에도 회비를 납부하여 자기들 지역위원회에서의 정당한 회원 자격을 갖추었다. 또한 이들 지역위원회 회원들은 먼저 선거관리위원회를 조직하였고, 이 선거관리위원회가 규정한 바에 따라서 자기들 회장을 직선제로 선출하였고, 부회장 숫자도 3인 이내로 제한하였다. 이처럼 타 지역위원회들은 규정대로 실행한 것이었다.

(2)

　그러나 달구지역위원회(달구지역회라고도 했다)의 경우 이 모든 규정을 위반하였다.
첫째, 달구지역회의 회원이 되기 전에 대한본부에 회비를 낸 사람들은 불과 10%밖에 되지 않았다. 매우 큰 격차이다. 즉, 이들은 90%의 무자격 "유령" 회원들이 아닌가? 바로 이 "유령" 회원들이 자기들 단체의 4년 기간의 "유령" 회장을 뽑았던 것이다. 유령 단체에서 말이다.

　달구지역회는 선거관리위원회라는 규정도 지키지 않았다. 선거관리위원장도 없고 선거관리위원회도 없다. 제멋대로 회장이니 부회장이니 임원을 뽑았다. 게다가 부회장 숫자는 규정에 따라 제한된 3명 이내가 아니라 5명을 뽑았다. 더욱이 규정을 위반하며 수석부회장까지 두었다. 그나마 직선제도 아닌 간선제였다. 도대체 무슨 이런 불법 행위가 다 있는가? 여기가 사기꾼들 집합소인가?
　그런데 이런 못된 짓을 감사하라고 장삼구와 **지**행운, 감사가 둘이나 있다. 대체 이들 감사들은 뭐하라고 있나? 하물며 오히려 감사들이 이 무슨 돈거래에 깊숙이 관여하였다고 한다. 정말 개탄할 일이다. 도대체 달구지역회의 회장, 부회장들 그리고 감사들의 불법과 무능과 직무 유기는 어디까지인가?

　사실인즉, 2017년 1월부터 4년간의 임기를 시작하는 달구지역회의 이런 "유령" 회장직마저도 박옥주 씨와 **이동호** 씨가 서로 자기가 하겠다며 피 터지게 싸웠다. 결국 박옥주 씨가 현금 1,000만 원을 내놓는다는 조건으로 **이동호** 씨가 회장직을 양보하였다는 설이다. 처음에는 박옥주 씨에게 1억 원을 요구했으나 서로 줄이자고 합의하여 1,000만 원으로 낙찰되었다는 것이다. 그리고 박옥주 회장 다음의 차기회장은 직접선거도 없이 이동호 씨가 2021년부터 4년간 해먹기로 담합하였다. 그런데 이 담합에 당시 감사라는 자들도 동참하며, 내가 그 담합의 증인이다 라고까지 주장하였다.

  감사들은 재력가 박옥주 씨의 콩고물 돈을 노렸다. 그래서 박옥주 씨가 **이동호** 씨에게 일금 1,000만 원을 준 약속을 한 적이 있다는 주장에 동조하였다. 이럴 수가 있나?

  단체의 주인인 일반 회원들의 의견은 물어보지도 않고 자기들끼리 돈 1,000만 원을 주고받으며 사바사바 담합을 한다고? 더욱이 감사라는 작자가 이 돈거래에 맞장구를 치고 뭐 이런 추악한 단체의 구역질나는 거래가 다 있는가!

  이 단체의 회장과 부회장과 감사가 하는 짓거리가 너무 더럽고 추악하니 그렇다면 이 단체에서 회장과 부회장과 감사를 뺀 사람들만 생각을 한 번 모아보자라는 의견이 생겨났다. 그런데 연회비 5만 원을 내는 평회원까지 모이면 사람이 100명이 훨씬 넘어서 너무 많다. 그래서 연회비 10만 원을 내는 이사들만 모이기로 한 것이다. 1년에 연회비 10만 원을 내는 이사들만 말이다.

  이사들 중에서 출석이 가능한 사람들은 2020년 12월 그들만이 의견을 나누는 모임을 가졌다. 이사들 몇 명만 모이는 자리이니 당연히 이 부도덕한 회장단과 감사들은 초청하지 않았다. 그러자 회장단 즉, 회장과 부회장들 그리고 감사들은 이러한 이사들 몇 명의 모임이 불법이라며 야단법석이 났다. 아니 자기들이 끼일 자리가 따로 있지. 연회비 10만원씩 내는 사람들만 몇 명 모여 회의하겠다는

데 왜 자기들이 시비인지 정말 웃기는 이야기라 아니할 수 없다. 이 사람들 지능이 좀 모자란 것 아닌가?

그래 어쨌든 그렇다면 당시 모인 이사들 몇 명은 무엇을 협의하였나?

이 모임에서 회장을 뽑은 적은 없다. 다만 향후 직선제를 준수하고 회장 임기도 2년으로 줄이자고 의견만 모아서 2020년 현재의 회장단에게 건의한 것이다. 물론 타락한 당시 회장단들은 이 의견을 수용해 주지도 않았다. 이에 이사회비 내는 사람들만의 모임은 그걸로 끝이 난 듯하였다.

(3)

그런데 반전이 일어났다.

현직 회장인 박옥주 씨가 회장 임기를 마치기 직전인 2020년 말 대한본부의 규정에 정확히 입각하여 선거관리위원장으로 원로 중의 한 명인 김중원 교수를 임명한 것이었다. 선거관리위원장 김중원 교수는 규정에 따라서 2021년 1월 임기가 개시되는 차기 회장 희망자를 모집하였다. 여기에 김성규 씨가 회장직에 단독 응모하였다.

이에 선거관리위원장은 단독 응모한 김성규 씨에게 절차에 의거하여 회장 당선 증을 수여하고 임기 2년을 시작하게 하였다. 다만 당시 코로나19가 절정이었던 때였다. 그래서 그 무렵의 여타 다른 단체들처럼 집합총회는 생략되었다. 휴대폰 카톡 방과 인터넷을 이용한 총회로 마감하였던 것이다.

2021년 회장에 당선된 김성규 씨는 스스로 임기를 줄이고 중간평가까지 받겠다고 하였다. 그러나 회장이 되지 못한 **이동호** 씨는 강력 반발하였다. 특히 전임회장 박옥주 씨에게 온갖 불평을 다하였다. 우선 약속한 돈 1,000만 원을 내어놓아라. 그리고 나를 회장에 시켜주지 않았으니 위자료 1억 원을 내놓으라는 등 내용증명 우편까지 보내면서 압박을 가하였다. 그러나 전임회장 박옥주 씨는 이동호 씨에게 '당신이 나에게 1,000만 원 요청을 하였지만 내가 언제 준다는 약속을 하였느냐' 하며 반박하였다. 더욱이 '코로나 때문에 총회가 없었지 않느냐? 그러므로 당신이 주장하는 대로 집합총회가 없는 것이 문제라면 비록 회장 임기 4년이 2020년 말로 지났지만, 2021년 아직도 회장은 아직도 바로 나 박옥주야!'라고 주장하였다.

(4)

대한본부의 무능력과 규정 위반, 그리고 달구지역회가 행하는 각종 불법행위와 금전 추태, 그리고 서로 회장을 해 먹겠다는 자리다툼에 환멸을 느낀 김성규 신임회장.

그는 임기가 시작된 지 10일 만에 월드볼펜클럽이니 대한본부니 하는 데와는 완전히 독립한, 국제적인 새로운 문학단체를 추가로 설립하기로 하고 비대면 회의를 열었다.

새로운 문학단체, 국제적인 문학단체, 아무 단체에도 속하지 않는 완전 독립적인 문학단체의 이름을 K볼펜문학회로 정하여 설립하기로 하고 순 인터넷만으로 진행하는 비대면 회의를 개최하였다. 그리고 인터넷상에서 많은 사람들의 동의를 얻어서 새로운 단체를 출발시켰다. 곧이어 김성규는 새로운 단체의 회장으로 취임하여, 즉시 여러 활동을 전개하였다.

먼저 K볼펜문학회원들의 동인지 창간호 발간에 착수하였다. 책 전체의 번역은 당연하였다.
연간지 『K볼펜문학』이라는 책이다. 그리고 다양한 국제시낭송회와 국제시전시회 등 실질적인 국제교류활동을 세계에서 가장 많이 진행한 것이다. 물론 단체의 명칭도, 정관도, 고유번호도 완전히 새로운 것이다.

한편, 김성규 회장은 대한본부 달구지역회의 사무국장이 갖고 있던 직인과 예금통장도 반납하고자 이동호 씨에게 연락했다. 이동호 씨가 달구지역회의 차기 회장을 꼭 해먹겠다고 하는 고로.
그러나 이동호 씨는 김성규와의 만남을 명시적으로 거부하였다. 무조건 소송부터 걸겠다고 펄펄 뛰고 있었다.
이에 오기호, 정만수 등 지역원로문인 5명도 중재에 나섰다.
먼저 김성규 씨로부터 달구지역회 단체의 회장직과 기존 회비 통장을 모두 양보한다는 확인을 받은 지역 원로들은 두 사람의 만남을 구두와 서면으로 권유하였다. 그러나 역시 이동호 씨가 명시적으로 거부하여 무산되었다.

김성규 씨는 기존 통장으로 넘어온 전년도 회비 잔액 400여만 원에다가 이자까지 보태어 500만 원 정기예금으로 잘 보관하여 두었다. 물론 이 잔액에는 김성규 씨 자신이 정산 받아야 할 돈도 100만 원 이상이 있으나 그것마저도 다 포기하고 보관하였다. 그리고 나중에는 법원에다가 공탁하였다. 상대방이 돈을 안 받겠다는데 어떡하겠나? 어떻게 할 방법이 없었다.

(5)

그런데 이동호 씨는 2021년 1월 초 아직도 달구지역회라는 단체의 회장임을 자칭하는 박옥주 씨를 상대로 이사회 결의 무효 확인 및 회장지위 부존재 확인 소송을 제기하였다.
그러나 달구지역회는 이동호 씨가 지목하는 이사회 자체가 없었다. 따라서 회장을 뽑는 이사회 결의 같은 것은 애당초 존재하지도 않았는데? 이 무슨 주제 파악도 안 된 헛발질이며 불필요한 소송인가? 다만! 자기가 아직도 회장임을 주장하다가 소송을 당한 자칭 현직 회장인 전임 회장 박옥주 씨는 좀 귀찮게 되었다. 그래서 박옥주 씨는 한 달간의 고심 끝에 "나는 회장이 아니니 소송을 기각시켜 달라"는 답변서를 법원에다가 제출하였다. 따라서 회장도 아닌 사람에게 소송을 제기한 원고 이동호 씨는 100% 패소하게 되었다.

　소송을 제기한 이동호 씨는 원고인 자신의 이름을 이필명이라고 오기하였다. 그래서 이후 재판 중에 자기 이름을 변경시키는 머저리 같은 쇼도 벌였다. 당사자 명의 변경 신청을 했던 것이다. 그런데 자기 이름을 잘못 쓴 이동호 씨. 이제는 피고의 이름도 잘못 써서 피고도 아닌 사람에게 소송을 걸었다? 참 별난 코미디가 다 있네…
　당혹한 이동호 씨. 자기가 제기한 소장에서 다시 한 번 더 당사자명의 변경 신청을 하였다. 즉, 박옥주라던 피고의 이름을 변경하여 이번에는 김성규 씨를 상대로 회장지위 무효 확인 소송을 진행하였다. 그런데 이번에는 피고 김성규 씨의 주소를 틀리게 적었다. 그래서 다시 한 번 더 소장을 변경하였다.
　원고인 이동호 자기 이름이 틀려서 소장을 고치고, 피고 김성규의 이름이 틀려서 소장을 또 고치고, 이번에는 피고의 주소가 틀려서 또 고치고… 더군다나 쯧쯧. 부장판사 출신의 소송대리인까지 아주 비싼 돈을 들여서 사 놓고서는 무려 3회나 소송 서류를 고친 것이다. 정말 쯧쯧!

그런데 말이야. 신임 회장인 김성규 씨는 "나는 사단법인 월드볼펜클럽 대한본부 달구지역회 같은 단체의 회장 나부랭이 짓은 하지 않겠다. 나는 완전히 새로운 단체, 국제적인 단체, 독립된 단체인 K볼펜문학회의 회장만 하겠다."라고 입장을 밝히는 것이 아닌가?

김성규 회장은 **무슨** 달구지역회라는 단체의 회장을 안 하겠다는데, 나더러 회장을 하지마라는 소송을 왜 제기하나? 라며 참 황당해하였다.

더욱이 이동호 씨가 앞서 원로 문인 다섯 분의 권고를 받아들였더라면 자기 목적을 쉽게 달성할 수 있었을 것이고, 김성규 씨가 만나자고 했을 때 만났더라도 그때 이동호 씨 자기가 회장이고 직인이고 통장이고 뭐고 다 가져갈 수 있었을 것 아닌가? 그런데 이제 와서 구태어 왜 소송을 거는지 참으로 이해할 수 없는 일이다. 더욱이 김성규 씨는 자기가 "이사회에서 회장이 된 것이 아니고 선거관리위원회에서 회장으로 선출되었다"는 설명도 했었다. 원칙대로 했고, 그것이 사실대로임을 밝힌 것이다,

이에 김성규 씨가 회장직에 욕심이 없음을 확인한 담당 재판부는 결국 김성규 씨의 "회장 지위를 중단하고 소송 비용은 각자가 부담하라"는 <화해 권고 결정>을 내렸다. 김성규 씨야 원래 그 회장 안 하겠다는데 따질 것이 있나? 법원의 <화해 권고 결정>을 즉시 받아들였지. 그런데

이동호 씨는 <화해 권고 결정>의 결정문에 따라서 막대한 소송비용을 자기가 부담해야만 했지. 참 약도 오르시겠네. 그러나 우선은 일단 달구지역회에서 그가 누구이든 다른 사람이 맡고 있는 회장직은 중단시키고, 이동호 본인이 그 자리에 취임하는 절차를 밟아야 하지 않겠는가? 그래서 이동호 씨는 자기도 그 화해 권고안을 받아들였다. 자기가 부담해야 하는 소송비용은 참 아까웠지만…

화해 권고는 대법원에서 확정 판결 난 것과 마찬가지라서 받아들이면 더 이상 이의제기 즉, 항소 같은 것은 하지 못한다. 당연한 것이다. 그리고 누가 이겼다 졌다가 아니고 서로 "합의"하는 것일 뿐이다. 그런데 이동호 씨 일당들은 난데없이 <화해 권고 결정>을 "승소"했다면서 온 동네방네 떠들고 다니고 있데. 무식한 것인지, 뻔뻔스러운 것인지. 참 부끄럽지도 않나?

그런데 달구지역회라는 단체의 전직 수석부회장 이동호 씨 일당들은 전직 회장 박옥주 씨를 비롯하여 자기 눈에 차지 않은 회원 10여 명을 아예 회원 명부에서 싹둑! 제명시켜버렸다. 그 어떤 사전 통보나 정당한 절차도 밟지 않고 말이다. 그렇다. 회원으로서 가지고 있는 권리와 업무를 원천적으로 차단한 것이다. 그래! 이 달구지역회라는 단체의 직전 회장이 바로 자기가 수석부회장 시켜준 사람한테 제명당했다는 말씀이다. 그야말로 콩가루 집안이 아닌가?

한편 이동호 씨 일당들은 자기들이 매년 발행하는 연간지 책에다가 자기들 단체의 회장도 하지 않겠다는 김성규 씨의 실명을 거론하며 명예를 훼손하였다.
김성규 회장이 불법단체를 만들었다느니, 돈 500만 원을 횡령해 먹었다는 등 터무니없는 비난을 퍼부어대었다.

"출판물에 의한 명예훼손"까지 서슴지 않은 것이다. 당연히 이들 명예훼손의 주동자들은 경찰 수사를 받게 되었다. 이들은 가까스로 처벌에서 빠져나가기는 하였다. 그러고도 성에 차지 않은 이동호 씨 일당들.

 이후 자기들과는 완전히 상관없는 새로운 국제적인 문학 단체만 맡겠다는 김성규 회장을 상대로 업무방해 운운하며 형사 고소를 제기하였다. 그런데 그 고소 참여자들의 명단에 조만진 소설가 등 많은 사람들의 이름을 도용하였다. 이동호 씨 일당들. 정말 겁도 없는 무서운 자들이다. 어떻게 고소장 같은 중요한 법적 서류를 작성하면서 그 고소 참여자 명부에 조만진 씨 등 동의도 받지 않은 개인의 이름을 명의 도용하는 일을 덜컥 저지르는가? 당연히 명의를 도용당한 피해자들은 펄쩍 뛰고 야단났다. 이들 명의도용 피해자 일부는 이동호 씨 일당에 대하여 민형사상의 법적 책임을 묻기로 했다. 그리고 우선 이동호 씨에게 그런 내용의 내용증명 편지까지 보낸 상태이다. 향후 무언가가 진행될 수 있겠지.

(6)

 그럼, 이동호 씨 일당들은 새로운 국제단체 K볼펜문학회의 김성규 씨를 상대로 무엇을 고소하였단 말인가? 이들은 크게 세 가지를 시비 걸었다.

① 첫째, 너희들 단체이름 K볼펜문학회를 쓰지 말아라. 그거 우리 대한본부 달구지역회라는 단체에 대한 업무방해야.
 -으잉? 그건 말도 안 된다. 남이야 자기 이름을 개똥이라고 하는데 말똥이가 웬 시비람? 자기들과는 전혀 상관

없는 이름이 아닌가? 그것도 특허청에 먼저 신청된 남의 이름 보고 시비 걸다니. 업무방해가 될 리가 있나? 그래서 당연히 이름에 관한 고소 건은 고소한 즉시 경찰서에서 기각되었다. 즉, 검찰청으로 송치하는 일이 없게 되는 불송치 결정이 이루어졌다.

② 둘째, 너희가 가져간 통장, 도장, 태극기 등을 다 내어놓아라.
정말 웃기는 이야기이다. 이들 물품들은 고소인 일당 자기들이 갖고 있는 것으로 판명 났다. 참 뻔뻔스럽기도 하지. 이 역시 바로 기각이 되었다.

③ 셋째, 너희 단체 K볼펜문학회의 회비는 나의 돈이다, 그 돈 내어놓아라.
세상에 이런 날강도 같은 자들이 있나. 그런데 이 당연한 엉터리 돈 청구 짓거리를 부장판사 출신의 비싼 변호사를 고소 대리인으로 내세워 그럴듯하게 조작해 놓았다. 통장이 같은 통장이었던 것이다.
사무국장 박홍자의 무능과 게으름 때문이었다. 즉, 사무국장이 이전 단체의 회비 수령 통장 상의 대표자 이름만 박옥주에서 김성규로 바꾸어서 새로운 단체 K볼펜문학회의 회비를 받았기 때문이다.

　그래도 물론 그 회비는 새로운 단체의 회비이다.
　세상에 남의 단체 회원들이 자기들 회비를 모아서 자기들 책을 내고, 자기들의 국제 시화전을 비롯한 각종 행사를 하겠다는데 도대체 그 돈을 왜 **빼앗아** 먹겠다는 거야? 파렴치하기가 이를 데가 없다. 그렇게 할 일이 없나? 더욱이 김성규 씨가 법원에 맡겨놓은 공탁금은 삼 년이 넘도록 찾아가지도 않았다. 즉 이동호 일당은 돈 그 이상의 것을 꾀하는 것이다. 즉, 자신의 무능력과 부도덕을 면피할 목적으로 죄없는 사람을 쪼아대는 방식으로 눈을 돌리고자 한 것이다. 그냥 사촌이 논을 사면 배가 아파서 자꾸 시비 걸고 싶은 것 아닌가? 세상에 이런 짓거리를 다 하시나?

결국 재판을 통하여 진실을 밝혀야만 하게 되었다. 그리고 이들의 야비한 무고행위는 반드시 고소되어 책임이 돌아갈 것이다. 최근 서울에서 위세를 떨치던 대한본부의 박동재 회장이 현직 재직 중에 세상을 하직하였다. 꼴랑 문학단체의 회장이 뭐라고 곧 죽을 줄도 모르고 설치고 다녔단 말인가? 또한 달구지역회의 이종희 전 회장도 유명을 달리하였다. 한 줌 재로 돌아가기는 너와 나도 멀지 않다. 어처구니없는 법 질이나 하는 이동주 씨 일당들. 이들에게 인생이란 무엇인지 묻고 싶구나. 쯧쯧.

더 한심한 모습을 빠뜨릴 수 없다.
나의 술 친구를 위하여, 나의 책 장사를 위해서, 혹은 나의 옷 장사를 위해서, 혹은 나의 보험 장사를 위하여, 혹은 선거에서의 나의 득표를 위하여, 혹은 나의 쥐꼬리 상금을 챙겨먹기 위하여, 혹은 나의 콩고물 푼돈 벌이를 위하여…
이렇게 들쥐처럼 모여 있는 패거리 일당들… 그 추악한 고소인 명부에 자기 이름을 슬쩍 집어놓고는 적극적으로 혹은 나는 몰랐다는 듯이 관전을 즐기는 일당들 말이다. 특히 달구지역내의 싸움을 말리고 중재해야 할 소위 노땅들이 한 편에만 슬그머니 발을 담그고는 원로 대접을 누리고 있다. 왜 당신들은 중재를 위해 노력한 다른 원로들의 참된 자세를 못 따르나?

그런데 이동호 씨 일당들은 정말 간도 크시지…
재판이 만만치 않으니 이번에는 법정에 자기 일당 두 사람이 출석하여 마음대로 위증을 하였다.
이동호와 박홍자가 자기들 증인으로 참석하였다. 판사가 오판토록 유도하겠다는 거지. 그럼 어떻게 될까? 우선 먹기는 곶감이 달듯이 남을 괴롭히고는 쾌재를 부르겠지. 그러나 나중에는 당연히 위증죄의 처벌을 받아야 하는 것 아닌가? 이런 추악한 짓거리들을 왜 하고 있나?
한편, 이미 먼저 고소까지 해먹었지만 기각되어 종결이 난 달구지역회의 단체 이름 사건. 경찰에서 불송치 결정. 즉, 기각 결판이 난 지가 3년이나 지났음에도 불구하고 아직도 남의 단체보고 너네 이름 K볼펜문학회를 쓰지 말라하며 헛소리하고 있는 이 철없는 떼거지 달구지역회 단체의 일당들, 도대체 남의 단체 이름은 왜 아직도 들먹거리고 있나? 이게 정말 뭐 하는 일당들인가? 서울에도 홍길동이 살고, 대구에도 홍길동이 산다. 서울에 부산식당이 있고 부산에는 부산 식당과 부산 카페가 있다. 그런데 서울에 있는 부산식당이 부산에 있는 부산식당과 부산 카페보고 왜 너희들이 내 허락 없이 부산이라는 이름을 쓰느냐 하는 것과 마찬가지이다. 단지 남을 괴롭히기 위한 악취미로 끝없이 시비 거는 것이지.

이미 이동호 일당들의 출판물에 의한 명예훼손은 피고소되어 수사가 진행 중이다. 물론 교묘한 사술로 피해 갈 수는 있겠지. 그래도 무고죄와 위증죄 그리고 업무방해죄 역시 법적 처벌을 면할 수 없을 것이다. 정말 뭐 하는 짓거리들인가? 그리고 재미있다고 지켜보는 자칭 원로들과 들쥐 같은 작자들…
회장과 수석부회장이 돈과 자리다툼으로 피박 나게 싸

우던 달구지역회 단체의 썩은 냄새는 날이 갈수록 진동하고 있다. 그럼 이제 엉터리 번역을 하는 사람이 누구인지? 이동호란 누구인지, 김성규란 누구인지, 박옥주란 누구인지 그리고 김중원 교수란 누구인지 좀 더 알아나 볼까? 그들이 어떤 일을 했는가를 살펴보면 저절로 알 수 있게 되겠지.

2. 번역 장사나 해볼까?

　　내 이름은 박홍자. 번역 장사하는 사람이다. 더 정확하게 말하면 사기 번역해서 돈 벌어먹는 사람이다. 2020년 가을 내가 먼저 김성규 집 근처를 찾아가서 전화했다. 역시 그는 바쁜 사람인 모양이다. 전화를 바로 받지 않았다. 30분 후에야 그로부터 전화가 도로 걸려 왔다.

　　"여보세요? 박홍자 선생님. 전화하셨네요. 못 받아서 미안합니다. 안녕하세요?"
　　역시 그는 예의가 바르다.
　　"예~ 김성규 선생님. 여전히 바쁘시네요. 오늘 제가 좀 찾아뵈어도 좋을까요?"
　　"예, 그렇게 하셔요. 마침, 오늘 점심식사시간이면 괜찮은데, 근데 무슨 긴한 일이라도 있으세요?"
　　"아, 예. 고맙습니다. 우리 달구볼펜클럽 관련 일이구요. **안주석** 선생님과 함께 찾아갈게요."

"안주석 선생님이 누구시죠?"

"아, 안주석 선생님. 사업하시는 분이신데, 지난 일요일 소재 발굴 답사모임에서 만나셨던 분이지요. 말씀이 좀 많으시던…"

"그래요? 그럼 박홍자 선생님 좋을 대로 하십시오. 환영하겠습니다. 그런데 두 분을 어디로 모실까요?"

"예, 김성규 선생님 댁 근처 <한 농부의 밥상>이라는 한식당이 있죠? 그곳이 깨끗하고 맛있던 것 같은데요?"

"아, 그 식당도 아세요? 그럼 한 시간 뒤 그 식당에서 뵙도록 하겠습니다."

"예, 그럼 저희는 둘이 함께 찾아가서 뵙도록 하겠습니다."

나, 박홍자가 알고 있는 김성규는 지역 최고의 명문고등학교와 명문대학 출신으로서 1990년대 초 모 신문의 신춘문예에 당선되며 등단하였다. 평소 말수가 적고 자기를 내세우거나 하는 사람은 아니었다. 그는 시도 쓰고 소설도 쓰고 수필도 쓰지만, 그것보다는 미8군 번역관과 대기업의 해외주재원 출신으로서 상당히 실력 있는 번역 전문가로 이름이 더 잘 알려져 있었다.

얼마 전에는 영어 뮤지컬 <황태자의 첫사랑>도 각색하여 무대에 올렸다고 한다. 그런데 김성규는 이미 1980년 초 즉, 약관 25살 때 당시 최고로 유명한 <하버드 대학의 공부벌레들>이라는 책 시리즈를 번역하여 크게 성공하였다. 1971년 하버드 로스쿨 교수 존 제이 오스본 주니어가 저술한 책으로 1권과 2권이 있다. 영화와 TV 드라마로도 제작되어 전 세계를 열광케 한 작품이었다. 김성규는 제2권을 담당하였다.

특히 제1권 <Paper Chase>라는 원제의 소설을 1973년 영화로 각색한 영화감독 제임스 브릿지스는 아카데미 영화제에서 각색상 후보에까지 올랐다. 남녀 주연배우는 티모시 보톰즈 그리고 린지 와그너였다. 린지 와그너. <더 바이오닉 우먼> 그리고 <육백만 불의 사나이>의 주인공 린지 와그너 말이다. 그 연기 잘하고 177cm의 키 큰 글래머는 1977년 에미상까지 받은 명배우였지. 그러나 킹스필드 역을 맡은 존 하우스만이 아카데미 남우조연상을 수상하여 <하버드 대학의 공부벌레들>이라는 책은 더욱 유명해졌다. 이후 존 하우스만은 TV 드라마에서도 같은 역할을 맡았다. 제2권의 원제는 <The Associates> 였는데, 이들 책을 김성규가 주로 번역하였다고 한다. "페이퍼 체이서"는 책과 논문만 파고드는 사람이라는 뜻이고 "어소시에이츠"는 로스쿨을 졸업하고 변호사 시험에 합격하여 로펌에서 일하는 초급변호사들을 일컫는다.

　김성규는 또 전미도서 문학상 수상 작가 릴리안 헬만의 1973년 발간 회상록인 "Pentimento"를 비롯한 다수의 책을 더 번역하였다.
　"펜티멘토" 책의 한 챕터인 "줄리아"는 영화로도 제작되어 제이슨 로바즈, 바네사 레드그레이브 등 남녀 조연배우 상과 최고 시나리오 상 등 아카데미상을 3개나 받았다. 헨리 폰다의 딸인 제인 폰다는 주연여배우상 후보로 만족해야 했던 영화이다. 그런데 김성규는 번역서뿐만 아니라 자기 개인 작품을 한글 또는 영어로 출간하기도 하였다.
　한편 김성규는 음악, 영화, 뮤지컬 등 다방면의 문화예술 분야에서 아는 것이 많다. 그래서 일간지에 김성규 개인 이름으로 된 칼럼 란을 두고서 다년간 영화평론, 음악평론을 게재하였다. 또한 여러 권의 문화 관련 책까지 발간하여 명실상부한 문화평론가로서도 잘 알려져 있다.
　특히 김성규는 지역 문단의 동료들에게는 번역료를 전혀 받지 않고 무료봉사해 주는 사람으로 알려져 있다. 동료끼리는 보수를 받는 법이 아니라고 한사코 번역료를 사양하였다고 한다. 그래서 다수로부터 존경을 받고 있다. 물론 무료 번역의 은혜를 입고도 그의 등에 칼을 꽂는 배신자들도 있다. 한주창, 문혜자, 이가열 등 한 두 명이 아니다. 그럼에도 김성규는 그런 것에 개의치 않고, 손익을 떠나서 자신의 소신대로 행동하는 사람이다.

내가 김성규와 같이 만나기로 한 안주석 사장은 사업가로서 꽤 성공하였다. 주로 숙박업에 전문이었다. 그런데 뒤늦게 문학에 발을 디뎠고, 학력이나 다른 경력에서는 특별히 내세우는 것이 없는 것으로 보아 문학인들과 함께 어울리며 문화적인 신분 상승을 꾀하는 사람인 것으로 판단하고 있다. 그는 최근에는 시집도 한 권 내었다. 그는 말하자면 돈은 좀 있는 사람이다. 그러므로 나에게 필요하고 내가 꼭 가까이하고 싶은 사람이다. 지역 문학계에 발이 넓은 과부 작가 박홍자와 돈 많고 문단에 기웃거리고 싶어 하는 안주석과는 서로 이용하고 이용당할 가치가 있기 때문이다. 좋은 말로는 서로 상부상조할 수 있다는 것이다.

내가 알고 있는 김성규는 번역문학의 중요성을 강조하는 사람이다. 그래서 그 사람의 주변에는 항상 번역거리가 넘쳐 있다. 그가 너무 바빠서 번역하지 못할 경우 그 번역 대상들은 나에게 넘어올 수 있다. 그럼 나는 유료로 번역하는 것이다. 나, 박홍자는 초급대학 아동보육과를 졸업하였다. 그래서 사실은 영어의 영자도 모른다고 할 수 있다.

이 교활하고 나이만 먹은 아줌마인 박홍자인 나에게 번역 수입이라는 아르바이트는 참을 수 없는 유혹이다. 참 웃기는 이야기이다. 문인이랍시고 아는 척하는 사람들이 사실은 영어 하나 제대로 구사 못하다니. 요즘은 중학생들도 영어를 잘하는데. 사실상 무식한 사람들이다. 그리고 이런 무식한 사람들이 많은 사회에서나 통할 수 있는 사기행각이 바로 이 번역 사기이다.

그런데 이 사기 행각으로 들어오는 푼돈이 제법 쏠쏠하다. 착하고 남의 부탁을 잘 들어주는 김성규는 나에게 번역거리를 많이 넘겨줄 것이고 그러면 나는 더욱 수입이 많게 된다. 나로서는 꿩 먹고 알 먹기인 셈이다.

현재 내가 속한 문학단체 사단법인 월드볼펜클럽 대한본부 달구지역위원회. 별칭으로는 달구지역위라고도 하고 약칭으로는 달구볼펜클럽이다. 달구볼펜클럽이 발행하는 연간지 『달구볼펜문학』은 전체 원고 중 3분의 1 내지 4분의 1 정도만 번역이 되어 있다. 김성규는 이래서는 안 된다. 책 전부를 번역해야 한다고 주장하던 사람이다.

달구볼펜클럽의 정관에 의하면 그 목적에서 제1번이 번역, 제2번이 국제교류라고 되어 있기 때문이다. 그러나 지금까지의 회장과 임원들은 이를 거의 지키지 않았다. 한심한 사람들이다.

단체의 정관에도 제1순위로 명기된 번역 업무를 잘 하지 않는 그 주된 이유는 그동안 이 단체의 회장과 임원 자신들의 외국어 실력이 형편없기 때문이었다. 당연히 번역은 이들의 주된 관심사가 아니었고 오직 문학단체 임원이라는 자리에 대한 욕심 그리고 시청에서 내려주는 보조금을 챙기는 일 등에만 관심이 더 있기 때문이다. 그래서 책의 일부밖에 번역을 하지 않는 것이다. 만약 김성규 같은 이가 달구볼펜클럽이라는 단체의 회장이나 된다면 당연히 책의 전부를 번역하려 할 것이고, 그러면 나에게도 일거리가 많이 떨어져서 결국은 이 박홍자의 생활비 벌이에도 도움 되지 아닐까 싶은 것이다.
　물론 내 영어 실력이 형편없음을 주변의 문인들은 모두 잘 알고 있다. 본래부터 꽝이었어. 그래서 나는 우리 언니 박대자의 이름을 팔았다. 우리 언니는 미8군 식당의 웨이트리스였다. 그러나 나는 이를 숨기고 언니가 미8군 번역관이라고 했다. 그래서 번역거리가 넘어오면, 나는 언니 대신 나 자신이 이를 컴퓨터로 기계번역을 하였다. 그리곤 미8군 번역관 박대자의 번역이라고 속인 뒤 번역료를 챙겨 먹은 것이다.

　사실 기계번역이란 오류투성이다. 그러나 너무나도 게으르고 무식한(?) 우리 단체의 문인들은 모두들 감쪽같이 속아 넘어갔다. 실제로 그들은 남의 번역이 잘 되었는지 못 되었는지 알아낼 실력이 없다. 나아가 자기 작품이 꼬부랑 서양 글로 바뀌어져만 있으면 알량한 자부심을 느끼며 만족하는 것이다. 굳이 그 번역이 잘 되었는가 못되었는가를 따져보는 짓은 그들에겐 귀찮기만 한 일이었다. 그런데 박대자의 이름이 너무 오래 팔리었다. 그래서 번역인 박대자가 누구인가 즉, 번역자의 정체에 대해서 사람들의 관심이 차츰 높아졌다. 그래서 나는 참신한 새 인물로 정미자 즉, 나의 딸 이름을 팔아서 번역 인으로 내세웠다. 물론 나의 딸내미 역시 영어에는 꽝이다. 정미자는 미술을 전공하였고, 겨우 초등학생 미술 과외를 할 당시에 영어 과외까지 덤으로 해 보았을 뿐이다. 그러나 나는 나의 딸을 영어 박사라고 속이고 어수룩한 노인들로부터 계속하여 번역료를 챙겨 먹었다. 그들은 도대체 번역자의 이력이 어떤가를 물어보지도 않았다.

　그런데 작가들이 나에게 주는 번역료는 적어도 운문 한 편에 5만 원, 산문 한 편에 10만 원씩 주었다. 나는 날름날름

이를 받아먹었다. 주로 재산은 많지만 나이가 들고 성격이 비사교적이라서 친구가 별로 없는 노년의 문인들이 나의 밥이었다.

특히 올해 90세가 넘은 이순자 할머니는 나의 영원한 호구였다. 죽은 남편의 유산만도 넘치는데, 의사 아들을 둘이나 둔 이 할머니의 용돈은 무궁무진했다. 다만 나이가 들어 운신이 불편하니 남들과 잘 어울리기가 어려웠고, 다른 사람들 역시 잘 상대해 주지를 않는다. 게다가 이 지역 출신이 아니라서 더욱 소외감을 느끼고 있었다. 이순자 할머니는 남들이 잘 상대해 주지 않는 자기를 이 박홍자가 다가가서 알랑방귀를 뀌어주며 자기가 못하는 번역 업무 그리고 궂은일을 좀 대행해 주면, 지갑 여는 것은 너무나 쉬운 일이었다.

드디어 점심시간이다. 시간에 맞추어 식당에 가니 김성규가 미리 나와 있었다. 우리 두 사람을 반갑게 맞이해 주었다.
우리는 이 식당에서 가장 잘 팔리는 메뉴를 주문하였다. 가격이 다소 높았지만 우리는 결국 김성규가 손님들을 접대해 줄 것임을 잘 알고 있었다. 실제로 식사가 끝난 뒤 식사비는 김성규가 지불하였다. 사실은 우리가 먼저 김성규를 보자고 한 것인데, 먼저 만나자고 한 사람이 식사비를 내어야지… 김성규는 착한지는 몰라도 똑똑하지는 못하다. 공부는 좀 못했어도 남의 등쳐먹기를 잘 하는 내가 훨씬 더 똑똑하지. 흐흐.

식사를 하면서 나와 **안주석**은 본론을 논하였다. 내가 먼저 이야기를 꺼내었다.
"김성규 선생님, 우리 달구볼펜클럽의 차기 회장님이 좀 되어 주십시오."
김성규가 깜짝 놀란 듯 대답을 이었다.

"예? 저는 일개 번역 인이지 회장직 같은 것은 생각해 본 적이 없는데요?"

"아닙니다. 김성규 선생님은 번역도 잘하시고, 인품이 원만하시니 우리 달구볼펜클럽의 회장직으로 딱 적임이십니다. 그저 눈 딱 감고 저희들이 시키는 대로 회장님이 좀 되어 주십시오"

"그래도 우리 문학회의 차기 회장직은 이미 이동호 씨가 사실상 정해져 있지 않는가요? 지금 수석부회장하는 이동호 씨말입니다."

"에이, 그 사람은 나쁜 사람이에요. 그 사람이 우리 단체 회장이 되면 절대 안 되지요"

"아니 왜 이동호 씨가 나쁜 사람이지요?"

"그 사람 실력도 없고 성질도 더럽답니다"

그러자 옆에 앉은 안주석이 거들고 나섰다.

"이동호 그 새끼. 때려죽일 놈입니다. 개새끼보다도 못한 놈이에요."

김성규가 깜짝 놀라 반문하였다.

"왜요? 무슨 일이라도 있었나요?"

안주석이 목소리를 높여 대답하였다.

"그 새끼가 걸핏하면 나보고 시는 이렇게 써야 한다. 저렇게 써야 한다며 잔소리를 해대었지요. 실제로 실력이라고는 하나도 없는 놈이"

"그래서요?"

"아, 그러더니 이 새끼가 내가 쓴 시집의 발문을 쓰겠다고 하는 것이에요. 그리고 출판사에도 싸게 출판하게 해 준다고 해서요. 그래서 제가 이동호 이 새끼한테다 제 시집의 발문을 맡겼고, 출판사는 그 자식이 추천하는 곳에 맡겼던 것이지요."

"그런데 무슨 문제가 있었다는 거지요?"

"도대체 이런 놈의 새끼가 문인입니까? 아니 제가 쓴 소중한 시 작품들의 뜻을 하나도 이해하지 못했지 뭐예요? 그래서 자다가 남의 다리 긁는 잡문만 잔뜩 그려놓았지 뭐예요. 어휴, 이 새끼 때문에 내 시집을 망쳤어요, 망쳤어"
 "저런, 정말 안됐네요."
 "그뿐이 아니에요, 김 선생님. **이동호** 그 새끼가 추천한 '그대로' 출판사 말이에요. 얘들은 또 나에게 바가지를 씌웠지요. 값이 싸기는 뭐가 싸요? 제가 첫 시집이라니까 완전히 두 배 바가지를 씌우려 하지 뭐예요. 책도 엉망으로 찍어 내었구요. 그래서 저는 출판사보고 책을 다시 만들라고 했어요."
 "그래 다시 책을 만들어 주던가요?"
 "아니에요. 그래서 아직도 '그대로' 출판사와는 대치 상태랍니다."
 "그럼, 1차 출판비를 주기는 주었나요?"
 "아니죠, 아직 줄 수가 없지요…"

 안주석이 이동호와 출판사에 대하여 불만을 목소리 높여 이야기하자 잠시 대화 분위기가 냉랭하여졌다.
 김성규가 먼저 입을 뗐다.
 "아무튼 잘 해결되시기를 빕니다."
 그러자 기다리고 있던 내가 말을 받았다.
 "김성규 선생님, 일단 김 선생님은 가만히 계시고요. 우리가 김 선생님을 위한 서명 운동을 하여 선생님을 반드시 회장으로 만들어 드릴게요. 그래서 이동호 지가 차기 회장 내정이니 뭐니 하는 말은 쑥 들어가게 하고요. 그래서 정관에 하라고 규정된 번역 업무도 우리 한 번 제대로 해보기로 해봐요."
 "글쎄요, 그럼 저는 무얼 해야 하나요?"
 "김 선생님은 그냥 가만히 계시고요. 그냥 저희가 김 선생님 회장 만들기 운동을 위한 서명받기를 하러 돌아다닐 터이니깐 택시비만 좀 내어주시면 되어요."
"택시비야 문제가 아니지만…"
"그럼 됐어요. 그럼 누나인 제가 시키는 대로 가만히만 계시면 회장이 되시고 책 번역도 제대로 되는 겁니다."
"……"
그 후 복잡한 과정을 거쳐서 김성규가 사단법인 월드볼펜클럽 대한본부 달구지역위원회 혹은 약칭으로 달구지역위라는 곳의 새 회장이 되었다.
또 다른 약칭은 달구볼펜클럽. 달구볼펜클럽이라고 불리는 단체의 새 회장이 된 것이다. 그런데 실제로 나 혼자만 서명 운동하러 다녔는가? 아니지. 나는 택시비는 택시비대로 받아 챙기고, 김성규에게는 택시가 잘 안 잡히니 승용차 좀 태워주십시오 하여 김성규의 승용차를 많이 이용해 먹었지. 내가 좀 뻔뻔한가? 김성규는 시간이 아까워 죽을 지경이었겠지만 이 박홍자 누나의 부탁을 거절하지는 못하였다.

김성규는 과연 실력자였다. 불과 두 달 만에 책 한 권의 원고를 다 수집하여 편집까지 끝내었다. 그리고 여러 회원 작가들의 한글 원고를 적당히 배분하여 세 명의 번역 인에게 나누어 주었다. 물론 회장 자기가 번역하는 부분도 매우 많았지만 예상대로 그는 번역료를 전혀 챙기지 않고 무료 봉사하였다. 그리고는 석 달도 안 되어서 번역이 완료된 한 권의 책을 뚝딱 출간해 내는 것이 아닌가? 여태까지 이런 실력자가 있었던가? 그런데 문제는 이제부터였다. 그가 원고료를 작품 당 운문 3만 원, 산문 5만 원으로 대폭 깎아버린 돈만 지급해 주는 것이 아닌가? 원래는 5만 원, 10만 원씩 받아야 하는 번역료인데, 그러나 신임 회장은 번역의 완성도를 보아도 그렇고 우리 단체의 예산도 절감해야 하니 그럴 수밖에 없다는 것이었다. 아뿔싸! 번역료 할인은 전혀 예상치 못한 일이었다. 나의 수입 대폭 삭감! 어휴 억울해서 어쩌나?

　그런데 더 큰 문제는 김성규가 나의 언니 박대자의 번역 실력을 그리고 나의 딸 정미자의 번역 실력을 문제 삼기 시작한 것이었다. 물론 사실상은 나의 순 엉터리 컴퓨터 번역이었지만. 실상 나는 나의 컴퓨터 번역이 잘 되었는지 잘못 되었는지 전혀 알지 못한다. 내게 기본 실력이 있어야지 말이지. 나야말로 영어의 영자로 몰라. 다만 컴퓨터가 제대로 번역해 주었겠지 하고 맡기고 있을 뿐이었다. 김성규는 이런 오역의 예를 들어주었다. 포장도로라고 하는 포도鋪道는 영어로 Pavement가 되어야 한다. 그런데 나의 번역은 먹는 포도葡萄 즉, Grapes라고 번역해 놓은 것이 아닌가? 너무도 명백한 엉터리 번역이었다. 이런 엉터리 번역이 수도 없이 많이 발견된 것이었다. 맙소사. 이제 나의 번역 사기행각은 끝이 났다. 세상에 믿던 도끼에게 발등 찍힌다더니, 내가 바로 그 꼴이 아닌가? 내가 회장으로 밀어준 김성규 때문에 내가 더 이상 사기 번역을 계속할 수 없게 되다니. 이제 번역을 빙자한 수입은 정녕 못하게 되는 건가?

　아니지! 물론 아니지! 그런 걸로 주저앉을 나 박홍자가 아니지. 나는 일단 김성규가 주는 번역료는 챙겨 먹고 작가들로부터는 따로 번역료를 더 받아먹었다. 즉, 나는 번역료를 이중으로 받아먹은 깃이다. 뛰는 놈 위에 나는 놈이지. 이제 나는 김성규에게 복수하기 위하여 온갖 모함이라도 아끼지 않을 것이다. 내가 누구야? 내 별명이 마귀할멈 아냐? 무섭지 않아? 나야말로 닳을 데로 닳아먹은 진정한 실력자인 줄을 몰라? 이제부터 김성규라는 번역자는 수렁에 빠졌단 말이야.

3. 이사 회비 내는 사람들

　김성규는 박홍자와 **안주석**의 권유를 받아들여서 월드볼펜클럽 대한본부 달구지역위원회 즉, 별칭이 달구볼펜클럽이라는 단체의 회장이 되기로 작정하였다.
　달구볼펜클럽의 정관상 의무는
　1. 번역, 그리고
　2. 국제 교류이다.
　도대체 이 단체는 정관상 최고 의무인 번역도 제대로 하지 않고 뭐 한다는 짓인가? 그리고 국제 교류란 아예 전무하다. 왜 이 모양인가? 첫째는 임원들이 실력이 없어서이고, 둘째로 그들의 사명감과 성의가 빵점 수준이기 때문일 것이다. 그저 지방 문단의 감투나 하나 쓰고 자그마한 권한이나 휘둘러보면 참 재미있는 것이지.
　그래서는 안 되잖아? 그래, 그렇다면 내가 이 문제를 한 번 풀어보자. 순 봉사이다. 그러나 누군가가 해결해야 되는 고질적인 문제가 아닌가?

김성규 회장은 자신을 희생해서라도 이런 문제를 해결한다면 그래도 보람을 찾을 수 있을 것이라고 여기고 제일 먼저 한 일은 이 문학 단체의 성격과 각종 규정을 확인하는 일이었다. 그런데 달구볼펜클럽이라는 문학회의 명칭은 단지 약식이름이라고 했지. 월드볼펜클럽 대한본부 달구광역시 지역위원회가 이 단체의 정식 이름이 아닌가.

　월드볼펜클럽의 세계 본부는 영국 런던에 있고, 지금으로부터 100여 년 전에 영국의 여류시인 도슨 스코트에 의해 창시되었다. 처음에는 단지 문학을 하는 사람들끼리 서너 명 정도 저녁 식사나 같이 하자는 순수한 친목 단체로 시작되었다. 그래서 단체이름이 볼펜 "클럽"이었다. 그리고 흔해빠진 필기구인 보통명사 "볼펜"의 끝은 둥글고 누구나 사용할 수 있다. 그래서 글 쓰는 사람은 누구나 참가할 수 있는 것이다. 그러다가 사람들이 자꾸 늘고 급기야 영국을 넘어서 프랑스와 독일 등 이웃 나라로까지 회원들이 확대되었다. 그래서 지금은 약 100여개 정도의 나라가 회원국으로 가입되어 있다.

　이들 회원국은 대개 하나의 사무기관 즉 센터를 갖고 있다. 월드볼펜클럽 스페인 센터, 필리핀 센터, 저팬 센터, 프랑스 센터, 차이나 센터, 아메리카 센터 등등으로 불린다. 한 나라에 여러 개의 센터가 있는 곳도 있다. 미국, 호주, 영국 등에는 볼펜 센터가 각 3군데씩이나 된다. 그래서 센터의 숫자는 150개가 넘는다.

　한국에서는 약 70년 전 당시 잘 나가던 반영록, 마윤숙, 조요한 등 일부 시인들에 의하여 월드볼펜클럽에 가입하게 되었다. 그래서 코리아 센터가 되었는데, 이들 한국의 주도자들은 코리아 센터라고 하지 않고 굳이 월드볼펜클럽 대한본부라고 자칭하였다. 그래 "센터"가 아니고 "본부"란 말이지! 왜 그랬을까? 본래 센터라는 단어는 굳이 번역할 필요가 없는 일이었다. 그러나 이들 대한본부의 설립 주도자들은 지방에 대한 통제권을 갖기 위하여 자기들은 대한본부, 각 지역의 볼펜클럽들은 각 지역위원회라고 불렀다. 즉, 월드볼펜클럽 대한본부 부산광역시 지역위원회, 대구광역시 지역위원회, 광주광역시 지역위원회 등으로 불렀다. 미주 지역 세 군데를 포함하여 모두 19개 지역위원회가 있다. 그런데 각 시도별의 하나씩의 지역위원회가 있는데, 굳이 경상북도와 경주시는 분리해 놓았다. 그렇다면 달구지역위원회가 있다면 그중에서 수창구지역위원회는 따로 분리해도 되겠네? 도대체 이놈의 단체는 무슨 원칙이란 것이 제대로 작동하지 않는다. 어쨌든 모든 지역 볼펜클럽의 활동은 대한본부의 규정에 따르도록 해놓았다. 애초 런던에 있는 월드볼펜클럽의 "평등" 정신과는 완전 위배되는 이야기이다.

그러면 현재 대한본부의 이사장 즉, 회장은 누구인가? 그리고 회장은 어떻게 선출하는가? 현재 회원 약 3,000명, 유료 회원 약 1,500명의 월드볼펜클럽 대한본부의 회장은 시인 김영대이다. 그는 중부 지역 모 대학의 영문과 명예교수이다. 나이도 많고 건강도 좋지 않다고 한다. 죽을병에 걸렸다는 소문도 있다. 그래도 무슨 명예랍시고 하고 싶어서 이 직을 맡았다. 소위 하고잽이였다. 현직교수들은 이 자리를 잘 맡으려고 하지 않는다. 시간을 많이 빼앗기기 때문이고, 단체 내부의 아귀다툼에도 진절머리가 났기 때문이다. 그래도 김영대는 대한본부의 임원 선출 규정에 의한 선거관리위원회 절차를 거쳐서 회장이 되었다. 그렇게 명문화된 선출 규정이 있었던 것이다. 그럼, 각 지역위원회의 회장은 어떻게 뽑을까? 그것도 명문화되어 있다. 대한본부의 규정을 그대로 따르면 된다.

<먼저 대한본부의 헌법에 해당하는 정관 제28조에 의하면>

① 지역위원회는 각 시도 및 해외에 설치할 수 있다.

② 지역위원회 임원 및 회원은 월드볼펜클럽 대한본부의 유자격 회원이어야 한다. 즉, 월드볼펜클럽 대한본부에 회비를 내지 않으면 지역위원회의 회원이 될 수 없다.
③ 제29조(감독) 각 지역위원회는 대한본부의 지도 감독을 받는다.
④ 제30조(기타) 기타 사항은 지역위원회 설치 규정에 따른다.

   다음 대한본부의 정관과는 별도로 각종 규정들이 있는데 그 6개 규정 중에서 먼저 선거관리위원회 규정을 보았다.

·제4조(구성)
(1) 선거관리위원장은 이사장이 추천한다.
(2) 선거관리위원회(이하 "선관위"라 한다)는 이사장 입후보자가 후보 등록 시 서면으로 2명씩 추천한다. (단, 선관위의 수는 10명 이내로 하되 입후보자 상호 간에 같은 수로 구성한다.)
(3) 입후보자로 등록된 자는 선거관리위원이 될 수 없다.
·제5조(선거 사무)
(1) 월드볼펜클럽 대한본부의 사무처는 공정한 선거가 이루어지도록 선관위의 지시에 따라 선거 관리 사무를 공정하게 수행해야 한다.
(2) 선관위 및 사무 요원은 당해 선거 업무가 원만하게 치러졌다고 인정할 시 자동 해산한다.
·제6조(권한과 임무) 선관위의 권한과 임무는 다음과 같다.
(1) 임원 선거 시 우편 투표 및 개표를 관장한다.
(2) 선거에 필요한 제반 절차, 선거인 명부 작성, 투표지 발송 및 접수 등을 감독한다.
(3) 선거 과정에서 정관 또는 규정의 해석을 요하는 문제가 발생할 경우, 다수가결에 의해 문제를 해결하

고, 동수일 경우는 위원장이 결정한다.
(4) 선거에 관한 유인물 홍보는 선관위가 규정하는 바에 따라 일괄 관리하며, 후보자는 개별적인 홍보 유인물을 일체 발송할 수 없다.

그리고 월드볼펜클럽 대한본부의 여러 규정 중 지역위원회 관리 규정 몇 개를 보면 다음과 같았다.

·제4조 (회원의 자격) 지역위원회 회원은 해당 지역에서 활동하는 본부 유자격 회원으로 한다. 즉, 대한본부에 회비를 내지 않으면 지역위원회 회원이 될 수 없다.
·제5조 (임원) 지역위원회 임원은 회장 1인, 부회장 3인 이내, 감사로 하되, 임원은 본부의 인준을 받아 취임하며, 본부는 지역위원회에 인준서를 교부한다.
·제6조 (임원 선출) 지역위원회 회장과 감사는 대한본부 선거관리위원의 규정을 준수하고 지역위원회 총회에서 직선제로 선출한다.
·제8조 (사업과 예산) 지역위원회의 사업과 예산은 매년 본부의 승인을 받아야 한다.
·제9조 (감사) 본부는 지역위원회의 회무를 감사할 수 있다.

이런 규정들을 살펴본 김성규는 놀라움을 금할 수 없었다. 지금까지 지역위원회와 관련한 월드볼펜클럽 대한본부의 행태, 그리고 산하 지역위원회 중 특히 달구지역위원회의 행태는 모두 엉터리 작당이나 다름없지 않은가? 도대체 대한본부의 회장과 부회장과 감사들 그리고 달구지역위원회의 회장과 부회장과 감사들은 이런 명백한 규정들은 하나도 지키지 않고 무얼 했단 말인가? 이 인간들이 무슨 조직의 리더이며 최소한의 양심이라도 있는 자들이란 말인가? 지금까지 20년간의 달구광역시 지역위원회의 회장, 부회장, 감사들은 모두 완전 사기행각으로 당선되었고 그들이 행한 모든 업무는 완전 엉터리 개지랄로 무효로 되어야 하는 게 아닌가 말이다.

도대체 이들 달구광역시 지역위원회의 회장단과 감사들에게는 선거관리위원회라는 개념조차 없다.

첫째로 달구광역시 지역위원회는 그 상위기관인 대한본부의 규정을 따라야 하는데, 이들은 지금까지 20년 동안 선거관리위원회라는 기관은 제정해 본 적조차도 없다. 즉, 선거관리위원회를 거치지 않았으니 지금까지의 모든 선거는 원천무효이다. 이 말씀이다. 어휴, 쯧쯧, 이를 어쩌나?

둘째로 선거관리위원회에 등록된 회장 후보들은 회원들의 직접 선거로 뽑아야 하는데, 지금까지 지역위원회에서는 모두 이사회라는 기관에서 간접선거로 뽑았다. 이 무슨 해괴망측한 조치란 말인가? 요즘 초등학교 반장 선출도 이렇게 엉터리로 하는가? 더군다나 지역위원회 회장은 한 명이고, 부회장은 3명 이내라고 명백히 규정되어 있었다. 그런데 이놈의 지역위원회는 부회장을 5명이나 두면서 개나 소나 다 부회장을 해 먹을 수 있게 만들었다. 더군다나 규정에도 없는 수석부회장이라는 지위까지 두어서 이동호라는 자가 맡게 하고 있지 않는가? 그래서 박홍자와 안주석이는 더더욱 이동호라는 존재 즉, 사이비 수석부회장에 대해서는 입에 거품을 품고 반대하며 쌍욕까지 하고 있는 것이다.

그런데 임원의 무자격보다 더 놀라운 것은 일반회원들의 기본 자격에 관한 것이다. 이미 위에서 본 바와 같다.

먼저 대한본부의 헌법에 해당하는 정관 제8조에 의하면
① 지역위원회는 각 시도 및 해외에 설치할 수 있다.
② 지역위원회 임원 및 회원은 월드볼펜클럽 대한본부의 유자격 회원이어야 한다. 즉, 월드볼펜클럽 대한본부에

회비를 납부하여서 대한본부의 회원이 먼저 되지 않으면 지역위원회의 회원도 될 수가 없다.
또한 대한본부의 지역위원회 관리규정에 의하여도 그러하다

·제4조 (회원의 자격) 지역위원회 회원은 해당 지역에서 활동하는 본부 유자격 회원으로 한다. 즉, 대한본부에 회비를 납부하지 않으면 지역위원회 회원이 될 수 없다.

이렇게 몇 번이나 회원의 최소 기본 자격을 명기해 놓았다. 그런데 달구지역위원회에 등록된 약 100명 이상의 회원 중에서 대한본부에 회비를 먼저 납부한 자는 불과 15명밖에 되지 않는다. 즉, 지역위원회 회원이 되려면 먼저 대한본부의 회원이 되어야 하는데, 대한본부의 회원이 되지 못했으니 지역위원회의 회원도 될 수 없는 것이다. 결과적으로 월드볼펜클럽 대한본부 달구광역시지역위원회 중에서 유자격 회원은 겨우 15명 즉, 15%밖에 되지 않는 것이다. 회원이 아닌 유령들이 모인 단체이니 유령 단체이고, 유령 단체의 유령회원들이 뽑은 회장이니 유령 회장이라는 것이다. 참으로 괴기하고 뻔뻔스러운 단체이다.
실정이 이러한데도 이 15% 이외의 회원 자격도 없는 자들이 마음대로 행사에 참여하고, 달구광역시로부터 내려오는 지원금의 일부들도 뚝딱뚝딱 뜯어먹고, 상금도 나누어 가지고 했으니 이래서야 되겠는가 말이다.
도대체 이 지역위원회의 회장과 부회장들 그리고 감사들은 지난 20년 동안 무슨 일을 제대로 집행하고 무슨 임원을 제대로 선출하고, 무슨 감사를 제대로 했단 말인가? 참으로 구역질이 날 만큼 일도 못 하고 도덕도 없고 사명도 없다는 말에 진 배 없지 않은가 말인가?

그래서 김성규는 이러한 모든 문제점을 제대로 짚어보기 위

해서는 먼저 기존의 이 지독하게도 무능력하고 부도덕한 회장단 즉, 회장과 부회장들 그리고 감사 두 명을 제외한 나머지 회원들만의 회의를 열어야 되겠다는 생각을 하게 되었다.
　회장, 부회장, 감사들을 제외한 회의 개최!, 그건 좋은 방법이다. 그런데 나머지 회원 100여 명은 회의를 하기에는 숫자가 너무 많다. 그래서 평 회원 회비를 내는 사람들은 제외하고 이사 회비 내는 사람들만 먼저 모아보면 좋지 않을까? 그러면 한 30명쯤 되니 회의실이나 식당 구하기 쉬울 거라고 한 것이다. 물론 이 "이사들의 모임"이라는 것은 회장, 부회장, 감사들까지 포함하여 무슨 의사결정을 하는 "이사회"와는 전혀 성격이 다른 것이다.

　그래서 김성규는 각 이사 회비를 내는 이사들만 모이자는 연락을 이사들에게 두루 조치하였고, 결국 달구시 시내에 있는 "전통의 집"이라는 식당에서 회의도 열고 회의 후 식사도 하게 되었다. 총 30명이 출석하여 29명 찬성, 1명 반대. 무엇을 찬성했다고? 새로운 임원 선출을 위하여 먼저 규정대로 선거관리위원회를 구성하여 선거관리위원회가 선출 과정을 모두 주관토록 하는 것이다. 그리고 임원 선출을 위한 투표 시에는 간접선거가 아니고 직접선거로 뽑는 것이다. 이 간단한 절차를 시행하지 않고 지난 20년 동안 회장과 부회장과 감사는 도대체 무얼 했단 말인가? 이제는 더 이상 이런 편법은 안 된다. 원칙대로 해야 한다. 규정대로 해야 한다. 그래서 이사 회비 내는 사람들만의 모임은 이런 협의 결과를 현재 월드볼펜클럽 대한본부 달구광역시지역위원회 회장인 박옥주 시인에게 보고하였다.
　박옥주 시인 즉, 박 회장은 만시지탄이지만 이번에는 반드시 올바른 정관대로 실행해야 한다면서, 이사 회비 내는 사람들만의 회의 결과를 원안대로 수용하였다. 그리고 먼저 선거관리위원장으로는 원로 시인이신 김중원 교수를, 간사에는 박홍자 현 사무국장을 임명하였다. 이제 선거관리위원 임명장을 받은 이 두 사람이 새로운 임원 선출을 위한 모든 업무를 담당하게 된 것이다.

앗, 그런데 이 선거관리위원 두 명과 현 회장 박옥주 시인에게 내용증명 편지가 날아왔다.

나 이동호라는 자가 현 수석부회장인 자기를 회장으로 자동으로 임명시키지 않고 새로운 선출 제도를 실행한다고? 그럼 이동호는 당신들에게 현금 1억 원씩의 위자료를 청구하겠다는 내용증명이었다.

감사라는 자들도 왜 이사들만의 회의에 나를 포함시켜 주지 않느냐고 게거품을 품고 있다. 감사가 이사 회비를 내어 보기라도 했어? 원 이렇게도 주제파악을 못한다는 말인가?

아니 그 이전에 꾸중 좀 들어야 할 이야기인데, 감사라는 너희 두 작자들 말이야. 그동안 이 단체의 규정이 이렇게 철저히 유린되고 있을 동안 너희들은 도대체 무얼 했어? 회장을 그냥 뽑아야 하나 아니면 선거관리위원회를 경유하여 뽑아야 하나? 회장을 직접선거로 뽑아야 하나 아니면 간접선거로 뽑아야 하나? 그리고 이 단체의 회원 자격인데 말이지. 이 지역위원회의 회원들은 먼저 서울에 있는 월드볼펜클럽 대한본부에 회비를 낸 사람이라야 되냐 아니면 서울에 있는 대한본부에는 돈을 내지 않고도 이 지역위원회의 회원이 된다는 말인지? 그럼 개나 소나 아무나 달구지역위원회 회원이 되는지? 그리고 이 지역위원회에는 부회장이 3명 이내라야 되나 아니면 5명, 6명 아무나 해도 좋은가? 그리고 수석부회장이라는 제도가 있지도 않은데 아무나 내가 수석부회장입네 하고 있을 때 당신들 감사라는 작자들은 도대체 무얼 하고 있었느냐 말인가?

자, 너희들이 이렇게 시비를 걸어오며 싸우겠다는 이야기인데 과연 앞으로 어떻게 될 것인가 한 번 지켜나 볼까?

4. 사기 번역도 유분수지

　김성규 회장이 살펴본 월드볼펜클럽 대한본부 달구지역위원회의 2018년도 연간지 책에는 전체 문학 작품들 중에서 약 3분의 1 정도만 영어로 번역되어 있었다. 원래는 전부 다 번역해야지. 도대체 왜? 이들 단체의 정관상의 사업목적에서 번역과 국제 교류를 한다면서 이게 뭔가? 그런데 좀 미안하지만, 그 번역들마저 실망스럽지 않은 것이 없다. 도대체 기본이 안 되어도 너무 안 되었기 때문이다.
　우선 번역인의 이름조차 없다. 번역에 대한 책임감부터 완전 빵점이라는 것이다. 쓴웃음이 나올 지경이다. 그나마 이 추악하게 번역된 책 전체를 외국인에게 통 소개를 안 했으니, 교류는 무슨 교류? 회원들로부터 회비를 받아먹고, 혹은 번역료를 받아먹고, 아니 그전에 관청으로부터 지원금까지 받아먹고는 번역 엉터리, 교류 빵점이니 이건 완전히 사기극이다. 희대의 범죄 극이다. 그런데, 그런데 말이다. 오히려 다행이다. 이따위 쓰레기 같은 번역을 해외로 보냈어야 되겠느냐 말이다. 교류를 안했으나, 아니 실력이 없어 못 했으니 오히려 다행이라고 김성규 회장은 안도하면서도, 이런 웃고픈 일이 다 있나? 이런 것을 외국인에게 보였다면 국제적으로 개망신을 당하였을 것인데, 실력 부족이 다행이라니 허탈한 웃음을 웃을 수밖에 없었다.

(1)

 몇 편의 순 엉터리 번역의 예를 살펴보자. 우선 작가들의 이름과 작품들의 제목이다.

- 이장호 시인의 시 <북향으로 가는 기적 소리>
- 이순자 시인의 시 <가을이 오는 소리>
- 송동주 시인의 시 <반추>
- 이상직 시인의 시조 <사모곡 思母曲> 등이다.

 먼저 동일한 단체에서 작가들의 이름 번역에 대한 무슨 원칙을 찾아볼 수가 없다. 뭐가 있는가?

 먼저 이장호 시인. Lee, Jang Ho라는 번역된 이름에서 성 말고 이름의 두 글자가 각각 대문자이고 Jang자와 Ho자의 두 글자 사이에 하이펀이 없다.

 반면 이순자 시인의 경우 Lee, Soon-Ja라는 번역된 이름에서는 성 말고 이름의 두 글자가 각각 대문자인 것까지는 같으나 Soon자와 Ja 두 글자 사이에는 하이펀이 있다는 점이 다르다.

세 번째 작가인 송동주 시인. Song, Dong-ju라는 번역된 이름의 두 글자 중 하나는 대문자이고 다른 하나는 소문자라는 점이 다르다. 그런데 Dong자와 ju자 사이에는 하이픈이 있다.

네 번째 이상직 시인. Lee Sang jik이라는 번역된 이름의 두 글자 중 하나는 대문자 하나는 소문자인데 Sang자와 jik자 사이에는 하이픈이 없다.

이렇게 불과 네 사람의 이름만 보아도 그 이름의 번역이 네 사람 모두 다르다는 것이다. 이름이 대문자였다가 소문자였고, 이름 사이 두 글자에 하이픈이 있다가 없다가 한다. 한 단체에서 말이다.

이렇게 네 명 작가의 이름을 번역하는 원칙이 모두 제각각이다. 이게 무슨 하나의 문학단체에서 행한 번역이 맞나? 더군다나 이 단체는 자신의 사업목적 제1호를 "작품 번역"이라고 해놓았다. 이게 무슨 장난질이란 말인가?

(2)

그럼 네 작품의 각 제목들은 번역이 제대로 되었을까?

1. 북향으로 가는 소리　The Whistle on the North
2. 가을이 오는 소리　The Sound of Autumn
3. 반추　　　　　　　Reflection
4. 사모곡 思母曲　　 Samogok

먼저 첫 번째 작품 <북향으로 가는 소리>에서 "소리"라고 하면 "Sound"이지 난데없는 "휘파람"의 "Whistle"이 왜 나오냐? 그냥 "소리"가 아니고 "기적 소리"라고 했으면 또 몰라도. 그리고 "북향"이면 "toward North"이지 웬 "on the North"이냐?

두 번째 작품 <가을이 오는 소리>에서 가을이 "오는"이라는 말은 어디로 갔느냐? 그래서 번역은 The Sound of "Autumn's Coming"정도가 되면 좋을 것이다.

세 번째 작품은 "반추"라는 제목이다. "반추"란 "되새김질"이다. 그럼 영어로는 "Rumination"이다. 그러므로 한글 제목을 "반성"이라고 하지 않은 이상 "반성"에 가까스로 해당하는 "Reflection"이라는 단어보다는 "되새김"이라는 뜻의 "Rumination"을 그대로 둠이 옳다. 그나마 "Reflection"이란 영어는 "빛을 반사한다"라는 뜻이 강하므로 더욱 어색하다.

네 번째 작품은 "사모곡 思母曲"이다. 어머니를 그리워한다는 말씀 아닌가? 그런데 영어로 그냥 소리 나는 대로 "Samogok"이라고 해놓았네. "Samogok"이라는 알파벳의 열거를 외국인이 어떻게 알아먹을 수가 있나? 게으르고 무책임한 번역이다.
사모곡은 "어머니를 그리워함"이라는 뜻의 "Longing for Mother"이라는 번역이 바람직하다. 이건 의역도 아니고 직역이다.

(3)

작품 번역도 엉망이지만 작가 프로필에 대한 번역도 형편없다. 너무나도 엉망이다. 우선 이상직 씨의 프로필에 대한 번역부터 살펴보자.

이상직
경북대 대학원졸업 (경영학박사), 1990년 시조문학 으로 등단, 육사백일장 장원, 나래시조문학상 수상, 달구기독문인회 회장, 달구시조시인협회 부회장 역임, 한국문인협회 한국시조시인협회 달구문인협회 회원. 시집 南道 가는 길 (2000). 경북대학교 겸임교수

이 정도면 훌륭하신 이력이시다.

그런데 이 훌륭한 프로필의 번역을 개판으로 해놓았다. 도대체 누가 이렇게 번역 아닌 장난질을 해놓는가? 그리고 작가 자신은 자신의 프로필 번역에 대하여 어떻게 생각하고 있는지 의문이다.

Lee, Sang jik
Graduated from Kyungpook National University (A business doctor).
The book of 『Sijo Literature』 in 1990.
Narrashijo award. A manor of six-year-old.
The present, Dalgu christian society president.
Vice Chairman of the Association of ShiJo in Dalgu.
A member of the korean sijo poets association.
A member of the Korean literary society.
Member of the Dalgu literary society. National quality judges, The Way to Marriage (Namdo)(2000),

Adjunct professor at Kyeongbuk National University

그럼 이 훌륭한 프로필을 얼마나 엉망진창으로 번역해 놓았는데 그 번역해놓은 내용을 좀 뜯어보자.

Graduated from Kyungpook National University (A business doctor).

대학원을 졸업한 "경영학 박사"이신데 "대학원"이라는 말은 어디로 갔나? "Graduate School"이라는 학력이 빠졌다. "A business doctor?" "사업 박사?" 별 희한한 번역이 다 있네.
"Ph.D. in Business Administration" 이라고 해야 한다.

The book of 『Sijo Literature』 in 1990.

1990년 시조문학으로 등단하셨는데, 등단이라는 말은 없고 왠 book이라는 단어가 튀어나오나? 참 한심하다. "New Comer" 또는 "Rookie Award"같은 단어가 등장해야 "등단"이라는 말의 영어 번역이 되는 것이다.

Narrashijo award. A manor of six-year-old.

Narrashijo? 한글이 두 단어인데 번역이 두 단어가 아니고 왜 한 단어인가? 그리고 앞에서는 "Sijo"라고 하더니 여기서는 왜 "h"가 들어가서 "Shijo"인가? 혹시 "나라시조" 문학상? 대통령이 주는 상인가? 참말로 엉망이다. "나래" 시조 문학상이라고 해야지. "Narae Sijo Literature Award"라고 말이지.

A manor of six-year-old?

   으악! "육사문학상 장원"을 "6살 먹은 장원 영지莊園 領地"라고 번역해 놓았다. 정말 이렇게 못할 수가 있는가? 1등 상賞이라는 장원壯元과 중세 시대 유럽 봉건영주의 영토라는 장원莊園 땅도 구분 못 하는가?
   정말이지 이런 쓰레기 중의 쓰레기 번역을 구경해야 하는 독자분들이 더 부끄럽고 한심하다. 그리고 여기에서 여섯 살이라는 나이가 왜 나오나? 이육사라는 시인의 이름이 이 여섯 살이란 말인가? 도대체. 도대체. 도대체 왜 여섯 살이 다 나오나? 어이구~~

   The present, Daegu christian society president.
   이건 또 뭐야? "The present". "선물?"
   "달구 기독교인 사회의 회장?"
   여기에서 갑자기 "선물" 이야기가 왜 나오나? 그리고 "문학회"는 어디 갔는가? 참 답답하다.
   "현재"는 굳이 번역할 필요도 없다. 그래서 그냥

   "President, Dalgu Christian Writers' Society"
   라고 영역하면 되는 것이다.

   Vice Chairman of the Association of ShiJo in Dalgu.
달구시조시인협회 부회장 역임의 "역임"은 어디 갔나?
   "Former"라는 단어부터 빠졌다. 그리고 "ShiJo"에서 "J"자는 왜 대문자인가? 또 단체의 "회장"을 "President"라고 했다가 "Chairman"이라고 하더니, 단체라는 단어의 번역을 "Society"라고 했다가 "Association"이라고 하는 등 도대체 원칙도 없이 제멋대로이다.

그래서 정확한 번역은

Former Vice president of Dalgu Sijo Poets' Society 가 낫겠다.

한편

A member of the Korean sijo poets association.
A member of the Korean literary society.

국가 이름 "Korea"의 첫 글자는 이렇게 대문자라야 한다. 그런데 왜 소문자로 "korean"이라고 해놓았남? 에그 쯧쯧이다. 도대체 기본 중의 기본을 왜 틀리고 있는가?

A Member of the Dalgu literary society.
달구문인협회 회원이라는 번역의 경우 번역에서는 "A"자가 누락되었으므로 이렇게 앞머리에 붙여야 하는 것이다.

"The Way to Marriage (Namdo)(2000)?"

시 모음집의 "시집"을 결혼이라는 시집 "Marriage"로 영역해놓았다. 세상에나 시모음집의 Poems collection이라는 단어와 결혼이라는 글자 Marriage는 하늘과 땅 차이만큼이나 다른 단어가 아닌가? 으헉! 참으로 쇼킹한 번역이로고! 보는 이가 서글퍼지기까지 하는 번역이다.
　여기에서 괄호는 또 왜 나오며 괄호 안에 들어가는 "Namdo"는 또 무언가? 물리적으로 가는 길이라는 뜻의 도로를 "Way"로 번역하는 것도 바람직하지 않다. "Road"가 무방하다.

그래서 "시집 남도 가는 길"은 다 때려치우고 이렇게 번역해야 한다.
Poems Collection : "The Road to Namdo"(2000)
정도가 좋았을 것이다.

Adjunct professor at Kyeongbuk University

Adjunct professor란 "부교수"이다. 그러므로 겸임교수를 "Adjunct professor"라고 함은 너무 과하다. 차라리 "겸임"을 빼고 그냥 "Professor"라고 하지.

경북대학교의 영문 스펠링을 앞에서는 "Kyungpook National University"라고 하더니 여기에서는 "Kyeongbuk National University"라고 하였다. 이랬다저랬다 틀린 것도 문제이다. 그러나 고유명사는 그 학교 또는 그 사람 본인이 사용하는 것을 그대로 사용해 주어야 한다. 그렇다면 앞뒤 모든 곳에서 "Kyungpook National Univeristy"라고 쓰는 것이 맞다. 이 짧은 이력서에서 같은 단어 경북대학교를 앞에서는 "Kyungpook"이라고 했다가 뒤에서는 "Kyeongbuk"이라고 다르게 번역했다. 이게 도대체 무슨 수작이고 괴이한 짓거리인가?

자신의 프로필의 번역을 이토록 어마무시 엉터리가 되도록 놓아두신 작가 **분**은 문학하시는 분이 맞으신가? 박사님은 맞으신가? 작가 분은 평소 원만하신 인품의 소유자이신 것으로 알려져 있다. 아마도 작가 분께서는 사람이 너무 좋으셔서 징징거리는 번역 사기꾼에게 돈이나 보태준 뒤, 번역을 제멋대로 하게 놓아두고도 모른 척 하신 듯하다.
그래도 이건 아니지. 문학책 전체의 품격이 엄청나게 추락해져 버렸는데 이런 것을 몰랐다면 작가분이 게으르거나 무능한 것이고, 알고도 그냥 두시면 그건 너무도 부도덕하고 무책임한 일이다. 이런 책이 해외로 나가면 나라 망신시킬 일이 되니깐.

(4)

　각 작품별의 오 번역 내용은 더욱 끔찍하다. 각 작품별한 구체적이고 상세한 오번역의 이야기는 다음에 해야지. 너무 많고 끔찍하니깐…그러나 사모곡 思母曲이라는 시 詩 한편의 번역을 검토해 보자.
　실은 시인지 시조인지도 잘 모르겠다. 결국 이런 검토를 하게 되었다.

사모곡 思母曲

　　　　이상직

사철의 빛살들을
뜨락 가득 쓸어 담아
생인손 앓듯 걸어오신 고희 古稀 의 긴 여정을

이제는
내려놓으소서
벽오동나무 푸른 그늘에

무명베 오지랖에

빈 마음 채우시며
앞뒤들 사래마다 피와 살 비벼 넣으신

가없는
모정 母情 의 세월
뼈에 새겨 아픕니다.

어머니 불러 보면
가슴 가득 메어 오고

앓아눕는 신열 身熱 인 양 몸조차 가눌 길 없어

나는 오늘
엄동의 설야
뜬눈으로 지샙니다.

  Samogok

       Lee Sang jik

The light of the four seasons
With a full of heat a garden

The Long Journey of Ko-hee, who walked like a raw hand

Now
Put it down

In the blue shade of the Blue Phoenix tree

Mumyeongchun on the front of a coat
With empty hearts
with blood and flesh all over the front field and back field

Endless love
The years of motherhood

It's painful because it's stuck in the bone.

When I call my mother
With a heart full
I can't even hold my body against a sick fever

I am today
A very cold winter snowy field
Lose with a blind eye

이제 이 작품 사모곡 思母曲의 내용에 대한 번역을 좀 살펴보자.

1. 첫 째 연부터 보겠다.

사철의 빛살들을
뜨락 가득 쓸어 담아

The light of the four seasons
With a full of heat a garden

이 번역에서 "쓸어담다"라는 말. 동사가 완전히 사라졌다. 이유도 없이. 게다가 주어와 목적어 동사라는 어순의 구별도 보이지 않는다. 특히 "쓸어담다"라는 말의 sweep ~ unto a heap up에서 "heap"이 난데없이 "heat" 즉, "열"이라는 말로 바뀌었다. 완전 넌센스이다. 따라서 이 번역은 아래의 것을 교사삼아야 한다.

Sweeping the four seasons' lights
unto a heap of the garden

2. 다음 한 줄로 된 둘째 연은?

생인손 앓듯 걸어오신 고희 古稀 의 긴 여정을
The Long Journey of Ko-hee, who walked like a raw hand

The "Long Journey"에서 대문자 L과 J를 써야 할 하등의 이유가 없다. 또 "고희"라는 단어가 "Ko-hee"라는 괴상망측한 단어로 탄생했다. 그냥 인생 70이란 말이니깐 "seventy years old"이면 충분하다.
한편 "생인손"이란 손가락 끝의 염증질환이다. 꽤 아프다고 한다. 그래서 "생인손 앓듯 걸어오신"은

"Walking on
as if suffering from the painful finger disease"

그래서 이 한 줄짜리 한글 문장은 차라리
Your long journey walking on your seventy years life
as if suffering from the painful finger disease
라고 두 줄로 쉽게 풀이함이 낫겠다.

3. 다음 세 번째 연의 번역은?

이제는
내려놓으소서
벽오동나무 푸른 그늘에

Now
Put it down.
In the blue shade of the Blue Phoenix tree

Put down 보다는 Lay down이 더 자연스럽다. 그리고 원문에 마침표가 없는데 번역문에 마침표를 둘 필요가 있을까? 또한 원문에는 벽오동나무에가 아니라 푸른 그늘에만 "푸른"이 있다. 따라서 벽오동나무 앞의 번역 "blue"는 전혀 불필요하다. 또한 나무 이름의 번역에도 대문자는 불필요하다.

그리고 도대체 무엇을 내려놓는다는 말인가?
그것은 어머니 당신의
"생인손 병 앓듯 아픈 70 인생 걸어오신 그 긴 여정"
을 내려놓는다는 말이겠지.
어디에다가?
"벽오동나무의 푸른 그늘"에다가 내려놓는다는 말이다.

그래서 결국 이 세 번째 연의 바람직한 번역은
Now
Lay it down
In the blue shade of the phoenix tree
가 좋겠다.

4. 다음 네 번째 연의 번역을 살펴보자.

무명베 오지랖에
빈 마음 채우시며
앞뒤들 사래마다 피와 살 비벼 넣으신

　Mumyeongchun on the front of a coat
With empty hearts

"무명베"라는 천의 이름에는 쉬운 영어 번역이 있다. Cotton cloth 정도로.

"오지랖"은 옷의 앞부분이므로 첫 행은 아래와 같은 번역이 자연스럽다.
　At the front garment of the cotton cloth
　다음으로 채우는 것은 "빈 마음"이라는 목적물이지 수단이 아니다. 또한 "채운다는" 굉장히 중요한 동사 자체는 어디로 갔나? 그리고 누구의 빈 마음일까? "어머니" 당신의 빈 마음이다. 한국어에서는 주격 단어가 자주 생략되지만 영어로 번역을 할 때에는 주격을 되살려야 하는 경우가 많다. 그래서

　"Filling up your empty heart"라는 문장이 되어야 한다.

그 다음 이 네 번째 연의 셋째 줄을 보자.
"앞뒤들 사래마다 피와 살 비벼 넣으신"의 번역이 이렇게 되어 있다.
"with blood and flesh all over the front field and back field"

우선 이 번역이 둘째 줄 문장과 한 줄 띄워져 있는데, 전혀 이유 없는 띄움이다. 붙여져야 한다. 그리고 "사래마다"에서 "사래"라는 한국말이 도대체 무엇인지 작가 말고는 알 수가 없다. 사전에도 나오지 않은 단어이다.
그리고 "~ 마다"라는 단어에는 each라는 번역이 뒤따라야 하는데 붙일 데가 없다.

"앞뒤들"도 앞의 들과 뒤의 들이라는 말인지 불분명하다. 그러나 원래의 번역자는 그렇게 이해하고 번역하여 놓았다. 본 관찰자에게는 좀 낯설게 보이지만. 또한 "비벼 넣으신"이라는 말의 번역도 보이지 않는다.

그러므로 이 사모곡이라는 시조("시조"인가도 의문이지만)의 네 번째 연의 세 번째 줄 번역은 대단히 이상한 원문에다가 번역은 더욱 괴상하다.

따라서 다음과 같은 대체 번역을 고려해 볼 수 있다.
"Rubbed her blood and flesh into each back and forth field"

만약 이 네 번째 연의 세 번째 줄이 다섯 번째 연의 첫 문장이었으면 그래도 좀 납득은 되었지 않았을까 싶다. 왜냐하면 다음 연에 등장하는 가없는 모정의 세월인가를 다소나마 해설할 수 있기 때문이다.

5. 다음으로 다섯 번째 연의 번역을 살펴보자.

가없는
모정母情의 세월
뼈에 새겨 아픕니다.

Endless love
The years of motherhood
It's painful because it's stuck in the bone.

"모정의 세월"이 "나의 뼈에 새겨져서" 아프다는 말이다. 그래서 번역은 아래와 같이 되어야한다.

The years
of the endless love of my mother
Is painful as it has been carved at my bone.

6. 그 다음 여섯 번째 연의 번역은 어떤가?
어머니 불러 보면
가슴 가득 메어 오고

원래의 번역은 이러하다.
When I call my mother
With a heart full

많이 어색하다. 작가가 뜻하는 바에서는

아마도 나의 가슴 가득히 슬픔이 메어오겠다는 뜻이겠지.

그래서 좀 살펴본 번역은 아래가 좋을 것이다.
When I call my mother
Sadness comes full into my mind

7. 다음 일곱 번째 연은 한 줄짜리이다.

앓아눕는 신열身熱인 양 몸조차 가눌 길 없어
I can't even hold my body against a sick fever
역시 원숙하지 못한 번역이다. 우선,
"~ 인 양"이니 번역은 "as if"가 나와야 하고
"~ 없어"이니 뒷줄과 이어지는 번역이라야 한다.
즉, "As ~ "같은 것이 나와야 한다.

"앓아눕는 신열"은 그냥 "terrible fever heat"가 어떤가 한다.
  신열을 굳이 "몸의 열"이라고 번역할 필요는 없다. 그냥 "열"이다.

  그래서 이 연의 번역은
"As I can't hold even my body as if a terrible fever heat"
  정도가 좋지 않을까?

8. 마지막 여덟 번째 연은 더욱 이상하다.

나는 오늘
엄동의 설야
뜬눈으로 지샙니다.

I am today
A very cold winter snowy field
Lose with a blind eye

 우선 마지막 마침표 ".": 왜 빼놓았는지부터 모르겠다.
 원래는 시에서는 원문에서부터 마침표가 없어야 하는데 일단 원문에 마침표가 있으니깐 번역문에도 넣어주는 것이 맞다.
 그런데 영어에서 시간을 나타내는 단어는 주로 문장 앞에 와야 한다.
 그래서 "I am today"보다는 "Today I …"가 나을 것이다.
 그리고 뒤에서 "지샙니다"라는 동사가 나오므로 "am"이라고 해설을 뜻하는 be 동사는 다시 나오면 안 된다.

 "엄동의 설야?" 嚴冬의 눈 오는 밤 즉, 雪夜를 나타낸 시 詩임이 확실하므로 "snowy field"는 명백히 "snowy night"의 오역이다.

 "뜬눈으로 지샙니다"가 도대체 어떻게 해서 "한쪽 봉사 눈으로 잃습니다"라는 뜻으로 번역이 미친 듯이 널뛰어야 하는가?
 도대체 우선 문장부터 되지 않지 않는가?
 그래서 아래와 같은 번역이 적용됨 직 하다.
Today
At the severe cold and snowy field
I stayed up all night with my eyes wide open

소결론 : 그래서 이 작품의 전체 번역을 정리하면 다음과 같이 함이 좋을 것이다.

사모곡 : Yearning for Mother

Lee Sangjik

Sweeping the four seasons' lights
unto a heap of the garden
Your long journey walking on your seventy years life
as if suffering from the painful finger disease

Now
Lay it down
In the blue shade of the phoenix tree

At the front garment of the cotton cloth
Filling up your empty heart
Rubbed your blood and flesh at each back and forth field
The years
of the endless love of my mother
Is painful as it has been carved at my bone.

When I call my mother
Sadness comes full into my mind

As I can't hold even my body as if a terrible fever

heat

Today
At the severe cold and snowy field
I stayed up all night with my eyes open

(5)

이어서 다른 번역들에 대한 검토도 해야 될 것이다. 그러나 그 양이 너무나 많으므로 우선은 먼저 <가을이 오는 소리> 라는 시부터 살펴보자. 시의 전체 문장부터.

가을이 오는 소리

이순자

한여름 무르익어
아스팔트에 녹아들고
포도는 제 열을 달구어
토해 낸다

나는 긴 팔 남방셔츠로
팔을 덮고
양산을 받쳤으나
햇빛은 막무가내다

빈 박스 모으는 노파가

끌던 수레를 세우고
이마의 땀을 닦는다
가로수도 식은 땀을 흘리며
어깨가 축 처져 있다
하늘에 옅은 구름도 멎은 채 쉬고 있다

찌르레기와 풀벌레는
바뀌는 계절을 노래했지만
실감하지 못하더니
산사과 열매의 채색에
놀라며
물러나는 여름의 아쉬움인가
치닫는 세월의 두려움 같은 것일까
허전함과 놀라움이 밀려드는데
가을은 소리 없이

벌써 내 발밑에
이미 와 있었네

(아래는 잘못된 번역이다)

The Sound of Autumn

      Lee, Soon-Ja

At the height of summer
Melting in asphalt
Grapes (heat their own heat.

throw up

I am wearing a long-sleeved shirt.
under one's arm
in favor of mass production
The sun is out.

An old woman who collects empty boxes
I'm going to put up the wagon
wipe the sweat off one's brow
with a cold sweat on the street
have drooping shoulders
Even the light clouds are resting in the sky.

The stinger and the grassworm
I sang the changing season,
I didn't realize it.

in the color of the fruit and the fruit
in amazement
What a pity for a retreating summer?
Is it like a fear of passing tiem?
I'm overwhelmed with vanity and surprise.
Autumn is silent
under my feet
You were already here.

(번역 고치기)

우선 제목부터 이상하다. "가을이 오는 소리"를 The Sound of Autumn 이라고 하면 "오는"이라는 단어가 번역되지 않은 것이다. 굳이 생략해야 할 필요가 없다. "The Sound of Autumn Coming"정도로 추가해 놓으면 될 일이다.

1. 첫 번째 연

첫 번째 연의 번역부터 경악할 수준의 오역이다. 잘못된 <번역>도 아니고 이건 그냥 호작질 광란 수준이다.

한여름 무르익어
아스팔트에 녹아들고
포도는 제 열을 달구어
토해 낸다

At the height of summer
Melting in asphalt
Grapes (heat their own heat.
throw up

"한 여름 무르익어"에서 한여름이 주어이고 아스팔트가 목적어인데 주어 목적어의 개념부터 0점이다. 보통 사람도 아니고 자칭 영어 전문가라는 번역가이면서 정말 이따위로 해서야 되겠는가? 그러므로

At the height of summer
Melting in asphalt
로는 안 된다.

The mid summer get ripe
to melt in the asphalt

　이렇게 주어, 목적어 순서부터 바꾸어야 하고 "한여름"이라는 단어의 번역도 약간의 기간적 개념이 있는 "mid summer" 정도가 좋다. "한여름"이 주어인데 주어 앞에서 전치사 "at"가 나와서는 정말 안 된다.

"포도는 제 열을 달구어"
Grapes (heat their own heat.

　이건 번역은커녕 코미디 축에도 못 들 코미디이다. 쓴 웃음조차 안 나온다. 우선 이 작품에서의 "포도"란 아스팔트 "포장도로"의 준말인 "포도 鋪道"이다. 즉 "pavement road"이다. 그런데 이 포장도로가 "Grapes?" 먹는 포도라는 말인가? 정말 기가 차다.

　그리고 이곳에서 괄호 한 쪽 "("는 도대체 왜 나오나? 괄호 양 쪽 "(....)"도 아니고. 원래의 한글 원문을 보아도 괄호는 전혀 없다. 그럼에도 불구하고 영어 번역에서 괄호를 집어넣은 일, 그것도 한 쪽 괄호만 집어넣은 것은 도대체 뭐란 말인가?

　생각건대 번역자는 일은 안 하고 놀다가 자기 손가락이 제멋대로 춤춘 적도 모르고 괄호 "(" 한쪽을 남겨둔 것이 분명하다. 그리고 문인의 기본인 교정도 안 한 것이지. 이 번역인은 건대 본래 사기꾼이라 치고, 그럼 도대체 이 단체의 편집인들, 교정 인들은 다 어디로 갔나? 그 잘난 회장, 부회장, 수석부회장은 어디로 갔나? 또 출판사 "그리고"의 직원들은 도대체 무얼 했단 말인가? 정말 한심하기가 이를 데가 없다.
"제 열을 달구어"라는 문장의 번역을 보자.
(heat their own heat?)

포도가 자신의 "열"을 어떻게 또 "열"하나? 이때의 제 열이란 몸의 열이니깐 "heat"이라는 명사보다는 "fever"라는 명사가 더 적합하다. 그리하여 <포도가 제 열을 달구어> 라는 문장은 아래와 같이 번역함이 좀 더 타당하다. 물론 쓰레기보다 못한 괄호 "(" 는 반드시 빼야한다. 그래서 이렇게 번역해야 한다.

"The pavement road heats up its own fever"

다음은 "토해 낸다"라는 단어.
"throw up"

throw up은 일반적으로 "던져 올리다"라는 뜻이고 이따금 "사직한다" 또는 "부정으로 해 먹은 돈을 게워낸다"라는 뜻으로 사용된다.
우리말 "토하다"에는 가장 보편적인 영어단어 "vomit"가 있으므로 "토해 낸다"는 "vomit" 또는 "vomit forth"가 더 정확한 번역에 가깝다.

그래서 1연의 가장 가까운 옳은 번역은 다음과 같다.
The mid summer get ripe
to melt in the asphalt
The pavement road heats up its own fever
to vomit forthward

2. 둘째 연

나는 긴 팔 남방셔츠로
팔을 덮고
양산을 받쳤으나
햇빛은 막무가내다

I am wearing a long-sleeved shirt.
under one's arm
in favor of mass production
The sun is out.

"남방셔츠"란 태평양 더운 지역에서 입던 시원한 셔츠를 통칭한다. 그리하여 해당되는 좋은 단어 "aloha shirt"가 있다. 따라서 첫 행 번역은

"I am in a long-sleeved aloha shirt"
가 좋고 이 줄에 마침표는 불필요하다. 문장 상 흐름으로 보아도 그러하고 원문에도 마침표는 없다. 마침표 하나라도 번역자가 제멋대로 붙이거나 떼거나 하는 짓은 엄금이다.

그런데 "팔을 덮고"를
"under one's arm"이라고 해놓았다.

또 다시 실소가 나온다. 내 옷을 입고 도대체 누구의 팔을 덮겠는가? 나의 팔이다. 그리고 팔을 덮는 데에 남방셔츠가 팔의 밑(under)에 들어가야 하나? 아니면 위에서 덮어야 하나? 위에서 덮어야지. 또한 나의 팔은 몇 개인가? 두 개다. 세상에 "팔을 덮고"라는 이 짧은 한국어를 번역하는 데에 이

렇게 많은 엉터리 과오를 저질러야 하는가? 일부러 하려고 해도 하지도 못할 실수를 너무도 많이 하고 있다.

그러므로 "팔을 덮고"라는 이 줄의 번역은 최소한

  "covering my arms"
  라고는 되어야 하겠다.

다음 줄의 번역을 살펴보자.

  "양산을 받쳤으나"
  "in favor of mass production"

이 시 詩에서의 양산은 "햇빛을 가리는 양산陽傘" 즉, "파라솔parasol"임이 분명하다. 그런데 갑자기 자동차공장 같은 제조업체에서의 양산量産 즉, 대량생산에 해당하는 "mass production"이라는 영어가 튀어나왔다. 도대체 파라솔이라는 물건 즉, 한 개씩 눈에 보이는 보통명사하고 대량생산이라는 눈에 보이지도 않는 추상명사가 구분되지 않는다는 말인가? 참으로 혀를 차게 만든다.

그리고 양산을 "받쳤으나"라고 했다. 양산을 들고 사용했다는 말이다. 그런데 여기에서 "좋아한다"라는 뜻의 "in favor of"라는 영어가 왜 나오나? 도저히 납득할 수 없는 번역이다. 그리고 원문이 "~ 하였으나" 이니깐 "그러나"라는 뜻의 "but"가 뒤따라와야 한다.

따라서 "양산을 받쳤으나"라는 문장은
  "to wear a parasol, but"라고 번역됨이 바람직하다.

다음으로, "햇빛은 막무가내다"는 말은 햇빛이 그만큼 뜨겁고 사정없다라는 뜻이다.

그런데 "The sun is out?" 번역이 "태양이 죽었다고?"
말도 안 되는 번역이다. 우선 "해"가 아니라 "햇빛"이므로 "sun" 대신에 "sunlight"를 써야 한다. 그리고 그 햇빛이 펄펄 살아서 뜨겁게 사람을 괴롭히는데 갑자기 햇빛이 죽었다는 "out"가 왜 나오나? 그러므로 매우 강하고 압도적이라는 뜻의 "overwhelming" 또는 "지독한"이라는 뜻의 "severe"라는 단어가 좋다. 연결하면

(2 연 옳은 번역)
I am in a long-sleeved aloha shirt
covering my arms
to wear a parasol, but
the sunlight is overwhelming
정도가 좋겠다.

3. 셋 째 연

빈 박스 모으는 노파가
끌던 수레를 세우고
이마의 땀을 닦는다
가로수도 식은땀을 흘리며
어깨가 축 쳐져 있다
하늘에 옅은 구름도 멎은 채 쉬고 있다

(3 연 잘못된 번역)
An old woman who collects empty boxes
I'm going to put up the wagon
wipe the sweat off one's brow
with a cold sweat on the street
have drooping shoulders
Even the light clouds are resting in the sky.

매우 잘못된 번역이다. 우선 끌던 수레를 세우고 땀을 닦는 행위의 주체가 누구인가? 빈 박스를 모우는 노파이다. 즉 노파가 주어이다.
그런데 갑자기 "I'm going to"라고?
노파는 3인칭인데 갑자기 1인칭 "내"가 왜 나오나?

그리고 "be going to"는 미래 시제이다. 시제를 "과거"가 아니라 "미래"라고 완전히 정반대로 번역해 놓았다. 그러므로 "I'm going to"는 생략해버리고 그냥 자기가 끌던 수레를 멈추다
즉, "put up her carried wagon"
또는 "stop her carried the wagon"이라고 하면 충분한 것이다.

그리고 누가 누구의 이마에 맺힌 땀을 닦는가?
노파가 자신의 이마에 생긴 땀을 닦는 것이다.

그런데 "Wipe the sweat from 'your' forehead"라고 번역하면 '너'의 이마에 맺힌 땀이 되어버리므로 '그녀'의 이마 즉, 'her' forhead가 되어야 한다. 그리고 땀을 닦는 행위의 주체는 3인칭이므로 "wipe"가 아니라 "wipes"라고 3인칭을

표하는 접미어 "s"를 붙여주어야 한다.

그래서 3연 앞부분은 이렇게 번역된다.

An old woman who collects empty boxes
put up her carried wagon
and wipes the sweat from her forehead

3연의 뒷부분은 다음과 같다.

"가로수도 식은땀을 흘리며 어깨가 축 늘어져 있다"에서 가로수는 "도로"가 아니고 "나무"이다. 도로와 나무도 구분 못하는가?
그러므로 "가로수"의 번역은 "the street"가 아니고 "the street trees"가 되어야 하는 것이다. 그리고 어깨는 어떤 "상태"인가? 축 처진 상태이다. 그러므로 다음과 같이 번역함이 타당하다.

"with their shoulders slumped"

그리고 "가로수도"에서의 "도"자는 "~ 조차도"라는 뜻이고, "구름도"에서의 "도"자는 구름 "또한"이라는 뜻이다. 그러므로 ~조차도 하는 뜻의 "even"이라는 영어가 가로수 "the street trees" 앞에 와야 하고, "또한"이라는 뜻의 "also"라는 단어가 옅은 구름의 앞에서 즉, "The light clouds"의 앞에 붙어줌이 좋다. 정리하면,

그리고 "하늘에 옅은 구름도 멈추고 쉬고 있다"에서
"Even the light clouds are resting in the sky"라고 번역하면 "멈추고"라는 단어의 번역이 빠진 것이다. 그러므로 멈추어진 상태를 표하는 "still"이라는 형용사가 있어야만 하

겠다. 그러므로 이를 합하여 정리하면 다음과 같은 번역이 합당하다.

　Even the street trees are sweating coldly
　with their shoulders slumped
　And also the light clouds in the sky are still and resting

　(3연 전체의 바른 번역)
　An old woman who collects the empty boxes
　put up her carried wagon
　And wipes the sweat from her forehead
　Even the street trees are sweating coldly
　with their shoulders slumped
　And also the light clouds in the sky are still and resting

4. 마지막 4 째 연의 번역을 살펴보자.

　찌르레기와 풀벌레는
　바뀌는 계절을 노래했지만
　실감하지 못하더니
　산사과 열매의 채색에
　놀라며
　물러나는 여름의 아쉬움인가
　치닫는 세월의 두려움 같은 것일까
　허전함과 놀라움이 밀려드는데

가을은 소리 없이
벌써 내 발밑에
이미 와 있었네

 (4연 잘못된 번역)

The stinger and the grassworm
I sang the changing season,
I didn't realize it.
in the color of the fruit and the fruit
in amazement
What a pity for a retreating summer?
Is it like a fear of passing time?
I'm overwhelmed with vanity and surprise.
Autumn is silent
under my feet
You were already here.

"찌르레기"라는 벌레는 "starling"이다. 이렇게 정확한 번역이 있다. 그런데 "stinger"는 침이나 가시 또는 무기 이름에 자주 쓰인다. 명백한 오역이다. "풀벌레"는 통상 "grasshopper"를 자주 쓰고 "grassworm"이라는 단어는 매우 생소하다. 그리고 "~ 했건만"이라고 했으니 "though"라는 전치사가 있어야 좋겠다.

 그리고 노래는 누가 하는가? 바뀌는 계절을 노래한 주체는 바로 찌르레기와 풀벌레이다. "I" 즉, "내"가 노래하는 것이 아니다. 완전 넌센스 무식한 번역이다.
 또한 바뀌는 계절을 실감하지 못하는 주체는 "여름"이다. 그러므로

"찌르레기와 풀벌레는
바뀌는 계절을 노래했건만
 실감하지 못하더니"의 번역은

"Though the starlings and grasshoppers
sang about the changing season
of which the summer did not realize"
가 되어야 한다.

한편 산사과 열매의 채색에 놀라며 물러나는 주체도 "summer" 즉, "여름"이다. "I" 즉, "나"는 절대 아니다. 이 번역자의 인칭에 대한 개념이 매우 저급하다.

그리고 "산사과"는 문자 그대로 "Mountain apple"인데, 이유 없이 번역하지 않았다. 즉, 번역 실종이다. 또한 열매 "fruit"가 왜 두 번이나 반복되어 나오나? 납득할 수 없다. 그리고 여기에서 딱딱한 산사과 열매는 "fruits"보다는 "bearings"가 더 적합하지 않을까 한다. 그래서 이어지는 번역은

And is it the regrets of the fading summer
surprised to see the colouring
of the bearings of the mountain apples.

그리고 "치닫는 세월의 두려움 같은 것일까?"에서
"치닫는"은 세월이 단순히 지나친다는 개념이 아니고 쏜살같이 달려가고 있다는 의미에 가까우므로 여기에서는 "running"이라는 번역이 더 적합하다.
또한 "두려움"은 일반적인 공포 즉, "fear"보다는 내적인 염려나 외경 의 뜻이 있다. 그러므로 "awe"라는 단어가 좀 더

가까운 느낌이 아닐까 한다. 또한 "~ 같은"이니까 "something like"라는 표현이 필요하다. 한편 이 문장은 "~ 인가 아니면 ~ 인가"라는 문장구조이므로 "or"이라는 단어가 필요하다.

그러므로 이 문장의 번역으로는

"Or is it like something an awe of the running years"를 추천할 만하다.

마지막 4행의 번역은 어떻게 해야 좋을까?

허전함과 놀라움이 밀려드는데
가을은 소리 없이
벌써 내 발밑에
이미 와 있었네

허전함과 놀라움은 나에게 밀려든다. 그러할 때 가을이 이미 조용하게 내 발 밑에 와 있었다는 뜻이므로

While a sense of emptiness and surprise floods me
The autumn already came
silently
under my feet
라는 번역이 좀 더 정확하다.

그러므로 제 4연 전체의 올바른 번역을 정리하면 다음과 같다.

"Though the starlings and grasshoppers
sang about the changing season
of which the summer did not realize

And is it the regrets of the fading summer
 surprised to see the colouring
 of the bearings at the mountain apples.
Or is it like something an awe of the running years
While a sense of emptiness and surprise floods me
The autumn already came
silently
under my feet"

따라서 이순자 시인의 시 "가을이 오는 소리" 전체의 바른 번역문은 다음과 같이 될 수 있다.

The Sound of Autumn Coming

Lee Soonja

The mid summer get ripe
to melt in the asphalt
The pavement road heats up its own fever
to vomit forthward

I am in a long-sleeved aloha shirt
covering my arms
to wear a parasol, but
the sun light is overwhelming

An old woman who collects empty boxes
put up her carried wagon

And wipes the sweat from her forehead
Even the street trees are sweating coldly
 with their shoulders slumped
And also the light clouds in the sky are still and resting

Though the starlings and grasshoppers
sang about the changing season
of which the summer did not realize
And is it the regrets of the fading summer
surprised to see the colouring
of thy feet

5. 사촌이 논을 사면 배가 아프다

(1)

 사촌이 논을 사면 샘이 난다. 내 배가 다 아프다. 그런데 그것이 다가 아니다. 나는 사촌이 망했으면 좋겠다. 이것이 인간 안 된 자들의 속성이다. 너는 너의 단체 일을 하고 나는 나의 단체 일을 하면 되겠는데 그걸로는 만족 못 하겠다는 말이다. 네가 꼭 망하는 꼴을 봐야 되겠다는 이야기이다. 월드볼펜클럽 대한본부 달구지역위원회 혹은 그냥 달구지역위원회에서 수석부회장까지 하던 나 이동호는 김성규 네가 어느 틈에 정확한 규정을 찾아내어 선거관리위원회 제도를 통한 회장 당선 증을 받았다는데, 그거 나는 못 봐주겠나. 그리고 거기에다 더하여서 네가 별도로 월드볼펜클럽에서 완전히 독립된 단체인 K볼펜문학회를 만들었다는데, 너 참 재주도 좋다. 그런데 나는 그런 너의 재주도 못 봐 주겠다. 샘이 나서 못 견디겠다. 왜 너는 나보다도 이리도 더 똑똑하냐? 정말 샘이 나고 또 난다. 그래서 나는 네가 두 군데 모두에서 고꾸라졌으면 좋겠다, 이 말씀이야, 그런데 너는 월드볼펜 클럽 대한본부 달구지역위원회의 회장직을 나에게 물려주겠다고? 나는 그걸로도 만족 못하겠다. 그리고 네가 운영하는 K볼펜문학회가 잘되는 꼴을 도저히 못 보겠다, 이거야.

그런데 김성규 네가 잘되게 만드는 데에는 박옥주 전직 회장의 공이 컸지. 박옥주 그년이 공연히 선거관리위원회 제도라는 것을 받아들였잖아. 그래서 김중원 교수를 선거관리위원회 위원장으로 그리고 박홍자를 선거관리위원회 간사로 임명함으로써 김성규가 네가 월드볼펜클럽대한본부 달구지역위원회의 회장이 된 거잖아? 나는 그거 인정 못 하겠어. 나는 선거관리위원회 제도 같은 것은 도저히 용납하기 싫어. 그러니 너를 회장으로 인정하기도 싫어. 그러니깐 아직은 너는 회장이 아니고 나는 아직 회장 당선증을 못 받았으니 지금의 회장은 박옥주 인거야. 그래서 나는 먼저 박옥주에게 소송을 건다. 그것이 너에게 소송을 거는 것과 마찬가지이지. 우선은 민사 소송부터. 그리고 나중에는 형사소송까지 걸 거야. 기다려라. 나는 할 일이 별로 없고 할 줄 아는 것도 별로 없으니깐 이놈의 소송지랄 질로 심심풀이 땅콩 까먹기나 해야 쓰겠다, 바로 요거여. 네가 귀찮아하는 것이 그리도 고소하니깐. 참 보기 좋다. 허허.

(2)

나는 먼저 달구지방법원 민사부에 '이사회 결의 무효 확인 소송'부터 제기하였지. 그리고 그와 동시에 '회장직 무효 확인 소송'도 함께 제기하였지. 원 지랄같이 소송비용이 두 배나 드네, 더욱이 부장판사 출신 한정호 변호사를 나의 소송대리인으로 임명했는데, 거기에는 사연이 좀 있었어. 그런데 어쨌든 좋아. 부장판사 출신이니깐 그 흔하디흔한 전관예우 같은 이

득도 볼 수 있지 않을까 기대된다 이 말씀이지. 나는 도대체 어떻게 해야 그놈의 이사회니 뭐니가 법률적인 문제가 되는지 도저히 알 수 없었어. 또 그놈의 회장 직무 정지 신청은 어떻게 해야 하는 것이야? 그러나 역시 변호사는 다르데. 뚝딱뚝딱 그럴듯하게 서류를 만들어 설랑 무슨 이사회 무효 확인이니, 회장 직무집행정지니 같은 논리로 만들어 내지 뭐야. 크크, 사실은 그것 또한 그냥 사실관계의 조작이겠지만 말이야.

그런데 나는 먼저 너에게는 소송을 걸 수 없었어. 너는 내가 인정하는 회장이 아니니깐. 나는 박옥주 회장을 상대로 소송을 제기한 거야. 그런데 우리 변호사가 좀 똑똑한 줄 알았더니 꼭 그런 것만도 아니네? 왜냐하면 박옥주는 답변서에서 "나는 회장이 아니야"라고 했거든. 그럼 이게 어떻게 돼? 원고인 내가 피고인 소송 상대방을 잘못 지정했으니 이건 보나 마나 소송 각하 내지 기각이 되어야만 하는 것이잖아? 내가 다른 회장을 찾아서 소송을 다시 걸면 또 다시 비용이 발생하고 시간도 더 걸리는데 이거 정말 큰일이군, 그래. 그런데 너 김성규가 좀 친절한 사람이야? 고맙게도 회장은 나 김성규이니깐 소송 청구를 나에게 해주십사하고 서류를 내어주었네. 나는 물론 알아. 네가 이 문학단체에서 시끄러운 일을 조기 종료시켜서 지역사회를 조용하게 만들고 싶은 목적이었다는 것을. 그러나 나는 그런 선의 같은 것은 필요 없어. 오히려 더 떠들어서 나를 부각하고 싶었거든.

처음에 네 변호사는 월드볼펜클럽 대한본부의 회장선거 절차부터 거론했지. 왜냐하면 이 대한본부라는 단체에서는 선거관리위원회제도를 반드시 거쳐야 하는 것이었으므로 말이야. 그러나 판사는 소송을 빨리 진행시키기를 원하였어. 특히 화해와 중재를 통해서 소송을 해결하면 판사의 역량이 더 높게 평가되는 것이기 때문이지. 그래서 판사는 화해 권고를 제시했어. 즉, 첫째로 회장 김성규는 월드볼펜클럽 대한본부 달구지역위원회의 회장 직무를 정지한다. 그리고 둘째로 소송비용은 각자가 부담한다. 이거였지.

  고맙게도 너는 이 화해 권고를 받아들였지. 왜냐하면 너는 본래 이 단체가 도저히 구제 불능이라는 사실을 잘 파악하였고 미래가 없다는 것도 알고 있었거든. 그래서 네가 이 단체에는 전혀 미련도 없다는 사실도 잘 알고 있었어. 김성규 너는 오직 네가 새로이 만든 세계 유일의 독립단체 K볼펜문학회에만 집중하고자 한 것이었지. 그러나 나는 솔직히 반만 마음에 들었어.
  우선 네가 우리 단체 회장을 안 하겠다는 거는 마음에 들었어. 나는 이놈의 월드볼펜클럽 대한본부 달구지역위원회의 회장이 무지 하고 싶었는데, 네가 먼저 물러난다는 것은 일단 내가 회장이 될 수 있는 전제 단계를 충족시켜 준 것이었거든. 그러나 둘째 조건인 "소송비용은 각자 부담한다."는 마음에 안 들었어. 나는 돈이라면 사족을 못 쓰는 사람이잖아. 정말 속상했어. 소송비용까지 피고 김성규에게 물리면 안 될까? 그러나 그것은 불가능했지. 그러면 김성규는 화해 권고를 받아들일 명분이 하나도 없게 되는 셈이니깐 말이지. 더군다나 나는 재판부도 겁이 났었어. 화해 권고를 받아들이지 않으면 받아들인 사람보다는 받아들이지 않은 사람에게 좀 더 불리한 판결이 나오는 경향이 있었거든, 그래서 4월 15일까지 재판장의 화해 권고에 쌍방 아무도 이의를 제기하지 않았기에 이 화해 권고는 확정판결과 동일한 효력을 갖게 되었고 김성규의 회장 직무는 중지되었어. 그리고 이 회장 직무 정지 효력은 이후 7월 18일 회장지위 무효 확인 선고의 중요한 근거가 되었던 것이야. 물론 소송비용은 각자 부담하는 것이지.

  물론 화해라는 것은 승소, 패소의 개념이 없어. 그런데 나는 화해 권고를 죽어라고 승소했다고 우기며 선전하였지. 사실 내가 생각해도 좀 창피하긴 하지만 어쨌든 거짓말이라도 나는 내가 소송에서 이겼다고 주장하고 싶었어. 사실은 화해와 승소가 다르다는 것도 이 무식한 이동호도 뒤늦게나마 알긴 알았지만 말이야. 다른 사람들은 이 소송이 어떤 과정을 거쳤는지는 잘 모르잖아. 그냥 내가 승소했다라고 우기면 아하! 저놈 김성규가 패소하고 나 이동호가 승소한 모양이구나 하고 여기는 것이지 않겠어?

(3)

 그런데 이제 보니 김성규가 일을 너무도 잘하는 거야. 세상에 내가 아까운 소송비용 쓰고 온갖 재주를 다 부려서 4월 15일 김성규의 국제볼펜클럽 대한본부 달구지역위원회의 회장 직무를 가까스로 정지시켰는데, 김성규는 그가 바로 그 4월 15일 이전에 즉, 이 단체의 회장이 된 지 불과 3개월 만에 책 한 권을 뚝딱 출간해 내었지 뭐야. 더욱이 그 책은 첫 장부터 끝장까지 모두 영어로 번역된 것이었기 때문이야. 놀라웠지. 나는 책 한 권을 만드는데, 일 년을 꼬박 바쳤고 더욱이 번역은 3분의 1도 하지 않았어. 또한 그 번역의 내용조차 엉망진창이었고 심지어 내 책의 번역이 엉망진창인지 잘 된 번역인지조차 이해 못 하고 있는 상황이었는데 말이야. 내가 영어 실력이 꽝이잖아. 흐흐.

 사실은 이런 거였어. 김성규는 내가 그리도 사랑하는 월드볼펜클럽 대한본부 달구지역위원회와는 전혀 별개인 단체를 만들었던 것이야.
 김성규는 2021년 1월 10일 인터넷으로 완전 새로운 단체인 K볼펜문학회를 창시한 것이었지. 그리고 그 단체의 정관에는 분명히 이 새로운 단체의 이름은 K볼펜문학회이고 이 새로운 단체는 세상 어디에도 속하지 않는 독립된 단체였다는 점이 명기되어 있었어. 당시 코로나19가 맹위를 떨치던 때라서 집합모임이 어려웠기에 인터넷으로 회의를 하니깐 박홍자, 이상직을 비롯한 여러 사람들이 김성규가 새로운 단체를 만든 바로 당일 1월 10일부터 "예" 또는 "예, 동의합니다." "수고하십니다" "감사합니다" 등의 추임새까지 넣어가면서 이 새로운 단체에 가입한 것이었지.

그리고 이 새로운 단체에서 돈을 모아서 완전히 새로운 책, 번역이 처음부터 끝까지 완성된 국제적인 문학동인지 "K볼펜문학"이라는 책을 발간했던 거야. 내가 아무리 우겨도 그 책은 K볼펜문학회가 발간한 자체 연간지 "K볼펜문학"이라는 완전히 새로운 책이었거든. 그리고 이 책은 K볼펜문학회 회원 25명이 1월 12일부터 3월 8일까지 낸 돈 450만 원을 들여서 만든 책이었다 이거야. 즉 그 25명의 회비 450만 원은 기존 단체인 월드볼펜클럽 대한본부 달구지역위원회의 돈이 아닌 것은 명백하다 이거지.

그런데 쪼다 같은 박홍자가 너무나 고마운 짓을 해주었지 뭐야. 박홍자는 작년까지 월드볼펜클럽 대한본부 달구지역위원회의 사무국장이었어. 그래서 통장과 도장까지 보유하면서 모든 돈의 입출금을 관리하였지. 물론 우편요금 등 소액 결재를 위한 편리를 위하여서 회장인 김성규에게 체크카드는 만들어주었어. 그런데 박홍자는 김성규가 만든 새로운 단체의 사무국장으로 임명되었는데, 그렇다면 새로운 단체의 통장을 새로 만들어야 하는 것 아니야? 그러면 모든 것이 명확하고 양대 단체의 돈 구분도 확실히 되었겠지? 그런데 박홍자는 순 자신의 이익만을 위하는 사람이지. 그래서 자기만의 편리를 위하여, 새로운 단체의 통장을 따로 만들지를 않았어. 순 자신의 게으름 탓이었고 자신만의 편리를 위한 것이었지. 그리고 이 새로운 단체 K볼펜문학회의 회비도 비로 이 통장으로 받았단 말이지. 즉, 회장의 이름만 바뀐 통장으로 받았던 것이지. 따라서 이 통장에는 새로운 단체의 돈 450만 원과 전년도 월드볼펜클럽 대한본부 달구지역위원회의 이월금 470만 원이 함께 존재했던 거야. 물론 김성규는 그때까지 두 개 단체의 회장이었기에 두 개 단체의 회비를 모두 다 잘 보관해야 할 의무가 있었고 실제로 그는 정말로 잘 보관하고 있었어.

(4)

김성규의 빛나는 맹활약에 질투하고 있던 사람은 나 **이동호**뿐만이 아니고 박옥주 전 회장도 마찬가지. 박옥주 그녀는 이 문학단체에서의 회장직을 좀 더 오래 하고 싶었거든. 그러나 그녀가 이미 임기를 마친 2021년 1월 막상 나 **이동호**로부터 소송이 걸려 오자 마지못해 '나 박옥주는 더 이상 회장이 아니다'라고 고백하였다 이 말씀이지. 실은 변호사였던 박옥주 씨 사위의 조언에 따라서 자신이 더 이상 이 단체의 회장이 아니었음을 확인했던 탓이 있기도 하였겠지만 말이야. 그러니깐 나 이동호는 물론 박옥주도 김성규의 자금 운용과 책 발간을 방해하고 싶은 마음은 마찬가지였다 이 말씀이거든. 그래서 박홍자가 갖고 있던 통장의 출금을 실제로 방해한 적이 있었어, 박홍자와 김성규는 많이 당황했었겠지. 그러나 은행 측에 이의를 제기하여 겨우 출금 금지를 해제시켰데. 나와 박옥주는 또 앞으로도 줄곧 김성규를 방해하고 그 달구은행 통장은 압류까지 할 생각이었어.

이런 사실 즉, 나와 박옥주가 압류까지 할 의도를 간파한 박홍자와 김성규는 이 돈을 안전하게 보관해야 하는 집행부로서의 의무에 방해를 받게 되었어. 그래서 박홍자의 아이디어 그리고 박홍자의 지시로 이 돈을 안전한 곳으로 보관하게 하였어.
　그래서 통장과 도장을 가진 사무국장 박홍자가 예금을 안전하게 지켜야 한다고 김성규를 대동하여 달구은행 수창구청지점으로 직접 찾아갔고, 그 지점에서 돈을 인출하여 다른 달구은행 계좌, 즉 김성규가 회장으로 있는 다른 예술단체 산맥예총이라는 다른 단체의 계좌로 돈을 옮기도록 한 것이지. 달구은행이었던 이유는 무엇 특별한 이유가 있었을까? 별것 없어. 단지 이체 수수료를 물기 싫었을 뿐이야. 그리고 그 통장에 들어 있던 돈 중 450만 원은 새로운 단체 K볼펜문학회의 돈이니깐 "K볼펜문학"이라는 책 발간에 잘 쓰게 하였던 것이지. 만약 김성규가 이 돈 450만 원을 "K볼펜문학"이라는 책 발간에 쓰지 않았다면 어떻게 되었을까? 그렇다면 김성규는 K볼펜문학회의 회원들로부터 비난을 받게 되겠지. 배임죄의 책임을 져야 하게 되겠지. 그러므로 K볼펜문학회의 돈 450만 원으로 "K볼펜문학" 책을 발간한 것은 너무나도 당연한 것이야.

(5)

　그리고 2020년으로부터 넘어온 이월금 470만 원은 어떻게 되었을까? 김성규는 이 돈이 안전하게 보관되었음을 수시로 회원들에게 자주 보여주었어. 예금통장으로 혹은 다른 정기예금으로 혹은 현금 혹은 자기앞 수표로 그 돈이 건재함을 자주자주 확인시켜 주었던 것이야.
　그러나 나는 어떻게든지 이 돈에 대한 시비를 걸고 싶었어. 그리고 김성규를 괴롭혀주고 싶었어. 어쨌든 그 돈이 들어온 통장은 그 대표자의 이름이 김성규로 바뀌었던 안 바뀌었던 간에 월드볼펜클럽 대한본부 달구지역위원회의 통장이 아니었던가 말이야. 그래서 나는 일단 고소장을 작성하고 경찰서에다가 제출하였어. 그리고 나의 작전은 먹혔어. 즉 부장판사 출신 그 변호사를 다시 한 번 고용하는 것이지. 이번에는 소송비용은 부담이 없었어. 왜냐하면 내가 월드볼펜클럽 대한본부 달구지역위원회의 회장이 되었기 때문에 그 단체의 비용으로 변호사비용을 내었기 때문이지. 이거야말로 꿩 먹고 알 먹고 아닌가!

경찰서에서는 이동호 그리고 변심의 불여우 박홍자가 진술하였어. 무조건 이 돈은 자기들 돈이라고. 그런데 나 **이동호**는 25명의 회비 중 19명의 회비는 K볼펜문학회의 회비라고 인정도 하였어, 나머지 6명은 이곳저곳 2중으로 회비를 납입한 자들이었는데, 따라서 이들 6명은 양대 단체의 회원이었던 것이야. 그러나 나는 이 돈 6명의 회비도 모두 우리 단체만의 회비라고 우기고 또 우겼지. 우리 고소인 대리인 부장판사 출신 변호사의 이름을 빌려서 말이야. 그런데 이게 먹혀들었단 것이지.

또한 박홍자는 통장 안에 들어있는 돈이 압류당할 위험이 있으니까 안전한 곳으로 옮겨야 한다고 주장한 사람이었고 또 그렇게 자기가 김성규에게 시켰고, 심지어 김성규와 함께 직접 달구은행 침삼동 지점과 수창구청 지점으로 가서 돈을 인출하고 안전하게 옮겼던 것인데, 경찰서와 법원에서 그런 사실을 모두 진술한 기록까지 남겼어.

그럼에도 불구하고 모든 책임이 김성규에게만 있다고 우겼으니 이거야말로 생떼이고 사실과는 많이 달랐던 것이지. 그런데 이것도 먹혀들었던 것이야. 아거 모두 다 그 부장판사 출신 고소 대리인 덕분이었겠지?

또 김성규는 안전하게 보관된 돈을 나에게 돌려주기 위하여 그리고 회장직을 물려주기 위하여 몇 번이나 나를 직접 만나자고도 하고, 지역의 원로 5명의 이름으로도 돌려주고자 했으나 내가 모두 거부한 적이 있지.

또한 대나무문학회 김창식 회장이 중재를 서서 돈을 돌려주고 회장을 물려준다고 했는데에도 내가 거부하였지, 나아가서 지역문학단체의 전직 회장 박희방 씨 그리고 현직 회장인 심훈섭 씨도 그렇게 중재를 섰으나 모두 내가 거부하였지.
　김성규는 심지어 회장직무대행을 하던 김운식 씨의 자택인 경남 창녕까지 직접 찾아가서 김운식 씨의 손에다가 수표를 콱 쥐 주었어. 그랬으나 김운식 씨는 자기는 책임지기 싫다면서 쥐여 수표를 김성규 씨에게 도로 돌려주었던 것이야. 또 다른 회장 직무대행 지행운 씨는 나에게 돈 준다는 소리 하지 말아라. 만나자는 소리 하지 말아라. 자꾸 그러면 업무방해죄로 고소하겠다면서 김성규를 협박까지 하였어. 그런 김성규에게는 불법영득의 의사란 추호도 있을 수 없는 것이지. 그럼에도 불구하고 나는 김성규가 제 맘대로 돈을 횡령해 먹었다고 고소했던 것이야. 나야말로 간이 배 밖에 나온 인간이니깐, 그리고 남을 괴롭히면 그리도 기분이 좋거든.

(6)

　그럼에도 불구하고 경찰서와 검찰청에서는 김성규가 돈을 찾아 썼다는 사실만 받아들이며 기소에 이르게 된 것이야.
　도대체 그 돈이 누구의 것인가? 그리고 김성규가 그 돈을 왜 찾아서 어디에 썼는가는 하나도 중요하지 않게 여겼던 것이야.
　김성규는 이런 엉터리 형사 소송에서 질 수는 없다하고 매우 안이하게 생각하였던 듯 해. 그래서 1심 소송에서는 국선변호사만 활용하였어. 열심히 잘하는 국선변호사도 있겠으나, 김성규의 국선변호사는 일을 성의 없이 하는 것을 나도 알 수가 있었어. 더욱이 나 이동호와 박홍자는 1심 형사법원에 검찰 측의 증인으로 출석하여 마음대로 김성규를 비난하였지. 내가 워낙 무식했으니 그렇지. 위증죄의 무서움도 모르고 마음대로 지껄여선 안 되는 것인데, 박홍자 역시 사기 번역이 탄로 난 앙심을 품고서 마음대로 김성규를 비난하였지. 역시 위증죄의 무서움을 모르고 함부로 설친 것이야.

반대로 김성규 측의 윤홍걸 시인과 김중원 교수는 김성규의 편에 서서 사실대로 증언하였어. 나이 많은 김 교수가 정신이 잠깐 혼절하여 두 단체가 이름만 다르고 같은 단체라고 증언하여 큰 문제가 되었지. 그렇지만 곧 자신의 잘못을 바로 잡기도 하였어.

그러나 1심 재판부는 윤홍걸 시인과 김중원 교수의 증언은 믿을 수 없다하면서 상대편 진술만 의존하여, 그것도 진실을 토로할 수밖에 없던 부분은 생략하고 거짓말만 한 부분을 인용하여 김성규에게 유죄의 판결을 내린 것이야. 심지어 K볼펜문학회에 회비를 낸 사람들이 전부 자필 확인서까지 제출하며 자신들은 분명히 자기들의 회비를 회장이 김성규라고 되어 있는 신규단체 K볼펜문학회에 낸 것이었다고 똑똑히 밝혔음에도 불구하고 1심 판사는 '그런 자필확인서는 김성규의 부탁을 받아서 그럴 것이다'라고 하고 하면서 무죄의 증거로 삼지 않은 것이야. 나 이동호로서야 이것 참 땡잡았다 싶었지. 그래서 세상 곳곳에다가 내가 이기고 김성규가 1심에서 패했다는 이 사실을 신나게 홍보하였지.

그러나 김성규는 1심 판결 당일 바로 항소장을 제출하였고 2심은 무려 1년이 지난 뒤에서야 진행되었어. 2심 재판부가 항소장을 보았어도 참 문제가 많은 1심 재판이었구나 하고 생각한 것이었겠지.

2심이 되어서도 김성규는 국선변호인을 선임하였어. 이것은 김성규가 이길 수밖에 없는 너무도 명백한 사건이라고 생각한 것이지. 물론 소송비용이 아까웠던 것도 사실이었겠지만.

그런데 2심 법원에서의 국선변호인이 아프다고 출석을 못하거나 변론을 제대로 해주지 않아서 결국 사선변호인을 구하게 되었어. 사선변호인을 선임하라고 바로 그 K볼펜문학회의 임원들이 변호사비용의 상당 부분을 모아주기도 하였어. 그렇게 2심 재판이 진행된 것이지.

6. 7인의 무뢰한

 2024년 5월 23일 목요일 오후 4시 남부 지역 어느 형사 사건에 대한 법정에서의 방청 담(談)이다. 법원 내의 여러 건물 중 신별관 202호.
 이날 오후 이 법정에서 개최된 20여 건의 재판 중에서 상습 사기사건, 폭행 사건 등 앞서 다수의 사건이 다루어진 뒤 드디어 방청하고자 했던 한 사건의 공판이 진행되었다.
 이 사건은 피고인이 1심에서 '업무상횡령'이라는 죄목의 혐의로 벌금 400만 원 형을 선고받았던 데에 대한 불복심이다. 피고인이 너무나도 어처구니가 없어서 선고받자마자 즉시 항소했다는 그 사건이지. 김성규는 판결 선고를 듣자마자 즉시 형사 단독부 사무실로 찾아와서 항소장 즉 1심 선고에 대한 불복을 뜻하는 서류를 제출하였다. 그 항소장을 제출한 뒤 무려 1년 만에 2심 재판이 처음으로 열리게 된 것이다.
 재판 지연이라는 항간의 소문은 사실이었다. 아마도 김명수 대법원장이 취임한 뒤 이런 일이 더욱 심해졌다지. 물론

이 1심 판결 자체에 문제가 많이 보였다는 뜻도 아닐까 해.

　형사 범죄의 경우 사건이 가벼운 것은 지방법원에서 단독심 즉 1인의 판사가 사건을 담당한다. 그러나 사안이 무거운 경우에는 처음부터 3인의 재판부 즉, 합의부가 사건을 맡게 되어 있다. 민사 사건 역시 그러하다. 사안이 중한 것인가? 아니면 가벼운 것인가? 에 따라서 단독심과 합의심의 차이가 난다. 예컨대 형사사건의 경우 사람을 죽게 할 정도가 되거나 민사사건에서는 수백억 원의 큰 금액이라면 중한 사건이 되겠지. 물론 그 구체적인 구분의 기준은 법규들에 명시되어 있다.

　1심이 끝난 뒤의 진행은 어떠한가? 지방법원에서는 단독심 즉, 1인 재판장 사건의 선고가 끝난 뒤의 항소심은 역시 같은 지방법원의 합의부 즉 3인의 재판관이 사건을 다루게 되어 있다. 반면 처음부터 지방법원 합의부가 행한 1심 재판에 대한 2심은 고등법원에서 다룬다. 이 2심이 끝난 뒤의 3심은 모두 대법원에서 다룬다. 대법원에서의 업무가 차고 넘칠 것이다.

　김성규는 한창 바쁜 근무시간에 외출증을 끊은 뒤 직장을 나와야 했다. 사실은 무려 한 달 전에 직장 총무과에다가 외출신고를 해놓고 사흘 전에 다시 한 번 더 신고하였다. 그리고 오늘 오전 또다시 외출 보고를 한 뒤 나와야했던 것이다. 직장에다가는 외출 승인 요청 등 아쉬운 소리를 하기 싫었는데, 참 속이 상하였다. 그렇지만 어쩌겠나? 당할 때는 당하고 마는 거지.
　김성규는 회사를 나오기 전에 얼른 세수를 하고 작업복 대신에 하얀 와이셔츠와 싱글 양복으로 옷을 갈아입었다. 머리도 곱게 한 번 더 빗었다. 그리고 여유 있는 시간에 승용차를 타고 법원에 도착하였으나, 이번에는 법원 주차장이 만원이었다. 결국 주변에 만들어진 비싼 유료주차장을 이용할 수밖에 없었다. 자동차를 주차한 후 김성규는 먼저 법원의 종합민원실을 들렀다. 종합민원실에도 민원인들이 많았다.

김성규는 잠시 차례를 기다린 뒤 민원실 로비에 비치된 컴퓨터 앞에 자리를 잡았다. 메일을 열어보니 변호사 사무실에서 보내어 준 '변론 요지서'가 들어 있었다. 국선변호사가 오늘 아침 법원에 제출한 것이었다. 너무 간단한 '변론 요지서'였다. 더욱이 숫자 등의 오류도 보였다. 그래도 요지는 요지이니 없는 것보다는 낫다. 다음에 더 자세한 변론서를 써 주겠지. 그나마 이 정도 성의 있는 국선변호사도 드문 편이다. 1심 재판에서는 국선변호사가 변론서 한 장 안 써주고도 변론서를 제출하였다고 거짓말까지 하였다. 그리고 피고인이 변론서를 보여 달라고 하자 허위 작성 변론서를 보여주었다. 물론 법원에는 제출도 안한, 피고인에 대한 면피용, 속임수용 변론서였다. 이런 더러운 인간들이 법조인이라니. 1심을 맡았던 국선변호사가 변론서를 제출하지 않았고 거짓말만 했다는 사실은 잘 알 수 있었지. 대법원 홈페이지에서 사건 검색하여 제출한 서류열람을 찾아보면 알지.

그리고 김성규는 자신의 핸드폰을 열어보았다. 폰을 열어보니 문자메시지가 하나 들어와 있었다. 운전해 오는 중에 국선변호사의 사무실에서 전화를 걸어왔는데 전화를 받을 수가 없었다. 그랬더니 보내어 준 문자 메시지였다.

'안녕하십니까? 이운성 변호사 사무실의 사무장입니다. 이 문자를 보시면 전화 한 통 주시기 바랍니다'

문자를 보고 김성규는 곧바로 국선변호사의 사무실로 전화를 걸었다. 사무장이 바로 전화를 받았다.

"안녕하십니까? 저는 피고인 김성규입니다"
"아, 김 선생님! 안녕하십니까? 저는 사무장입니다. 오늘 법정에 저희 변호사님이 편찮으셔서 출석을 못 하십니다. 죄송하지만 법정에는 오늘 피고인께서 혼자 좀 가 주십시오."
"옛? 변호사님께서 많이 편찮으신가요?"
"그건 아니고 기침이 너무 심하셔서 일상생활이 불편한 정도입니다."
"예, 그럼 저는 어떻게 해야 하나요?"
"너무 걱정 마십시오. 저희가 기일 변경요청서도 제출해 놓았으니 아마도 재판장님께서 재판 기일을 한 번 더 연기해 주실 겁니다. 그리고 재판부에다가 저희가 작성한 변론요지서가 있는데, 그것도 선생님께 메일로 드려놓았습니다. 한 번 보시기 바랍니다."
"예, 잘 알겠습니다. 그렇게 하겠습니다."

전화를 끊고 김성규는 이운성 국선변호사가 전달해 준 변론요지서 외에 자신이 정리해 놓았던 피고인 진술서도 출력하였다. A4 용지 10장이 넘는 피고인 진술서. 실제로 이 글 그대로 법원에다가 제출한다는 것이 아니고, 내 변호사에게 참고가 될 수 있도록 사건을 정리해 준 글이다. 변호사는 바로 이 피고인 진술서를 보고 사건을 파악한 것이었다. 그리고 만일을 위하여 하나 더 출력하여 법정에 갈 때 양복 안 주머니에 넣어서 갔다. 물론 끝내 읽거나 제출할 기회는 주어지지 않았다.

드디어 재판 시작. 좌우로 배석판사들을 한 명씩 두고서 가운데에 앉은 재판장이 사건 번호와 피고인을 불렀다.

"2023형 제2400호 피고인 김성규 씨?"
"예."

　피고인이 앞으로 나와서 피고인 자리에 들어섰다. 요즘은 판사석을 바라보며 왼쪽은 검사가 앉고, 오른쪽은 피고 측이 앉는다. 피고 측의 자리는 2열로 되어 있다. 앞 열에는 변호인이 앉고 뒤 열에는 피고인 본인이 앉게 되어 있다.
　형식상으로는 형벌을 주고자 하는 행정부의 검사와 재판을 받는 피고인 당사자가 서로 마주 앉아서 공방을 하게 되는 평등한 모습을 취하고 있다. 그리고 사법부가 가운데에서 사건을 청취하고, 심리한 뒤 판결을 내리는 형태인 것이다.

　그런데 대부분의 사건이 끝나고 이 업무상횡령 사건만 남았는데 피고인 측에서는 피고 김성규 본인 혼자만 나왔다. 피고는 일찌감치 국선변호인을 신청하여 법원으로부터 허락되었다. 그래서 법원이 선정해 준 국선변호인 이운성 씨와 동행하였어야 옳았겠지만, 변호인은 참석하지 못했다. 재판 당일 변호인의 건강상의 이유로 기일 연기를 신청하였기 때문이다. 그런데 방청석에는 피고인을 고소한 월드볼펜클럽 대한본부 달구지역위원회 측 사람들이 일찌감치 자리 잡았다. 무려 7명이나 참석하여 사실상 방청석을 독점하였다. 남자가 4명, 여자가 3명 모두 7명이 방청석에 앉았다. 문인들이 글은 안 쓰고 재판이나 구경하러 온 것이다.

　재판정에 늘 구경하러 나오던 한구창이는 오늘 따라 안 나타났다. 어젯밤 술이 과했나? 그 대신 고소인단체의 회장이라는 이동호가 나타났다. 별명이 개주둥이다. 입을 보면 개주둥이처럼 툭 튀어나왔기 때문이다. 입이 심히 튀어나왔으니 항상 불만이 많은 듯이 보인다. 그런데 자칭 문학박사란다.

그래서 이력에는 항상 문학박사임을 꼭 빠뜨리지 않는다. 시시한 지방대학의 박사가 뭐가 그리도 자랑스러운지? 그야 이 친구에게만은 그 시시한 지방대학의 시시한 문학박사가 중요할 만도 하다.

미스터 개주둥이는 초·중·고등학교와 대학을 워낙 이름 없는 곳, 소위 따라지 학교에 다녔기 때문이다. 경상지역 어느 시골에서 초·중·고등학교를 나와서 아무도 알아주지도 않고 내세우기도 창피한 곳을 나왔고, 직장은 대기업이나 금융기관 같은 직장도 못 다니다가 대학인 듯 아닌 듯 시시한 어느 대학의 행정 직원 자리를 구하면서 입에 풀칠은 하였기 때문이다.

그런데 지방 사립대학의 사무직원이란 자리는 삼성전자나 현대자동차처럼 뭐 내세울 수 있는 직장은 아니지만 그래도 제법 시간이 나는 직장이다.

그러므로 미스터 개주둥이는 그야말로 돈만 내면 입학하고 졸업장까지 받을 수 있는 시시한 H지방사립대학은 다닐 수 있었던 것이다. 그리고 대학 졸업 후에는 그 시시한 대학의 사무직원은 하면서도 널널하게 적을 둘 수 있는 또 다른 시시한 지방대학 Y대학의 대학원 석사과정을 다녔다. 그리하여 미스터 개주둥이는 석사 과정을 쉬이 마쳤다.

이후에도 편안한 직장에서 시간은 많았다. 그래서 이번에는 역시 같은 대학의 박사과정에 원서를 내었다. 그런데, 아뿔싸! 똑딱 떨어지고 말았다. 평소에는 그 대학 박사과정은 돈만 내면 쉽게 들어갈 수 있는 곳인데, 그해에는 하필이면 제법 똑똑한 동료였던 S 석사가 있어서 그에게 입학 자리를 밀렸던 것이다. 그래서 그는 급이 좀 더 낮은 G대학의 대학원 박사과정을 다녔고, 막대한 학자금을 쏟아 부은 끝에야 학위를 받을 수 있었다. 그래서 그에게는 문학 박사 학위를 준 이 G대학이라는 데가 그가 그동안 다녔던 초·중·고·대학·대학원 석사·대학원 박사 학교 중에서 자랑할 수 있는 유일한 학교이었다.

개주둥이는 쉴 새 없이 자신이 '박사'임을 자랑하고 다녔다. 세상에나! 서울에 있는 다수의 명문대학의 박사들, 미국과 유럽의 명문대학에서 박사학위를 받아온 사람들도 즐비한데 시골 무명 사립대학에서 사실상 돈 주고서 받은 박사학위 하나를 그렇게나 내세우겠다는 것인지…

다음 방문객인 하영자 수필가. 고소인단체의 전직 회장이다. 그녀는 서울에 소재한 D대학교 국어국문학과를 졸업한 데에 대한 많은 자부심을 갖고 있다. D대학교는 유명한 교수들이 많이 거쳐 갔고 또한 훌륭한 작가들을 많이 배출했다는 것이다. 그래서 자기도 이 학교를 나왔음을 늘 자랑하고 있다.
　자기는 이 학교의 자랑인 안주동 교수 내외를 많은 돈을 들여서 이 남부 도시에 초대하였다. 그러나 막상 안주동 박사는 하영자 졸업생을 잘 모른다고 하여 안주동 교수의 강의에 참여한 많은 청중의 웃음거리가 되었다.
　하영자 수필가 역시 작은 문학상들은 좀 받았지만 막상 내세울 만한 큰 상은 받은 적이 없고, 또한 대단한 문학단체의 회장을 맡은 적도 없다.
　하영자 수필가는 다른 동료 D대학 동문과 함께 대한문인협회 회장 선거에 임하였으나, 열심히 노력하였음에도 불구하고 당선되지 못하였던 아픈 기억도 있다. 그래서 하영자는 자기 단체에서 월드볼펜아카데미문학상을 받은 것을 늘 자랑하고 다녔다. 또한 이 단체에서 회장을 역임한 것을 대단한 경력인 양 여기고 있다.

그녀가 월드볼펜클럽 대한본부 달구지역위원회의 회장 재임 시 사무국장을 맡은 이는 바로 그 말도 많고 탈도 많던 이동호였다. 그래서 그녀는 자기의 꼬봉이었던 이동호에 대하여 열렬한 지지를 보내고 있는 것이다.

다음에 눈여겨볼 참관인은 이 단체의 감사직을 맡았던 장삼구 시인. 그는 다리를 다쳐서 심한 절름발이이다. 지팡이를 짚고도 많이 절뚝거리는 그도 매번 이 재판을 참관하였다.

장삼구 감사는 몇 년 전 피고소인이 주최한 한-프랑스 국제문학세미나에 참가하여 한국 시 한 편을 낭송한 바 있다. 다른 사람들은 영어와 프랑스 시를 낭송하였는데, 장삼구씨는 외국어는 망통이니 한글로 낭송하였다. 그런데 한글 시낭송 그것도 수고라고 장삼구는 피고소인 김성규로부터 수고비 5만 원을 받아먹었던 것이다.

세상에나 남의 단체를 욕하면서 남의 단체가 베풀어주는 상금은 날름날름 받아먹다니. 이런 지독하고도 괴상한 배알머리가 다 있나? 미스터 개주둥이나 하영자 그리고 장삼구 같은 이들은 김성규 씨처럼 이런 국제적인 행사는 전혀 주최할 줄도 모른다. 최소한의 영어 실력도 없어서 그렇겠지. 그런데 그게 그런 것이기만 한가? 자신이 실력이 없다면 통번역 인을 고용하면 될 것인데, 기본적으로 기획력이 없었다고 봐야 할 것이다. 머리가 안 돌아가는 것이다. 그다지 어려운 기획도 아닌데…

더욱이 자기 돈을 털어서 남에게 상금이나 수고비를 준다는 것은 상상하지 못한다. 그저 숟가락 하나 얹어서 푼돈이나 건지려 할 뿐. 그나마 행사에 참여시켜 준 은혜, 푼돈이나 선사 받은 은혜 같은 것은 머릿속에 없다. 단지 이들은 또 다른 돈벌이 기회나 노릴 뿐이 아닌지…

이들 셋은 힘을 합하여서 또 다른 전직 회장 박옥주 씨를 이 단체로부터 제명해 버렸다. 아예 싹둑! 말이다.

그런데 그들이 제명했다는 박옥주 씨는 누구인가? 그녀는 우선 하영자의 고교 선배이다. 그리고 이상화문학상, 윤동주문학상 같은 한국 최고의 문학상을 받는 대단히 우수한 시인이다.

게다가 따르는 후배 문인들이 많을 뿐만 아니라 돈도 많은 부자이다. 남편이 부동산 부자일 뿐만 아니라 자신이 약사이니, 그 사이 돈도 많이도 벌었다. 그리고 자신의 모교 약학대학에다가는 억대의 장학금도 후원하였다. 약대 측에서는 감사의 표시로 건물 앞에다가 번듯한 시비를 하나 세워 주었다. 시비 제막식 때에는 많은 사람들이 와서 시비 건립을 축하해 주었다, 그러니깐 하영자가 박옥주에게 질투가 날 만도 하지.

질투는 질투이고. 그럼 도대체 왜? 그리고 어떻게 잘라냈냐고? 월드볼펜클럽 대한본부 달구지역위원회라는 문학단체에서 차기 회장을 뽑아야 하는데 하영자는 자신의 꼬봉인 개주둥이가 차기 회장이 되기를 원했다. 그런데 그 일이 박옥주 때문에 방해가 되었다고 생각한 것이다. 박옥주는 김성규를 지지했기 때문이다. 그래서 하영자, 장삼구, 개주둥이 송동주 일당은 그들의 전가의 보도와 같은 소위 이사회를 열어서 박옥주와 김성규 그리고 이들을 지지하는 이금자 시인, 정숙재 시인, 김옥분 시인까지 다 합쳐 10명이나 몽땅 싹둑! 제명이라는 결의를 하였던 것이다. 무슨 해명 기회 이런 것도 없다. 제멋대로 싹둑싹둑이다.

또 다른 방청객 봉정현 시인. 그는 아들이 의사이다. 그래서 시시때때로 아들이 돈 잘 버는 의사라고 자랑하고 다닌다. 아들 자랑의 정도가 심하니깐 핀잔을 주는 동료 문인들도 있었으나 전혀 개의치가 않았다. 그렇다고 남에게 밥이나 잘 사주나? 천만에. 오히려 문학회에서 좋은 직위를 차지하고 난 뒤 그 직위를 이용하여 문학 상금이나 후원금 같은 것이나 시시때때로 챙겨 먹었다. 그런 그가 김성규와 개주둥이와의 갈등을 중재하겠다고 자처하였다. 도대체 왜 그랬을까? 기실 싸움이라고는 진절머리가 나는 김성규는 봉정현의 제의를 다 받아들였으나 개주둥이는 애초 약속한 봉정현의 제안을 수락하는 척하다가 이를 손바닥 뒤집듯이 헤까닥 뒤집어버렸다. 애당초 화해 같은 것은 염두에 없었고 그냥 김성규만 엿 먹이는 쇼를 한 것이었다. 그리고는 고소하다고 희희낙락 박수를 쳤다.

도대체 봉정현은 무슨 중재를 했단 말인가? 김성규가 볼펜문학회라는 상호를 쓰지 않으면 모든 소송과 싸움을 그치겠다는 이야기이다. 그래서 김성규는 못내 내키지 않았지만은 봉정현의 말을 믿고 이동호에게 전화를 걸었다.

우리 앞으로 K볼펜문학회라는 용어를 양보할 터이니깐 앞으로는 싸우지 말고 힘을 합하여 지역 문단을 일으켜 봅시다. 라고 했지. 실제로는 K볼펜문학회라는 상호가 전 세계에 너무 알려져 있었기에 참 아깝긴 아까왔단 말이지. 그런데 이동호의 발언은 뜻밖이었다. 김성규 회장. 그걸로는 안 되어요. 당신이 모든 돈을 도둑질해 먹었다는 자술서를 쓰고 그것을 공증사무소에서 공증을 받아서 모든 기관으로 배포하셔야 해요. 으잉? 이 무슨 개주둥이에서 나오는 지랄 같은 소리야? 그때서야 김성규는 봉정현이와 이동호가 화해는커녕 단지 골탕만 먹이려고 까불이고 있었다는 사실을 깨달았다.

또 한 여자는 임정숙 여사. 남부 지역에서 몸무게 많이 나가라면 열 손가락 안에 들 정도로 거구의 아낙네님이시다.

그녀도 무조건 개주둥이 팬이다. 목소리는 또 얼마나 큰지. 아무 데서나 고함을 지르고 인터넷 카페에서는 시시때때로 자신의 위대하신 고견을 쏟아내며 존재감을 키우려 한다.

미스터 개주둥이와 하영자와 장삼구와 봉종현과 임정숙. 이 다섯 명과 또 다른 할 일 없는 남녀 한 명씩이 더 참가하였다.

한 명의 이름은 김건욱인가 뭐가 하는 공무원 출신인데 이것저것 잡것이나 모으는 짓을 좋아하는데 이번에는 소송자료나 모으려고 하는 모양이다.

나머지 한 명은 이름이 박숙희인데 통칭 시시한 지방대학 국문학과를 나왔고 쟤네들 부회장이란다. 맷돌 호박이라는 작품을 썼는데 영어 번역을 호박만 하고 맷돌은 빠뜨렸네. 수준이 왜 그 모양인가 아니 도대체 왜 그랬을까?
　이날, 이 남쪽 도시에 있는 모 지방법원의 형사 법정 방청석을 주름잡은 이들은 법정의 7인, 아니 황야의 7인 즉, 7인의 무뢰한이었다. 얘들이 늙어가며 무슨 영화 같은 짓이나 하고 있네…그리고 이들은 이 추악한 재판을 재미있게 보고 즐기기 위하여 30분 전부터 방청석을 차지하고 앉았던 것이다.

　그럼, 그날 재판은 어떻게 진행되었을까? 김성규는 웬일로 양복을 말쑥하게 차려입고 왔다. 그래서인지 오늘따라 그가 더욱 깔끔하고 지성적으로 보였다.
　고소를 제기한 상대방 단체에서는 무려 7명의 무뢰한이 자신을 관찰(?)하고 있음에도 불구하고 김성규는 전혀 기죽는 모습이 보이지 않는다, 오히려 담담하고도 당당하다. 진실과 도덕에서 앞선 자만이 보일 수 있는 여유 있는 모습이다. 그래서 김성규가 이들 7명의 무뢰한 한 명 한 명을 쓱 둘러보았을 때 이들 7 작자들 중에서 김성규의 눈동자를 똑바로 바라볼 수 있는 자는 한 명도 없었다. 이들 7명은 너나없이 모두 김성규의 눈동자를 피하며 고개를 돌렸다. 아니 김성규의 눈동자를 피할 수밖에 없었을 것이다. 문인이라는 자들이 글은 안 쓰고 쓸데없이 법정에나 들락날락거리며 시간을 허비하고 있으니 말이다.

　드디어 김성규에 관한 재판이 개시되었다. 재판장이 사건번호와 피고인의 이름을 불렀다. 김성규가 예! 하고 또렷이 대답한 뒤 일어섰다. 그리고 재판 석을 향하여 머리 숙여 인사한 뒤 피고인석으로 들어갔다. 그리고 어떻게 되었을까?

·재판장 문 : "본 사건, 피고인께서 항소하는 것이 맞으십니까?"
·피고인 답 : "예, 그렇습니다."
·재판장 문 : "그런데 오늘 변호인께서 안 나오셨네요?"
·피고인 답 : "예. 변호사님께서 편찮으시다고 들었습니다."
·재판장 문 : "그럼 이 사건 기일을 변경해야겠는데, 기일 변경신청서가 들어왔나요?"
·참관 서기인 답 : "예, 재판장님, 오늘 아침 변호인으로부터 변경신청서가 들어왔습니다."
·재판장 문 : "아, 그래요? 그럼 기일을 한 번 변경하겠습니다. 피고인, 6월 18일과 25일 어느 날이 좋으신가요?"
·피고인 답 : "예, 저는 6월 18일이 좋습니다. 변호사님 사정은 잘 모르겠습니다만"
·재판장 문 : "그럼 6월 18일 오후 3시 10분으로 연기하겠습니다. 오늘은 돌아가셔도 좋습니다."

그렇게 이날 재판을 마쳤는데 그 시간은 불과 1분 남짓하였다. 즉 아무것도 한 거 없고 그냥 재판 연기만 한 것이었다. 그럼 이 꼴을 보려고 쟤들은 무려 일곱 마리나 킁킁 무슨 맛있는 냄새라도 맡으러 왔단 말인가? 참. 남들이 하는 짓거리이지만 지지리도 꼴불견이 아닌가?

김성규는 피고인석에서부터 내려와서 천천히 법정 문 쪽으로 걸어갔다. 그리고 방청석에 앉은 그 7인의 무뢰한들을 쓰윽 한 번 둘러보았다. 아주 천천히. 그러나 그 7명 중 그 누구도 김성규의 눈을 마주치려 하지 않았다. 자리에서 일어나지도 못하고 있었다. 김성규는 천천히 법정을 나와서 변호사 사무실로 전화를 걸었다.

"아, 저는 피고인 김성규입니다. 이운성 변호사님 건강은 좀 어떠신가요?"

변호사 사무실의 여직원이 답했다.

"예, 기침이 심하시지만, 며칠 지나면 괜찮으실 겁니다. 그런데 오늘 재판 결과는 어떻게 되었나요?"

"예, 오늘 사무장님께서 말씀하신 대로 기일이 연기되었습니다. 6월 18일 오후 3시 10분으로요"

"아, 예. 그러십니까? 오늘 선생님 혼자 수고 많으셨습니다."

"아뇨, 전혀 문제없었습니다. 무엇보다도 변호사님께서 빨리 쾌차하시기를 빕니다. 그리고 직원님도 내내 안녕히 계십시오. 그리고 또 좀 계속 도와주십시오."

"예, 알겠습니다. 그럼 안녕히 가십시오."

이렇게 그날의 재판은 끝이 났다. 지금쯤 그 7명의 무뢰한들은 무얼 하고 있을까? 오랜만에 거지발싸개 파티나 할까? 고작 기일 연기나 구경하려고 무려 7명이나 차비 들이고 시간 들여가며 모였단 말인가?

김성규는 쓸쓸한 미소를 지으며 직장으로 되돌아갔다.

저녁이 되었다. 다시 낮의 그 재판정 생각이 났다.

지금쯤 그 7인의 무뢰한은 헤어졌겠지? 아니면 무얼 하고 있을까? 오랜만에 막걸리 파티나 할까? 아니면 소위 소송 대책 회의 같은 것이나 하고 있을까?

그런데 오늘 고작 기일 연기나 구경하려고 남자 여자 합쳐서 무려 7명이나 모였단 말인가? 차비 들이고 시간 들여가며? 학창 시절 배운 프랑스어 문장이 생각났다.

Mon Dieu! Ayez pitié de fous et de folles!
신이여! 미친 남자와 미친 여자들을 불쌍히 여기소서!

7. 증인의 사전 진술

사　건　　2023노 2400 업무상 횡령
피고인　　김성규

　윤정희 증인은 위 사건의 효율적인 진행을 위하여 '다음과 같이 사전 진술합니다.'라고 시작하는 사전 진술서를 작성하고 법원에다가 제출하였다. 증인이 사전 진술서 같은 것을 법원에 제출하는 일은 상당히 드문 일이다. 그래도 윤정희 증인은 성의를 다하여 서류를 작성하여 제출하였다.

　존경하는 재판장님. 먼저 지난 기일 불출석에 대하여 사과드립니다. 증인은 3명의 자녀와 8명의 (외)손자 (외)손주를 둔 70대 할머니입니다. 외손주 중에서 제가 돌보던 열 살 먹은 박은정이가 원인도 모를 희귀병에 걸려 경북대 병원에서 사경을 헤매고 있었습니다. 그래서 지난 기일은 불가피하게 결석할 수밖에 없었습니다. 재판장님께 죄송합니다. 변호사님과 피고인께도 죄송합니다. 아이는 지금도 입원해 있지만 약간 호전되어 의식도 회복하고 말도 하는 수준에 이르렀습니다. 이제 조금 여유를 갖게 되었습니다.

이에 다음 기일에는 꼭 출석하여 첨부와 같은 요지의 증언을 할 예정임을 말씀드립니다.

*첨부 : 윤정희 증인 사전 진술서

증인 사전 진술서

1. 본 증인이 본 사건 2심 증인으로 나오게 된 과정은 아래와 같습니다.

(가) 저는 초등학교 교장과 경산시 교육장까지 42년 동안 교육계에만 종사하였습니다. 70대 중반이 되기까지 법원은커녕 경찰서에도 가본 적이 없습니다. 그래서 법원에 가는 것이 다소 두렵기도 합니다. 그러나 정의와 진실을 위하여 용기를 내었습니다.

(나) 제가 부회장으로 있는 K볼펜문학회는 2021년 1월 10일 설립하고 사업자등록증명에 명기된 바와 같이 1월 13일 사업을 개시하여 4월 4일 동 단체의 동인지 "K볼펜문학" 책을 발간하였습니다. 그럼에도 우리 단체가 4월 2일에야 설립되었다 하시니 이게 무슨 말씀입니까? 문학동인지의 발간을 기획하고, 원고를 수집하고, 책 전체를 영어로 번역하고, 회비를 모으고, 편집하고, 교정하고, 인쇄하는 일을 어떻게 단 이틀 만에 할 수 있다는 말입니까?

(다) 또한 제가 낸 2021년도 K볼펜문학회 부회장회비 40만 원을 포함한 동료 회원들 25명의 회비 450만 원을 왜 고소인의 돈이라고 하는 것입니까? 고소인 측도 2중 가입자인 6명만 자기들 단체 회원이라고 했지 않습니까? 더욱이 부회장 회비 40만 원, 감사 회비 40만 원 같은 것은 고소인단체에는 존재하지도 않는 큰돈입니다. 부회장들 숫자 역시 우리 단체는 13명, 고소인단체는 3명, 거짓말로해도 5명밖에 안 됩니다.

(라) 나아가서 저희 K볼펜문학회 회원들이 경찰서에 제출한 자필 사실 확인서 (증거서류 475쪽 이하)라던가 1심 공판 중 윤흥걸 시인과 김중원 교수가 선서 증언한 내용을 왜 부인하시는 겁니까? 심지어 **이동호**, 박홍자가 자기들의 귀책이라고 시인한 객관적인 사실마저 부인함은 또 웬일이신가요? 즉,

(마) 고소인 측이 피고인에게 안전한 곳으로 보관시키라고 지시했던 일 (증거서류 315쪽), 피고인이 돈을 돌려줄 테니 만나자고 해도 고소인 측이 거부하였던 일(442, 443쪽) 등은 본 증인도 서류를 보고 똑똑히 확인했습니다.

(바) 이에 저희 K볼펜문학회 회원들은 누군가가 한 번 더 재판장님께 진실을 호소하여야 한다는 생각을 하였으며, 이에 제가 증인이 되었습니다. 또한 십시일반 돈을 모아 피고인을 위한 사선변호인도 선임하게 되었습니다. K볼펜문학회원들 전체가 너무도 억울하기 때문입니다.

그러므로 존경하는 재판장님, 다시 한 번 증거를 꼼꼼히 살피신 후 피고인에게 꼭 무죄를 선고하여 주시기 바랍니다.

2. K볼펜문학회가 사단법인 월드볼펜클럽 대한본부에서 독립하게 된 이유입니다.

(가) 한국경제는 세계 10위권. 올림픽 메달수도 세계 10위권. K팝, K클래식, K영화, K푸드가 세계에서 위세를 떨치고 있음에도 불구하고 한국 문인들은 왜 그 오랫동안 노벨문학상을 타지 못했던 이유가 무엇이었을까요?

(나) 한국 문인들이 너무나 무능하고 부도덕하기 때문입니다. 특히 월드볼펜클럽 대한본부라는 단체와 그 산하 달구지역위원회부터 그러합니다.

첫째, 고수은 시인의 성 추문 사건을 비롯하여 달구지역위원회의 초대회장 박걸곤 시인의 성 추문 사건, 서정훈 시인의 여학생 성추행 사건처럼 언론에 대서특필된 사건들도 있습니다.(첨부 신문 기사 참조)

둘째, 월드볼펜클럽 대한본부의 규정에 따르면 먼저 월드볼펜클럽 대한본부에 회비를 내어야만 각 지역위원회의 회원이 될 수 있습니다. 그런데 달구지역위원회 회원의 90퍼센트는 월드볼펜클럽 대한본부 회원도 아니면서 지역위원회의 회원이라고 하고 있습니다. 심지어 다수의 죽은 사람도 회원이라고 하고 있습니다. 사실상 유령단체입니다. 머릿수만 불려서 정부지원금만 더 받으려는 사기 행위였던 것입니다. (월드볼펜클럽 대한본부 규정을 참조 하십시오. 이하 같습니다.)

셋째, 또한 지역위원회 회장은 선거관리위원회를 거쳐 직선으로 선출해야 하는데 김성규 회장 이전까지는 그러지 않았습니다.

넷째, 지역위원회의 부회장은 3인 이내라야 하는 데 5명을 부회장으로 하였고 자칭 수석부회장이라는 직책도 만들었습니다. 완전 규정 위반입니다.

다섯째, 지역위원회의 정관 규정상 문학의 국제 교류와 번역은 가장 주된 사업인데 이 점은 거의 0점에 가깝습니다. 20년간 국제 교류란 거의 전무하였습니다. 반면 K볼펜문학회의 출중한 국제 교류에 대하여 대한본부 달구지역위원회 측의 질투는 하늘을 찌를 것 같습니다.

예컨대 K볼펜문학회는 네팔, 일본, 대만, 중국, 호주, 미국, 영국, 프랑스, 독일, 캐나다, 스페인, 포르투갈 등을 직접 방문하거나 현지 인사를 초대하는 방법으로 활발히 교류하면서 히말라야 문학상, 홋카이도 문학상, 임어당 문학상, 한불문학상 등 수많은 해외문학상을 수상하였습니다. 그러나 지역위원회 측은 빵점입니다. 빵점!

한편 K볼펜문학회가 책의 원고를 100% 번역하는 데에 반하여 지역위원회 측은 3분의 1 내지 4분의 1 정도밖에 하지 못합니다. 그나마 참혹한 수준의 쓰레기 번역이 수백 가지나 됩니다. 그나마 이들의 사기 번역이 자신들의 행정 무능으로 말미암아 해외에는 거의 전달되지 않은 것이 오히려 다행일 정도입니다.

예컨대, "포장도로"의 번역이 "The Grapes"인가요?
"대구 앞산"의 번역이 "The Mountain in front of my

house"인가요?

"햇빛 가리는 양산" 즉 파라솔의 번역이 "Mass Production" 인가요?

"장원급제의 장원(壯元)"이 봉건영주의 땅 "Manor"인가요?

"시모음집 시집 詩集"의 번역이 "Marriage"인가요?

정말 부끄러운 수준입니다.

여섯째, 또한 이들은 내부 돈 싸움과 자리싸움이 치열했습니다. 2020년 말 달구지역위원회의 **이동호** 부회장이 박옥주 회장더러 돈 1,000만 원 내어놓아라, 1억 원 내어 놓아라 하면서 내용증명편지를 보내더니 급기야 민사소송까지 제기했던 것을 보아도 그러합니다. 제명 처분까지 내렸다니깐요.

(다) 이에 지역위원회로부터 지금까지 속고 회비만 **뺏겼다**라고 생각하는 뜻있는 회원들이 모여서 성추행 없는 단체, 돈 싸움이나 자리싸움 없는 단체, 문학의 진정한 국제 교류와 정확한 번역을 하는 새롭고 참된 단체를 만들기로 한 것입니다. 신규 정관에도 "독립된 단체 K볼펜문학회"입니다.

(라) "K볼펜문학회"의 회원은 2021년 1월 10일 독립되고 새로운 단체를 만든다는 김성규 회장의 인터넷 제안을 받아들인 사람들입니다. 김 회장의 독립단체 제안에 동의하지 않은 사람들은 기존 단체에 남으면 되는 것입니다. 김 회장에 동의하는 사람들, 동의하지 않는 사람들 이렇게 2개의 별개 단체입니다.

(마) 박홍자와 이상직, 이호전 등이 1월 10일 제일 먼저 "예"라고 동의하였고, 저는 1월 12일 동의하고 부회

장 제의를 수락하였습니다.

(바) 박홍자는 2021년 신규단체의 사무국장일 뿐이지, 2021년도에 고소인단체의 사무국장으로 임명해준 사람은 아무도 없습니다.

(사) 통상 문학단체 등 동호회를 그만둘 시에는 회비 안 내고, 출석 안 하고, 원고 안 내면 되지 특별한 절차를 거치는 경우는 드뭅니다.

3. 2021년 1월 12일부터 3월 8일까지 K볼펜문학회 회원 25명은 전원 신규단체이자 독립단체인 K볼펜문학회에다가 회비를 납부하였습니다.

(가) 신규단체 K볼펜문학회가 창립된 뒤 2021년도 연회비는 회장과 사무국장이 안내하는 대구은행 505-10-164302-0 대표자 김성규로 된 계좌로 납부하였습니다. 저는 1월 16일 부회장 회비 40만 원을 납부하였습니다. 이호전 감사는 1월 18일 감사회비 40만 원을 납부하였습니다.
 고소인 단체에는 40만 원이라는 회비 자체가 없습니다.

(나) 2021년 고소인 측 연회비는 농협은행으로 납부하였습니다. 그러므로 본 사건 달구은행 계좌로 2021년 새로이 납부된 연회비는 모두 신규단체 K볼펜문학회의 돈입니다.(형사소송 기록 27~29쪽을 보십시오)

(다) 2021년도 고소인단체의 회장 탈락에 불만을 품은 이동호 씨가 1월 10일 고소인단체를 상대로 민사소송을 제기

하여 1월 18일 그 민사소송의 소장이 박옥주 씨에게 도달하였습니다. 이 소식과 함께 이동호 씨가 K볼펜문학 책 발간을 방해하기 위해 달구은행 계좌를 압류한다는 소문도 신임집행부에 들려왔습니다. 1월 20일 경이었습니다. 그런데 이동호 씨 소송대리인의 실수로 원고의 이름을 이동호가 아니라 필명을 적었고, 피고 대표자의 이름은 김성규가 아니라 전 회장 박옥주라고 적었습니다. 그래서 원고와 피고의 명의를 둘 다 변경하는 등 소란을 피웠습니다. 이들이 얼마나 무능한가 하는 또 다른 증거입니다.

4. 자금을 안전한 데로 보관하라고 고소인 측 박홍자가 지시하였습니다.

(가) 1월 20일경 새 책 발간을 위해 동분서주하던 신규단체의 집행부에게 무엇보다도 양대 단체의 회비의 안전이 제일 염려되었을 것입니다. 회비를 압류의 위험 등으로부터 안전하게 보관함은 회장과 사무국장의 최우선 의무입니다. 그래서 이 회비를 안전한 곳으로 보관하라고 박홍자 사무국장이 김성규 회장에게 시켰다고 합니다. 박홍자가 경찰서에서 실토한 그대로입니다.(형사소송 기록 315쪽 상단)

(나) 통장과 도장은 사무국장이 보관하고 있었습니다.

(다) 그래서 박홍자가 김성규를 데리고 달구은행 수창구청지점으로 갔고, 박홍자가 가진 통장과 도장을 이용하여 자금을 인출하여 수수료가 들지 않는 다른 달구은행 통장으로 이체시켜 안전하게 보관시켰다고 합니다. 박홍자의 경찰진술에도 나타난 바와 같이 자기가 시킨 일입니다.

(라) 만약 박홍자가 은행으로 직접 간 일이 부당한 일이었다면, 그리고 자신이 가진 통장과 도장을 사용한 일이 부당한 일이었다면 박홍자는 은행에는 왜 갔으며 통장과 도장은 왜 사용했던 것일까요?

(마) 박홍자는 이후 두 달 동안 자금의 정당한 보관에 대해서는 아무 말도 못 했습니다. 그런데 자신이 신규단체 통장 개설을 똑똑히 조치 못한 점, 자신의 번역비가 너무 늦게 나온 점 그리고 너무 적게 지급된 데에 대한 불만, 그나마 자신의 사기 번역까지 들통나자, 단체를 배반하였습니다. 그래서 보관한 자금을 도로 내어놓으라는 등 헛소리했다고 하나, 이미 책 발간작업은 마무리단계에 접어들었고 또한 박홍자는 2021년 고소인 측 사무국장도 아니므로(임명해 준 사람이 없습니다) 아무런 자격도 없는 신분이었습니다.

(바) 또한 박홍자 자기가 이체해 준 곽구성에 대한 번역 비용 6만 원은 정당하다고 하더니, 피고인이 이체해 준 다른 번역비용(곽구성 12만 원, 류호철 15만 원, 박홍자 30만 원)는 지급이 잘못되었다고 합니다. 더군다나 이들 세 사람은 모두 고소인 측 사람들이었습니다. 돈은 고소인 측이 빼먹고는 남을 고소하다니 사악하기가 이를 데가 없습니다. 이들 3인이 받은 번역 비용이 장물이었다면 이들은 더욱 돈을 반환하였어야 할 것입니다.

5. 고소인 측의 추가 자금 인출에 대한 지시가 있었습니다.

(가) 한편 김성규 회장은 이체 받은 자금을 현금과 정기예금 등으로 충분히 잘 보관하고 있다는 사실을 회원들에게 보

고하였으며 출판 회의 때에는 통장을 직접 보여주기도 하였습니다. 그리고 통장에 남은 돈은 더 이상 쓸 필요가 없었습니다. 4월 4일 이미 책이 발간되었기 때문입니다.

(나) 그런데 박홍자는 4월 7일경 통장에 남은 돈을 모두 **빼**내어서 '0'으로 만들라고 김 회장에게 지시했다고 합니다. 달구문화예술재단의 지원금을 받기 위해서라는 것입니다. 윤홍걸 씨를 통하여 지시하였으며 이는 윤홍걸 씨와 박홍자 자신의 증인신문조서에서 제가 직접 확인하였습니다.
자격도 없이 돈을 입금하라고 했다가 이제는 돈을 도로 **빼**내어서 통장을 '0'으로 만들라고 하다니요? 도대체 이게 무슨 짓거리입니까?

6. 자금 반환을 위한 7차례 시도를 고소인측이 전부 거부하였습니다.

(가) 이와 상관없이 김 회장은 전년도에서 이월되어 온 돈을 고소인 측에 돌려주기 위해서 적어도 7차례 이상이나 고소인 측을 만나자고 했다고 합니다. 고소인측은 매번 거부했습니다. 김 회장이 돈을 돌려주기 위해 만나자고 해도 이행운 감사이자 고소인 측의 회장직무대행자 그리고 고소인 **이동호**가 만남을 거부하는 휴대폰 문자 내용은 제가 직접 확인하기도 하였습니다.

(나) 특히 고소인 측 회장 직무대행 지행운 감사는 2021년이 아니라 2020년 이월금만 요구하였습니다. 그러면서 피고인을 만나주기는커녕 문자 넣는 것조차 거부하였습니다.
(형사소송 기록 442쪽, 443쪽 지행운 감사, 이동호 폰 문

자 캡처 참조하시면 됩니다)

7. 결론

 이와 같이 피고인은 K볼펜문학회 회장으로서 정당한 절차를 거쳐서 K볼펜문학회 회원들만의 회비를 이용하여 자체 동인지를 발간하였을 뿐입니다.
 또한 전년도 이월금은 고소인 측의 지시에 따라서 안전하게 보관하였으며 이 돈을 돌려주고자 하였으나 고소인 측이 거부하여 늦어지던 중 할 수 없이 정산을 전제로 충분한 자금을 법원에 공탁하고 고소인 측에 현금도 더 맡겨 놓았음이 형사소송 기록 등에 전부 명기되어 있음을 본 증인이 직접 확인하였습니다. 상세 사항은 공판 당일 증인신문 시에 충실히 증언토록 하겠습니다.

 증인 윤정희 배상

8. 원심 판결에 대해 반론하다

 피고인 김성규는 다음과 같이 1심 판결에 대하여 반론을 제기하였다. 먼저 반론 전체의 차례를 확인하고 구체적인 내용도 검토해 본다.

∈차례∋

A. 범죄사실 (판결문 1쪽) 에 대한 반론

B. 증거의 요지 (판결문 2쪽 이하) 에 대한 반론
   I. 김중원의 일부 법정진술
   II. 제3회 공판조서 중 이동호, 박홍자의 각 법정진술
   III. 수사보고서(2021년도 사업계획안 등 첨부) 외
   IV. 각 505-10-164302-0 계좌거래내역서 외
   V. 2021년 상반기 K볼펜문학회 관련 지출 내역 외
   VI. 2021카합10008 직무집행정지 가처분 결정문 외

C. 피고인 및 변호인의 주장에 관한 판단에 대한 반론
  1. 주장의 요지에 대한 반론
  2. 판단에 대한 반론

D. 결론

-다음-

A. <u>범죄사실 (판결문 1쪽)에 대한 반론</u>

가. 피고인은 2021년 1월 1일경부터 자칭 피해자인 월드볼펜클럽 대한본부 달구지역위원회의 회장으로서 피해자의 회비 수령, 회비 관리 등의 업무에 종사하였습니다. 그러나 피고인은 2021년 1월 10일경 동료들과 함께 새로이 설립하고 1월 13일부터 사업을 개시한 K볼펜문학회도 운영하였습니다. 역시 회장이었습니다. 그러므로 피고인은 K볼펜문학회의 회비 수령, 회비 관리 등의 업무에도 종사하였습니다. 원심판결의 오류는 바로 이 명백하게 실재하는 K볼펜문학회를 부정하는 데에서부터 시작되었습니다.
  ·증거 1. 북달구세무서 사업자등록증명
         (사업개시일자 2021.01.13.)

나. 피고인이 자칭 피해자 명의의 달구은행 계좌(505-10-164****)에 있던 돈(전년도 이월금 4,700,000원 및 2021년 해당 계좌로 새로이 입금된 4,500,000원)을 보관했던 것도 맞습니다.
  그러나 2021년, 이 계좌로 새로 입금된 돈 4,500,000원은 고소인단체의 돈이 아닙니다. 모두 신규단체 K볼펜문학회 회원들의 연회비였습니다. 왜냐하면 이 계좌는 2021년도에는

오직 신규단체 K볼펜문학회 회원들만의 회비를 받는 계좌였기 때문입니다.

다. 그럼 2021년도 고소인단체의 연회비는 어디로 받았는가? 달구은행이 아니라, 오직 농협 계좌 301-0291-1082-0으로만 받았습니다.
·증거 3. 고소인단체 발간 2021년도 연간지 판권 쪽
　　　　고소인단체 회비 계좌번호 농협 301-0291-1082-80

라. 하나의 계좌에 복수의 개인이나 단체의 자금이 보관되는 경우는 흔히 있습니다. 단지 명의가 A로 되어있다는 이유만으로 그 계좌의 돈이 모두 A의 돈일 수만은 없는 것입니다. 예컨대 피고인 명의의 신한은행 110-055-79**** 계좌에는 피고인 개인의 돈뿐만 아니라 산맥문인협회, 배기만기념사업회 등 다른 문학단체 그리고 동창회 등의 자금도 포함된 적이 있습니다. 진정한 주인을 찾아주기만 하면 되는 것입니다.

마. 고소인단체도 남의 돈을 보관하고 있다가 주인을 찾아준 적이 있습니다. 즉, 고소인단체는 김신중 씨의 돈 5만 원을 보관한 적이 있다가, 김신중 씨가 고소인단체의 회원이 아니었기에 2021년 9월 24일 주인에게 돌려주었던 것입니다. 주인에게 돈을 돌려줄 때 이사회 등 별다른 절차가 없었습니다
·입증 : 이동호 증인의 증인신문조서 12쪽

바. 또한 이동호 씨가 감사직을 맡고 있는 동동시비문학이라는 단체도 마찬가지였습니다. 다른 회원 즉, 김성규의 돈 15만 원을 보관하고 있다가 2022년 11월 2일 주인에게 돌려준 적이 있습니다. 감사는 아무론 제지도 하지 않았습니다.
·입증 : 윤정희 증인의 사전 진술서 중

사. 원심은 피고인이 2021. 1. 20.경부터 2021. 4. 8. 경까지 별지 범죄 일람표 기재와 같이 총 12회에 걸쳐 8,400,000원을 마음대로 개인적인 용도로 소비하여 횡령하였다고 판정합니다. 있을 수 없는 오판입니다. 피고인이 마음대로 개인적인 용도로 소비한 적이 절대 절대 없습니다. 이 돈은 모두 고소인 측의 지시 등으로 정당하게 보관 또는 지출되었습니다. 그러므로 이 일람표라는 것은 범죄의 증거가 아니라 오히려 고소인 측 무고행위의 증거일 뿐입니다. 추후 상술하겠습니다.
·증거 2. 표. 달구은행 505-10-164302-0 지출내역 (원)

아. 2021년 11월 16일에도 고소인 측 회장직무대행은 자신들이 받아야 할 돈은 2020년도까지의 회비일 뿐임을 분명히 하였습니다.
·입증. 2020년 달구펜 회비(이월금 포함)나 입금하시오 (지행운 회장직무대행의 폰 문자 캡처)
형사소송기록 442쪽에 나옵니다.

B. 증거의 요지 (판결문 2쪽 이하) 에 대한 반론

원심이 제시한 증거의 요지는 모두 증거 수집 위반입니다. 아래와 같은 이유입니다.

I. 김중원의 일부 법정 진술

김중원은 1936년생 고령으로 진술에 다소 혼란스러운 면도 있었지만, 결론은 아래와 같이 명쾌합니다.

1) 피고인이 통장의 돈을 출금한 이유는 고소인 (박홍자) 측의 지시에 의한 것이었고
2) 출금한 목적은 양대 단체 회비를 외부의 압류 등으로부터 안전하게 보관할 회장으로서의 가장 기본적인 의무 이행이었다는 점
3) 그 와중에 고소인단체의 돈을 전달해 주기 위해 여러 차례나 노력하였으나 모두 고소인 측이 거부하였다는 사실을 진술하였습니다.

*입증 : 김중원의 증인신문조서 3쪽
·변호인 문 : "이때 박홍자가 직접 피고인을 데리고 달구은행으로 가서 박홍자가 보관하고 있던 통장과 도장을 이용하여 K볼펜문학회 회원들이 납부한 회비 등의 자금을 이체하였다고 하지요?"
·증인 답 : "예"

*입증 : 김중원의 증인신문조서 4 쪽
·변호인 문 : "2021년 4월초에 이동호 씨와 박홍자 씨가 통장에 있는 돈을 인출하고 장부를 '0'으로 만들어 라고 한 사실을 증인은 혹시 들어서 알고 있나요?"
·증인 답 : "예"

*입증 : 김중원의 2023년 5월 8일 공증 인증서
"또한 2021년 초 김성규는 이동호 측에 전년도 고소인단체 측의 회장직과 전년도 이월금 전액을 인도코자 하였으나 이동호 측이 이를 거부하였고, 2021년 4월 7일경 달구은행 통장 잔액도 이동호, 박홍자 측이 전액 찾도록 지시하였음을 확인합니다."

II. 제3회 공판조서 중 이동호, 박홍자의 각 법정 진술이 있습니다.

1. 이동호의 법정 진술

·검사 문 : 질문은 처벌을 원하고 있나요?(7쪽)
·증인 답 : 그렇습니다. 지금은 상대방이 월드볼펜클럽이라는 명칭을 쓰지 않는 한 처벌해야 한다고 봅니다.
(피고인이 월드볼펜이라는 명칭을 쓰지 않은 지가 오래되었습니다).

·변호인 문 : 월드볼펜클럽 대한본부 달구지역위원회 회비 등 각종 수입은 어떻게 관리하나요? 통장으로 관리합니까? (8쪽)
·증인 답 : 하나의 월드볼펜 지정된 계좌로 현재는 농협에서 (즉, 고소인단체의 2021년 회비는 농협 계좌로 받습니다. 그러므로 2021년 달구은행 505-10-164302-0에 들어온 회비는 피해자의 돈이 아니라 K볼펜문학회만의 돈이라고 이동호 증인이 시인한 것입니다)

·피고인 문 : 2021년 초 김중원, 이순남, 권기훈 등 지역 원로문인 5명이 중재안을 내어서 2년 연상인 증인이 먼저 회장을 하고 피고인은 나중에 하라, 그리고 통장도 만나서 증인에게 넘겨주라고 한 사실을 알고 있나요? (10쪽)
·증인 답 : 권유하기 위해서 이야기한 적은 있지요.
(즉, 피고인이 통장을 돌려주겠다는 이야기를 듣고도 송동주가 거부하였다는 증거입니다.)

·피고인 문 : 김신중 시인이 고소인 단체 회원이 되겠다고 2021. 7. 29. 회비 5만 원을 입금했는데 나중에 안 하겠다고 하니까 나중에 그 단체의 사무국장이 5만 원을 돌려주었지요?(12쪽)
·증인 답 : 예.
 (고소인도 타인의 돈은 주인에게, 별다른 절차 없이 돌려주고 있습니다)

·판사 문 : 월드볼펜클럽 대한본부 달구지역위원회에서 가지고 있던 돈이 얼마였나요? 당시에 남아 있어야 하는 돈이. (8쪽)
·증인 답 : 회비 통장은 2020. 12. 31 기준으로 약 470만 원 되는 것으로 알고 있습니다.(2022. 11. 21. 증언)
 *입증. 상기 A. 고소인 측 회장 직무대행 지행운 감사의 2021. 11. 16.자 폰 문자와 같습니다.(2020년도 이월금 470만 원 정도를 돌려달라고 함)
 *입증. "2020년 월드볼펜클럽 회비(이월금 포함) 나 입금하시오"
 형사소송 기록 442쪽에 나와 있습니다.

2. 박홍자의 법정진술

·검사 문 : 피고인은 증인이 2021년 1월에 피고인한테 이 위원회 자금은 별도 계좌로 위원회 자금을 이체했다고 하는 데 그런 사실이 있습니까?(5쪽)
·증인 답 : … 그런 것은, 앞에 돈 3번인가 2번인가 **뺀** 것은 박옥주 직전 회장이 침삼동 달구은행에서 못

찾게 했기 때문에 다른 은행으로 넣어야 된다는 그 소리는 들었습니다.

사실관계는 이러합니다. 우선 박홍자가 별도 계좌에 보관하라고 지시해서 피고인이 본인 계좌로 위원회 자금을 이체했다는 사실은 스스로 시인하고 있습니다. 그러나 박옥주 전 회장 때문만으로도 돈을 다른 은행으로 넣어야 된다는 소리를 한 사람도 박홍자입니다. 또한 박옥주 전직 회장 때문만이 아니라 **이동호**가 계좌를 압류시킬 위험으로부터 안전하게 보관하기 위하여서도 이체한 것입니다. 원심 판사님의 증인심문 시 박홍자가 스스로 실토한 바와 같습니다.

· 판사 문 : 그때(2021. 1. 22) 그 돈을 인출한 것이 압류되거나 할 수 있으니 옮겨놓아야 된다고 해서 돈을 찾은 것인가요?(15쪽)
· 증인 답 : 위험하다고 하고 안전한 데로 해야 된다고 해서 찾았습니다. 그때는.

· 검사 문 : 피고인이 별도로 설립한 K볼펜문학회에서 발간한 100주년 기념보고서에 필요한 번역비로 30만 원 이체 (2021.3.3) 된 것이라는 것인가요?(6쪽)
· 증인 답 : 예.

즉, 박홍자는 위에서 보는 바와 같이 피고인이 별도로 설립한 K볼펜문학회의 존재를 알고 있었습니다.

a. 한편 박홍자는 인터넷회의로 2021년 1월 10일에 독립된 단체 K볼펜문학회가 설립될 당시에도 이미 "예"라고 동의한 바 있습니다.
b. 그러므로 박홍자가 번역 비 30만 원을 입금 받은 2021

년 3월 3일에도 이 돈이 독립된 신규단체 K볼펜문학회에서 이체되었다고 확인하였습니다.
c. 박홍자 번역가가 행한 "K볼펜문학" 책의 번역 비를 K볼펜문학회에서 받는 것이 정당했다는 것입니다.
d. 따라서 만약에 이 사건 달구은행 계좌가 고소인의 계좌라고 하더라도 여기에 들어있는 자금을 구분하여 정당한 주인에게 돌려주는 것은 하등의 문제가 없는 것입니다. 정당한 주인에게 돈을 찾아주면 됩니다.
e. 박홍자는 지출번호 6번 곽구성에 대한 K볼펜문학 번역비 2건 60,000원을 자신이 직접 입금시켜주었는데 K볼펜문학회의 자금이었습니다. 그러나 고소되지 않았습니다. 정당한 지출이었기 때문입니다.
f. 그러므로 지출 번호 13번 류호철, 15번 곽구성, 16번 박홍자에 대한 K볼펜문학 책의 작품번역 비도 K볼펜문학회의 자금으로 집행되었는데, 기소하면 안 되는 것입니다.
g. 마찬가지로 손지혜의 디자인 비 60만 원도 K볼펜문학회 업무였고 K볼펜문학회의 자금으로 지급되었으니 기소하면 안 되는 것입니다.
h. 만약에 이 3인의 번역 행위와 디자인 비 등이 고소인단체의 업무였다고 칩시다. 그렇다면 책의 발간은 고소인단체의 정당한 업무이니 더욱 기소할 명분이 없습니다. 지출 번호 5번 우편료, 6번 곽구성 번역료, 12번, 25번, 17번, 18번, 19번, 21번, 22번, 25번, 26번, 27번, 28번 각 우편료나 포장비와 커피값이 고소인단체의 업무라고 해서 기소되지 않은 것과 마찬가지입니다.
i. 변호인 문 : K볼펜문학회에는 정관규정도 별도로 있다는데 알고 있습니까?(증인신문조서 12쪽에 나옵니다)
·증인 답 : 예, 정관이 있지요. 회장 2년 하면 좋겠다고

만든 것은 옳은 정관이 아니랍니다. 박홍자가 1월 10일 받은 김성규의 e메일에 부속된 K볼펜문학회의 정관을 보았다는 뜻입니다. 따라서 박홍자는 K볼펜문학회가 월드볼펜클럽 대한본부로부터 완전 독립되어 있음과 단체의 이름은 무슨 약자가 아닌 6글자 K볼펜문학회임을 확인했다는 이야기입니다.

j. ·판사 문 : 그때 그 돈을 인출한 것이 압류되거나 할 수 있으니 옮겨놓아야 된다고 해서 돈을 찾은 것인가요?(15쪽에 나옵니다.)

·증인 답 : 위험하다고 하고 안전한 데로 해야 된다고 해서 찾았습니다. 그때는

k. 피고인 문 : 2021. 4. 7.경 K볼펜문학회 이사인 윤홍걸 시인에게 증인이 전화해서 뭔가 요청했지요?(16쪽에 나옵니다.)

·증인 답 : 윤홍걸한테 전화했지요.

(즉 김성규로 하여금 문화예술기금을 받기 위하여 본 사건 통장을 '0'으로 만들라고 시킨 일, 윤홍걸을 통하여 시킨 것을 시인한 것입니다.)

III. 수사보고서(2021년도 사업계획안 등 첨부) 외

1. 수사보고서(2021년도 사업계획안 등 첨부) - 형사소송기록 51쪽

(가) 이 수사보고서는 K볼펜문학회가 책을 발간하고 난 뒤 19일이 지난 2021. 4. 23 에야 고소인단체가 자체 이사회를 열었다는 이야기입니다.

(나) 그런데 K볼펜문학회의 책 발간은 2021년 3월 말 예정

이었습니다. 그리고 1월 13일 업무를 시작하여 4월 4일 자로 "이미 발간 완료"까지 되었습니다.

　(다) 남이야 자신의 계획에 따라서 책을 내든 말든 고소인 측과는 아무런 상관이 없습니다. 더욱이 고소인단체는 K볼펜문학회가 책을 발간한 이후에야 "준비를 하였다"는 무능함과 부도덕함을 보였을 뿐입니다. 바로 이들의 무능함과 부도덕함이 새로운 단체가 설립된 이유입니다. 고소인 측의 실제 책 발간은 11. 18 이었으므로 K볼펜문학회보다도 7개월 반이나 늦었습니다.
　·증거 3. 고소인단체 2021.11.18. 발간 연간지 판권 쪽

2. 수사보고서 (피의자 사용 메일 내역 첨부) -형사소송 기록 200쪽

　피의자가 타인에게 전달하거나 피의자 자신의 E-메일로 보관한 E-메일은 여러 가지가 있었습니다. 그런데 원심은 구체적으로 무슨 E-메일인가도 적시하지 않았습니다. 그러므로 그 무렵 수사기관이 보관하고 있는 피의자의 모든 E-메일을 살펴보겠습니다.
　·입증. 형사소송기록 201쪽 ~ 204쪽 (메일 3건-달구북부경찰서 출력) 달구북부경찰서 성혜진 경사가 피의자의 핸드폰으로부터 불법적으로 자신의 E-메일 hyejin@police.go.kr로 전달받고 출력까지 한 내용입니다.

　·E-메일 ① 발신: grandars@daum.net
　　　　　　수신: nmnmthomak@naver.com
　피의자 혼자 주고받은 E-메일입니다. 별다른 내용도 없습니다.

·E-메일 ② 발신: grandars@daum.net,
　　　　　수신 : jjj5577@chollian.net

피의자가 박홍자 사무국장의 부탁을 받아서 정상춘에 보낸 E-메일입니다. 정관변경 서명을 위임하겠느냐는 문의일 뿐입니다.

·E-메일 ③ 발신: parkhong620@hanmail.net,
　　　　　수신: grandars@daum.net,

박홍자 사무국장이 피의자에게 2021년 총회 절차의 지체 없는 실행을 촉구하는 내용일 뿐입니다. 도대체 위 메일 3건이 왜 횡령의 증거가 될 수 있다는지 납득이 되지 않습니다.

3. 수사보고서 (월드볼펜클럽 대한본부 달구지역위원회 달구은행 계좌 12월 거래내역 첨부)-형사소송기록 254쪽~258쪽

고소인단체가 제출한 진술서에는 피의자가 공탁금 400만원을 납부하였다는 점에 대하여 구구절절이 변명하고 있는데, 그 이유는 피의자가 여러 차례나 돈을 주고자 해도 고소인단체가 이를 회피하였기 때문입니다. 고소인은 구차한 변명과 함께 2020년 12월 달구은행 계좌 505-10-164302-0의 거래내역을 제시하였습니다. 이 기간을 아무리 보아도 피고인이 출금한 경우는 보이지 않습니다. 즉, 이 수사보고서는 고소인 측이 여러 차례나 돈의 수령을 거부했다는 반증일 뿐입니다.
　증. 고소인이 피고인으로부터 받은 내용증명 편지 2021.11.24.자 형사소송기록 254쪽입니다.

4. 수사보고 (참고인 박홍자 전화 진술 청취) 형사소송 기록 598쪽

검찰과 박홍자간의 통화내역은
① 통장과 도장은 모두 박홍자가 소지하였다.
② 2021. 01. 15 박홍자 (23만원) 와 김성규 (281,000원) 의 출금이 있었다. 라는 것뿐입니다. 그리고 이 내용에 따라서 검찰 스스로가 위 ②번 출금이 정당한 업무라면서 불기소하였습니다. 세상에 불기소한 것이 어떻게 횡령죄의 증거라는 것인지요? 1심 재판관님의 정신 건강이 좀 이상하십니다.

IV. 각 505-10-164302-0 계좌 거래내역서 외

1. 달구은행 505-10-164302-0 계좌 거래내역서
　　형사소송기록 330~335 쪽이지만 복사상태가 매우 불량하여 증거가 될 수 없습니다.

·330~332쪽 : 2020년 11월~12월 입출금 내역
　　　　　-2020년도 입출금은 본 사건과 전혀 상관없습니다.
·333~335쪽 : 2021년 1월 4일 ~ 4월 5일 입출금 내역
　　　　　- 입출금 사실 자체는 인정됩니다.

　가) 그런데 고소인 측은 출금내역을 4월 5일까지 20건만 표시하고 4월 6일부터 8일까지의 출금 9건은 아예 표시조차 안 했습니다.
　나) 즉, 이 9건 출금은 전혀 횡령의 논쟁조차 될 수 없는 사항임을 고소인 측이 스스로 일찍감치 인정하였던 것입니다. 따라서 이 달구은행 계좌거래내역서는 "무죄의 증거"일뿐입니다.

다) 특히 4월 7일 고소인 측이 윤홍걸을 경유하여 피고인으로 하여금 이 사건 달구은행 통장을 '0'으로 비우도록 지시하였습니다. 즉, 4월 7일~4월 8일 양일간 출금된 6건은 모두 4월 7일 고소인 측 박홍자가 지시하였던 대로였기 때문에 횡령이 될 수 없습니다. 그러므로 고소인 측은 이 6건의 거래내역을 숨겼던 것입니다..

·증거 2. 표. 달구은행 505-10-164302-0 지출내역
·입증 박홍자 증인신문조서 16쪽
    윤홍걸 증인신문조서 4-5쪽
    윤홍걸 자필 사실확인서 형사소송기록 478쪽
    김중원의 증인신문조서 4쪽
    김중원의 2023년 5월 8일 자 공증 인증서

2. 2021년도 사업계획안 -형사소송 기록 51쪽을 참조하십시오.

위 III. 각 수사보고서의 1. 수사보고서 (2021년도 사업계획안 등 첨부)에서 이미 입증된 바와 마찬가지입니다. 고소인 단체가 자기들의 책을 "발간 준비"했다는 이야기 (2021. 4.23)는 남의 단체인 K볼펜문학회가 자기들 책을 자기들의 계획에 따라서 이미 19일 전에 "출간 완료"했다는 사실 (2021. 4. 4)과 아무런 상관이 없습니다.

·증거 3. 2021년도 고소인단체 발간 책 판권 발간일 (2021.11.18)
 ·입증. 형사소송 기록 제198 쪽 2021년도 고소인단체 책 판권 부분

3. 508-11-831390-0 계좌 거래내역서인데, 검찰 측의 증

거목록에는 103쪽으로 되어 있으나 105쪽의 오기입니다.

① 고소인 측 (박홍자) 이 직접 통장과 도장을 가지고 은행을 방문하는 등 민사소송의 압류로부터 회피시킨 4건 그리고
② 고소인측이 윤홍걸을 시켜 달구문화재단의 지원금을 수령하기 위해 통장을 비우도록 시킨 2건이 입금되어 있습니다. 모두 고소인 측의 지시에 따른 것입니다.

이 6건의 입금액 7,174,920원 중에서 4,500,000원은 K볼펜문학회 회원들 25명의 회비입니다. 그러므로 고소인 단체의 돈은 2,674,920원뿐입니다. 이 돈 역시 피고인 등의 과오납 찬조금, 과오납 회비 등 K볼펜문학회가 정산 받아야 할 돈이 적어도 100만 원이 넘습니다. 그러므로 실제 고소인단체의 돈은 1,674,920원 미만이고 모두 충분히 잘 보관되어 있었습니다. 더욱이 피고인은 2021년 1월부터 고소인 측에게 회장직과 돈을 전달하기 위해 무려 7회 이상이나 만나자고 했으나 고소인 측이 모두 거절하였습니다. 그러므로 이 계좌거래내역서는 고소인 측이 무고를 했다는 증거입니다.
입증. 이동호의 핸드폰 문자 캡쳐 ; 2021. 2. 22자 - 만남을 거부하는 형사소송 기록 443쪽
입증 지행운 감사의 핸드폰 문자 캡쳐 : 2021. 11. 16 자 2020년 달구펜클럽 회비 (이월금 포함)나 입금하시오. 이 시간 이후의 문자는 괴롭힘으로 간주하고 일체 대응하지 않겠습니다.
이와 같이 지행운 감사는 피고인의 만남 요청을 거부함은 물론 문자마저 괴롭힘으로 간주한다며 금품 수령을 거부하였습니다.

V. 2021년 상반기 K볼펜문학회 지출 내역 외

1. 2021년 상반기 K볼펜문학회 내부적 업무에 대한 지출내역 형사소송 기록 295쪽~309쪽

① 고소인단체의 돈은 한 푼도 손대지 않은 상태에서
② 오직 K볼펜문학회의 내부적 업무에 대한 정당한 지출입니다.
　고소인단체에서 남의 단체 업무에 왈가왈부할 수 없습니다.
　K볼펜문학회가 2021년 상반기에 기지출하거나 (외국인 낭송시인 출연료 500,000원 등) 미지출한 내역인 김성규 번역비 2,100,000원 등을 포함한 잠정 정리 내용입니다. 고소인단체가 남의 단체더러 국제 시낭송회를 왜 했느냐? 번역 비는 왜 안 주었느냐? 우편료는 왜 주었느냐? 하면서 간섭한다는 자체가 넌센스입니다.
③ 이후 연말에 K볼펜문학회 이호전 감사(세무사)의 전문적인 감사까지 득한 순전히 K볼펜문학회 내부업무입니다.

2. 박홍자의 작성 문자내역이 있습니다-형사소송기록 325~329쪽

① 우선 박홍자가 문자내역을 캡쳐한 것이 아닙니다. 2021년 4월 5일에 "타자 쳤다"는 것입니다. 그런데 누군가 타자를 치기만 하면 모두 증거능력을 가진다는 건가요? 그것도 1~2개월 지나서 타자를 쳤다는 것 인데도요? 더욱이 박홍자가 타자 쳤다고 주장하는 내용은 김성규에게 보냈다는 문자, 그것도 신뢰할 수 없습니다. 만 있는 것이 아니고, 자신의 개인적인 불만이라든가, 제삼자와 나눈 대화 내용을 적기도 하는 등 온갖 잡동사니가 다 적혀 있습니다. 맞춤법도 형편없어 잘 이해도 안 됩니다. 특히 박홍자는 K볼펜문학회의 회장

단회의, 편집회의에는 참가 자격조차 없습니다. 그럼에도 자기를 참여시키지 않은 것에 대하여 원색적인 비난을 많이 적어 놓았습니다. 박홍자가 동료들을 배반한 이유의 하나일 뿐입니다. 본 사건의 증거가 될 성격이 아닙니다.

② 설사 박홍자가 기억을 더듬어서 타자 친 것이 모두 실제 있었던 문자였다고 하더라도 그 내용이 모두 틀렸습니다. 이를 보아 이 문자는 오히려 고소인단체가 무고했다는 증거일 뿐입니다.

③ 이에 굳이 박홍자가 김성규에게 보냈다고 주장하는 문자 메시지 3가지가 얼마나 엉터리인가부터 입증하겠습니다.

* **첫 번째 문자 : 2021년 2월 17일 보냄**

박홍자가 2개월 전에 보낸 문자를 기억하였다가 4월 5일에야 타자 친 것이므로 신뢰성이 없습니다.

"달구펜클럽의 통장에서 빼낸 돈 4,441,354원 이 돈은 김성규 회장이 관여할 돈이 아닙니다. 2020년까지 남아있는 돈에서(잔액) 감사비(2인 교통비 지행운 감사, 장삼구 감사 2인 합계 6만 원 결산서 150부의 값을 빼고, 남은 돈은 그대로 통장에 넣어두어야 합니다. 박옥주 회장 때 모은 돈이기 때문입니다.…중략하옵고. 2021년 2월 19일까지 원상복구(원상복귀) 4,441,354원 입금해 주시기 바랍니다."

-비판-

달구펜클럽의 통장이 무슨 통장을 의미하는지 명확하지 않습니다. 그러나 무슨 통장이든 상관없이 K볼펜문학회의 정당한 업무에 관여해서는 안 될 사람은 바로 박홍자입니다. 박홍자는 그 돈에 대하여 관여할 수 있는 아무런 자격도 신분도 없는 사람입니다.

처음 박홍자는 다만 2021년 K볼펜문학회의 사무국장일 때 김성규 회장과 함께 1월 22일경 달구은행 수창구청지점에 직접 가서 돈을 찾았습니다. 출금 시 박홍자가 보관하고 있던 통장과 도장을 이용하였습니다. 정당한 이유가 없었다면 박홍자가 왜 달구은행 수창구청지점으로 직접 갔겠습니까? 은행에 가서도 정당한 이유가 없었다면 자신이 갖고 있던 통장과 도장은 왜 내어놓았겠습니까? 정당한 이유란 회비를 민사 소송상 압류의 위험으로부터 피하여 안전하게 잘 보관하자고 했던 사실입니다. 박홍자는 그런 사실을 원심 재판에서 직접 선서한 뒤에 증언하였습니다.

·입증 : 박홍자 증인신문조서 15쪽
　·판사 문 : "그때 그 돈을 인출한 것이 압류되거나 할 수 있으니 옮겨놓아야 한다고 해서 돈을 찾은 것인가요?"
　·증인 답 : "위험하다고 하고 안전한 데로 해야 한다고 해서 찾았습니다."

·두 번째 문자 : 2021년 3월 22일 월요일 오후 6시 47분 역시 폰 문자의 캡처가 아니고 4월 5일 타자 친 것으로 신뢰 불가합니다.
"지금은 재판 중이니, 달구펜클럽의 통장에서 출금한 돈 전부 원상 복구해 놓으시기 바랍니다." 박홍자의 오만불손함만 나타나 있을 뿐입니다.

-비판-
a. 재판 중인 것은 맞습니다. 그래서 압류의 위험으로부터 회비를 안전하게 보관한다면서 은행을 직접 방문한 사람, 그리고 은행에서 자신이 갖고 있던 통장과 도장을 내어놓은 사람은 바로 박홍자 자신이었습니다.

회원들의 회비를 안전하게 보관하여야 할 집행부의 정당한 업무였기 때문입니다. 박홍자 자신이 행한 정당한 업무를 번복하였습니다. 그러면서 이번에는 거꾸로 회비를 압류의 위험에 도로 빠뜨리라고 하고 있습니다. 자가당착입니다. 배신자다운 태도라고 하겠습니다.

b. 더욱이 박홍자가 뒤늦게 주장하기를 자신은 처음부터 K볼펜문학회가 월드볼펜클럽 대한본부로부터 독립하는 것을 인정한 적 없다고 하였고, 신규단체인 K볼펜문학회가 고소인단체와 같은 단체인 줄 알았다고 주장하였습니다. 하기와 같이 새빨간 거짓말입니다.

· 입증. 형사소송 기록 433쪽 박홍자의 인터넷 답변 "예"
2021년 1월 10일 김성규 회장이 인터넷으로 "독립된 단체"를 설립하고 그 이름을 "K볼펜문학회"로 하자고 제안하였을 때 가장 먼저 "예"라고 찬성하고 임원까지 되겠다고 한 사람은 바로 박홍자 자신이었습니다. K볼펜문학회가 만들고 박홍자가 직접 확인한 정관에는 K볼펜문학회가 분명히 완전히 독립된 새로운 단체라고 되어 있습니다. 이름 역시 6글자뿐인 K볼펜문학회임도 명백합니다. 고소인단체처럼 긴 이름이 아닌 것입니다. 새로운 단체이기 때문에 K볼펜문학회가 사업자등록을 할 때에도 별도의 사업자등록증까지 획득한 것입니다. 비단 사업자등록번호뿐만 아니라 주소지와 임원의 숫자와 회비까지 모두 달랐습니다.
· 증거 1. 북달구 세무서 사업자등록 증명 -단체명 "K볼펜문학회"

c. 또한 K볼펜문학회가 만들고 있던 연간지 『K볼펜문학』 책은 박홍자가 문자를 썼다는 3월 22일경에는 이미 거의 완료 단계인지라 이제 와서 정당하게 집행된 번역비, 디자인

비, 우편료 등을 반환할 수도 없고 그럴 필요는 더욱 없었던 것입니다.

　d. 관련 달구은행 계좌에서 돈을 인출해 먹은 사람은 바로 박홍자 자신입니다. 감사 교통비 6만 원과 박홍자 활동비 25만 원을 인출하였고 번역료 30만 원까지 챙겨먹은 이는 바로 박홍자 자신이었습니다.

　e. 만약 아무런 자격도 없는 박홍자의 요구대로 돈을 도로 입금시켜 회원들의 귀중한 회비가 압류되었다면 책도 못 만들었을 것이고 더욱이 보관 의무 해태라는 회장의 책임 즉, 배임이라는 비난을 피할 수 없었을 것입니다.
　·입증 : 박홍자 증인신문조서 15쪽
　　·판사 문 : "그때 그 돈을 인출한 것이 압류되거나 할 수 있으니 옮겨놓아야 된다고 해서 돈을 찾은 것인가요?"
　　·증인 답 : "위험하다고 하고 안전한데로 해야 된다고 해서 찾았습니다."

　f) 박홍자뿐만 아니라 윤홍걸, 김중원 등 다른 많은 회원들도 그 돈은 압류를 피하기 위하여 안전하게 보관되었다는 사실을 잘 알고 있었습니다. 일부 회원들은 법정 증언도 했습니다.

　·입증 : 윤홍걸 증인신문조서 4쪽~5쪽
　　·변호인 문 : "당시에 민사소송을 제기했던 이동호가 책 발행을 방해하기 위해서 통장에다가 가압류를 한다는 소문이 돌았기 때문인가요?"
　　·증인 답 : "예"

·입증 : 김중원의 증인신문조서 3쪽
　·변호인 문 : "이때 박홍자가 직접 피고인을 데리고 달구은행으로 가서 박홍자가 보관하고 있던 통장과 도장을 이용하여 K볼펜문학회 회원들이 납부한 회비 등의 자금을 이체하였다고 하지요?
　·증인 답 : "예"

·입증 : 김중원의 2023년 5월 8일 공증 인증서에는 다음과 같은 진술을 남겼습니다. "또한 2021년 초 김성규는 이동호 측에 전년도 고소인단체 측의 회장직과 전년도 이월금 전액을 인도코자 하였으나 이동호 측이 이를 거부하였고, 2021년 4월 7일 경 달구은행 통장 잔액도 이동호, 박홍자 측이 전액 인출토록 지시하였음을 확인합니다."

* 세 번째 문자 : 2021년 4월 2일 문자메시지로 보낸 것입니다.

"김성규 선생님께서 대한볼펜클럽 서울본부를 떠나서 별개의 문학단체를 만든다고 하시는데, 볼펜클럽 공금 가져가신 돈을 돌려주시기를 바랍니다. 그리고 일반 보통 통장에서 김성규 선생님께서 인출하신 볼펜클럽의 공금 6,988,930원을 4월 4일 오후 2시에 회수하러 가는 것을 사전에 알려드립니다. 착오 없도록 하시기 바랍니다. 볼펜클럽 사무국장이란 책임자로서 공금을 회수하여 전 회원께 보고할 의무가 있습니다. 사전에 통장 2개와 인출하여 쓰신 공금을 원상복귀 해주셨으면 합니다. 대한본부를 떠난 단체는 명분이 없기에 인정할 수 없음은 물론 동참할 수 없음을 분명히 합니다. 공금으로 인하여 말썽이 일어 나지 않기를 바라면서 4월 4일 착오 없기를 바랍니다. 월드볼펜클럽 대한본부 달구지역위원회 사무국장 박홍자 올림"

-비판-

a. 박홍자는 자신이 고소인단체의 사무국장이라고 자칭하였으나 뻔뻔스러운 거짓말입니다. 고소인단체의 임기 종료 후 월드볼펜클럽 대한본부 달구지역위의 사무국장으로 임명된 바가 없고, 다만 K볼펜문학회의 사무국장으로 임명되었으나 그나마도 박홍자는 일찌감치 탈퇴하였습니다. 따라서 박홍자가 K볼펜문학회에 대하여 간섭할 여하한 자격도 없습니다.

b. 공금 6,988,930원이 무슨 말인지 전혀 근거 없습니다. 황당한 숫자입니다.

c. 아무런 자격도 없는 자가 4월 4일 피고인을 만나러 오겠다더니 결국 오지도 않았습니다. 자신이 거짓말쟁이임을 다시 한 번 고백하였을 뿐입니다.

3. 월드볼펜클럽 대한본부 달구지역위원회 회원들의 각 주소록들이 있습니다.

형사소송기록 336쪽과 342쪽 두 가지의 주소록이 있으나 각각 몇 년도의 주소록인지 전혀 구분이 안 되고 어느 주소록으로도 피고인에 대한 유죄의 증거가 못됩니다. 전혀 연결고리조차 없는 주소입니다. 그 대신 고소인단체의 2021년도 회원 명부는 피고인이 2024. 8. 14. 재판부에 제출한 증거 4가 유용합니다. 무죄의 증거입니다.

·증거 4. 고소인단체 발간 2023년도 연간지 358쪽
2021년도 고소인단체의 회원명부인데 윤정희, 이종철, 정

순남, 배화혁, 이호전 등 K볼펜문학회 회원들의 이름은 없습니다. 그러므로 2021년도에 문제의 그 달구은행계좌에 입금된 회비는 전부 K볼펜문학회의 돈입니다. 이쪽저쪽 양개 단체로 2중 납부한 자도 마찬가지입니다.

4. 2021 달구볼펜클럽 사업계획보고 -형사소송기록 제51쪽

이는 위 Ⅲ-1에서 보는 바와 같이 고소인단체가 2021.4.23. 뒤늦게 "자신의 책"에 대한 "발간을 준비한다는" 이야기입니다. 계획 후 7개월 이후인 11. 18.일 발간되었습니다. 그러므로 자신들이 계획하던 4. 23. 이전에 즉, 이미 19일 이전에 출간까지 완료한 K볼펜문학회 즉, 남의 단체의 책과는 아무런 상관이 없습니다.

  증거 3. 고소인단체 2021. 11. 18. 발간 연간지 판권 쪽

5. K볼펜문학회의 창립 회의록이 형사수사 기록 430쪽에 있습니다.

회의록은 형사소송 기록 421쪽에 있는 사업자등록신청서(K볼펜문학회)의 부록입니다. 이 신청서에는 K볼펜문학회 사업개시일자가 2021. 1. 13.이라고 명기되어 있습니다. 이 신청서에는 2개의 부록이 있는데 정관과 회의록입니다. 이들은 모두 K볼펜문학회가 완전히 독립된 단체임을 지칭하고 있습니다. 그러므로 K볼펜문학회가 창설되어 사업을 개시한 일자는 2021년 1월 13일임이 분명합니다. 세무서에 신고하러 간 날짜 4월 2일이 창립일이라는 잘못된 전제 하의 판결은 모두 파기되어야 합니다. 신생아가 1월 10일 출생하고 이름을 얻고 1월 13일 병원을 퇴원한 뒤 4월 2일 출생신고를 하였다면 출생 일자는 분명히 1월 10일이지 출생신고를 하러 간 4월 2일이 될 수 없는 것은 너무도 당연한 것입니다.

 ·증거 1. 북달구세무서 사업자등록 신청서

6. 회원들의 신규단체 가입 메일 내역. 형사소송 기록 433쪽~436쪽

2021년 1월 10일 박홍자, 이호전, 장원계, 이상직 등 4명이 월드볼펜클럽 대한본부로부터 완전 독립된 신규단체 K볼펜문학회의 설립에 동의하고 임원까지 맡겠다는 메일입니다. 박홍자가 제일 먼저 "예"라고 동의하였습니다.

이후 많은 회원들이 날짜를 이어서 동의하였습니다. '예, 수고하십니다.', '예, 동의합니다.', '예, 경의를 표합니다.' 등 추임새를 표한 회원들도 많았습니다. 그리고 일일이 메일이 첨부되지는 않았지만 독립된 새로운 단체의 설립에 동의한 회원은 더욱 많습니다. 이렇게 "예"라고 해놓고도 뒤늦게 K볼펜문학회의 설립에 동의하지 않았다는 거짓말을 한 박홍자는 위증죄로 처벌받아야 할 것입니다.

7. 박홍자가 보내었다는 문자내역

박홍자의 무슨 문자내역을 지칭하시는지 명확하지 않습니다. 아마도 위 2. 박홍자가 작성한 타자 내역을 말씀하시는 것으로 추정됩니다. 그렇다면 위 2.에서 보는 대로 이는 오히려 고소인 측의 무고의 증거일 뿐입니다.

VI. 2021카합10009 직무집행정지 가처분 결정문 외

1. 2021카합10009 직무집행정지 가처분 결정문은 형사소송 기록 12쪽에 나와 있습니다. 하기 2에서 보는 바와 같이 피고인은 신규단체 K볼펜문학회의 회장직을 맡고 있었으므로 구태어 문제투성이인 고소인단체의 회장을 더 이상 맡을 마음이 전혀 없었습니다. 그러므로 피고인은 가처분을 그대로 받아들였습니다. 이동호 씨는 안 해도 될 소송을 한 것입니

다. 속이 쓰리겠지요. 이 가처분은 본 고소 사건 무죄의 증거일 뿐입니다.

2. 2021가합200179 이사회결의 무효 확인 등 화해 권고 결정문은 형사소송 기록 17쪽에 나와 있습니다. 피고인은 2021년 1월 10일 새로운 K볼펜문학회를 설립하였습니다. 당시 고소인단체는 성 추문 사건 (고수은. 박걸곤, 서정훈 등)이 수두룩하였고, 또한 이들 내부에서의 자리싸움, 돈 싸움에 잠잠할 날이 없었습니다. 그밖에 회원자격, 선거관리 규정도 지키지 않았고 사업의 가장 큰 목적인 번역과 국제 교류도 제대로 하지 않았습니다.

입증. 형사소송 기록 108쪽~114쪽 각종 규정 위반 내용.

피고인은 2021년도 연간지 『K볼펜문학』 책 발간 외 다른 것에는 관심 없었고, 구태여 말썽 많은 고소인단체의 회장직에는 더욱 미련이 없었으므로 화해 권고를 받아들였습니다. 오직 무죄의 증거일 뿐입니다.

다만 동 재판부에서 피고인이 행한 회의의 성격은 오판하였습니다.

고소인단체의 회장, 부회장, 감사들은 너무나도 무능하고 부도덕하였습니다. 그래서 회장, 부회장, 감사가 포함된 정식 이사회를 연다는 것이 아니고, 이들을 굳이 제외한 이사직급 회원들만의 모임을 가졌던 것입니다.

즉, 이사 회비 내는 사람들만의 모임이었을 뿐인 것입니다. 당시 민사소송 재판부의 판단은 큰 오류였지만 피고인이 고소인단체의 회장을 하지 않겠다는 결과가 같으므로 화해 권고를 수용했습니다.

C. 피고인 및 변호인의 주장에 관한 판단을 재판부가 잘못함에 대한 반론을 소개하겠습니다.

I. 피고인 주장의 요지 즉, 판결문 3쪽에서부터 잘못 이해하고 있음에 대한 비판.

'피고인이 이 사건 계좌에 있던 전년도 이월금 4,700,000원을 인계받아 피해자의 사무국장인 박홍자의 동의를 얻어 위 4,700,000원을 피고인의 새마을금고 정기예금 계좌에 예치되어 있던 5,000,000원으로 갈음하기로 하고, 위 4,700,000원을 다른 계좌로 이체하여 사용하였다'는 판시는 사실과 매우 다릅니다.

① 2021년 박홍자는 피해자의 사무국장이 아닙니다. K볼펜문학회의 사무국장을 잠시 맡았을 뿐입니다. 2021년에 박홍자를 피해자의 사무국장으로 임명해 준 사람이 없습니다. 박홍자는 2021년 1월부터 K볼펜문학회의 사무국장을 하다가 심각한 무능과 실책 (각종 사무 착오, 통장 제작 오류, 연락 문내용 오류 등) 그리고 사기 번역 등 범죄행위가 들통난 뒤 스스로 동료들을 배반하고 돌아선 사람입니다. 아무런 신분도 아닙니다. 더욱이 박영자의 동의 여부는 필요조건도 아닙니다.

② 4,700,000원을 다른 계좌로 이체하여 사용한 것도 아닙니다. 우선 압류로부터 피하기 위해 피해자 측의 지시에 따라 안전하게 이체, 보관되었을 뿐입니다. 통장과 도장을 갖고 있던 고소인 측 박홍자가 은행에 직접 찾아가서 적극 개입한 일입니다.

③ 그나마 압류로부터 안전하게 보관된 고소인단체의 돈은 4,700,000원이 아니라 1,000,000원 남짓한 돈입니다. 상기

증거 요지 IV의 3에서 상술된 바와 같습니다.

II. 1심 재판부의 "판단"(판결문 4쪽)에 대한 반론입니다.

원심판시에 의하면, 첫째, 피고인은 피해자를 위하여 8,496,174원을 보관하던 중 둘째, 위 돈을 임의로 이체하거나 현금으로 인출하여 셋째, 피해자의 예정된 지출 목적이 아닌 다른 목적에 소비한 사실이 인정된다고 하였습니다. 모두 매우 잘못된 판시입니다. 다음과 같이 반박합니다.

첫째, 자칭 피해자를 위해 보관하는 돈은 8,496,174원이 아닙니다.

상기 증거 요지 IV의 3에서 상술된 바와 같이 1,000,000원 남짓에 불과하며 그나마 아주 잘 보관되어 있었습니다. 먼저 K볼펜문학회 회원들의 회비 4,500,000원은 남의 돈이므로 피해자가 왈가왈부할 수가 없습니다. 그렇다면 피해자의 돈은 우선 8,496,174원-4,500,000원=3,996,174원뿐입니다. 이 돈 중에서도 이미 피해자가 정당한 업무라고 인정하여 지출이 완료된 11건 총 173,630원 그리고 K볼펜문학회 측이 정산받아야 과오납 찬조금, 과오납 회비 등의 돈도 차감해야 되기 때문입니다.

증거 2. 달구은행 505-10-164302-0 지출내역(원)을 보면 지출 번호 5번, 6번, 12번, 14번, 17번, 18번, 19번, 21번, 22번, 25번, 26번, 27번, 28번 등은 피해자 측이 정당한 지출이라고 인정하였습니다.

둘째, 피고인이 임의로 이체하거나 현금으로 인출한 적이 전혀 없습니다. 민사소송의 압류로부터 회피하여 자금을 안전하게 보관하라는 피해자 측의 지시를 따랐고, 다시 달구문화재단의 지원금을 받기 위하여 통장을 '0'으로 만들라는 피해자 측의 추가 지시를 따랐을 뿐입니다. 회비를 안전하게 보관하는 것인 집행부의 최우선 의무입니다.

셋째, 피해자의 예정된 지출 목적이 아닌 다른 목적에 소비한 사실이 전혀 없습니다. 원심에서 적시하는 피해자의 예정된 지출 목적이란 피해자가 뒤늦게 즉, 2021. 4. 23. 이사회에서 자기들의 책 발간을 준비한다는 이야기인데 이미 상술한 바와 같습니다. 상기 증거 요지에 대한 반론2 : 2021년도 사업계획안 -형사소송 기록 51쪽을 참조해 주시기 바랍니다.

·원심 판단 ①에 대한 비판

원심 판결문에도 명시되어 있다시피 피고인은 2021년 1월 1일부터 4월 14일까지 피해자의 회장 지위를 유지하였습니다. 피고인이 설사 피해자단체만의 회장이었을 뿐이라고 해도 피고인은 외부 압류로부터의 위험을 피하여 회비를 안전하게 보관한 마땅한 의무를 행하였을 뿐입니다. 그리고 이렇게 자금을 안전하게 보관하였기 때문에 문학동호회 회장으로서의 당연한 의무인 동인지 발간도 완수할 수 있었던 것입니다. 그러나 피고인은 2021년 1월 10일부터는 K볼펜문학회의 회장이기도 하였습니다. 피해자 측도 뒤늦게나마 K볼펜문학회의 존재를 인정하였습니다. 이는 피해자 측이 이은경, 최수중, 김관종, 이상직, 박재민, 박옥기 등 6명을 제외하고는 모두 K볼펜문학회의 회원들이다. 라고 주장하는 것을 보아도 잘 알 수 있습니다. 피해자 측도 인정하는 신규단체 K볼펜문학회의 존재에 대하여 원심재판부가 불인정했다는 점은 도저히 납득이 되지 않습니다. 입증. 형사소송기록 제1권 356쪽을 보시면 됩니다.

 특히 원심은 증거 기록 제1권 89쪽을 거론하며 "이 사건 계좌에 예치되어 있던 돈은 모두 K볼펜문학회를 위하여 사용하였음을 스스로 인정하였다."라고 쓰셨는데, 재판관님의 새빨간 거짓말입니다. 증거기록 89 쪽의 피의자 진술서에는 피의자가 구태여 자필로 "달구지역위원회 돈은 따로 보관되어 있었습니다."라고 쓴 글이 명기되어 있습니다. 피고인이 인정한 바 없는 사실을 인정하였다는 거짓말을 어떻게 재판관님께서 하실 수가 있습니까? 사법부의 수치입니다.

 그러므로 피의자가 쓴 돈은 K볼펜문학회의 돈일뿐이고, 고소인단체의 돈은 한 푼도 안 쓰고 보관하고 있었던 것이 명백합니다. 피고인은 이와 같은 두 개 단체의 회비를 잘 보관하였습니다. 다만 신규단체의 책 발간비용만은 정당하게 잘 집행하는 의무를 다하였을 뿐입니다.
 입증. 형사소송 기록 제1권 89쪽 중 피고인의 자필 진술 첨가문을 보십시오.

· **원심 판단 ②에 대한 비판**
 이 사건 계좌는 피해자가 계속하여 회비 납입 등을 위해 사용하여 온 계좌라고 하였는데 2021년부터는 틀린 말입니다. 피해자는 2021년부터는 농협은행으로 회비를 받았습니다.
 증거 3. 고소인단체 발간 2021년도 연간지 판권 쪽에 농협은행 계좌가 적혀 있습니다.
 더욱이 2020년도까지도 피해자의 회장, 부회장, 이사 등 임원들은 이 사건 계좌가 아니라 허자경 명의의 다른 달구은행 계좌로 회비를 내었습니다. 508-11-243715-9. 고소인이 제출한 2019년도 달구볼펜클럽 결산서 부록 17쪽에 명기되어 있습니다. 그러므로 2021년도에 입금된 회비는 모두 신규 단체 K볼펜문학회의 회비임이 명백한 것입니다. 또한 피해자의 이월금 중 남은 돈은 4,700,000원이 아닙니다. 지출 번호 1번~6번, 12번, 14번, 17번, 18번, 19번 포함 총 17건인데 이에는 박홍자가 인출한 감사 2명에 대한 교통비, 박홍자 자신의 활동비, 곽구성에 대한 번역 비, 각종 우편료 등이 이미 차감되어 있기 때문입니다.

이 남은 이월금을 "안전하게 보관"한 것이 불법영득의 의사라고 지칭하였는데 천부당만부당한 일입니다. 회원들의 회비를 압류로부터 안전하게 보관하는 것은 집행부의 최우선 의무입니다. 그러므로 K볼펜문학회 회장 김성규와 사무국장 박홍자가 함께 달구은행 수창구청지점으로 갔던 것이며, 박홍자가 갖고 있던 통장과 도장을 이용하여 자금을 인출하여 집행부의 최우선 의무인 회원들 회비의 안전한 보관 의무를 충실하게 이행하였을 뿐인 것입니다. 박홍자가 이와 같은 법정 진술까지 하였음은 위에서 살펴본 바와 같습니다.
·입증 : 박홍자 증인신문조서 15쪽에 나와 있습니다.

·판사 문 : "그때 그 돈을 인출한 것이 압류되거나 할 수 있으니 옮겨놓아야 된다고 해서 돈을 찾은 것인가요?"

·증인 답 : "위험하다고 하고 안전한 데로 해야 된다고 해서 찾았습니다."

또한 피고인이 갖고 있던 새마을금고 5,000,000원 정기예금은 피고인의 이월금을 충분히 그리고 하시라도 반환될 준비가 되어 있다는 증명인 것이지 변칙회계와는 거리가 멉니다. 아울러 그러한 사실은 박홍자의 동의를 필요한 것도 아닙니다. 피고인의 불법영득 의사란 어느 모로 보아도 근거가 없고 오히려 외부 압류로부터 안전하게 보관하였으므로 상을 주어야 할 것입니다.

그런데 고소인은 총지출 29회 중 14건을 고소하였다가 이후 2건을 고소 취소하였습니다.

증거 2. 표. 달구은행 505-10-164302-0 대표자명 김성규 입금내역

2021년 1월 4일부터 4월 8일까지 이 사건 달구은행 계좌에서 지출된 행위는 총 29건이었습니다. 고소인 측은 이 중 14건을 고소하였다가 2건을 정당한 업무라고 하면서 고소를 취소하여 총 12건만 고소하였습니다. 그런데 고소인 측의 논리에 따른다면 고소된 12건 역시 모두 업무에 해당하는 것이라 위법일 수가 없습니다.

먼저 신규단체 K볼펜문학회의 회비 25명 450만 원은 잘 보관하여 2021년 4월 4일 월드볼펜클럽 100주년 기념 "K볼펜문학"이라는 책을 발간하는 데에 사용되었습니다. 그리고 고소인단체로부터 이월 받은 돈 4,700,000원과 K볼펜문학회 회원들이 납부한 회비 4,500,000원 중에서 1월 4일, 4일, 15일, 15일 이렇게 4회에 걸쳐 박홍자가 고소인단체의 업무상 사용하였다는 돈 등 571,000원을 차감한 돈을 잘 보관하였습니다.

이어서 고소인 측이 정당한 업무라고 용인한 1.18일, 18일, 2.8일, 25일, 3.24일, 4.5일, 5일, 6일, 8일, 8일, 8일, 8일, 8일 이렇게 13회에 집행된 번역 비, 우편료, 포장비, 커피 값 등 추가로 차감한 돈, 즉 2021년 1월 4일부터 4월 8일에 걸쳐 지출된(4+13) 총 17회에 걸친 돈에 대하여는 정당한 업무였다는 이유로 고소하지 않았습니다. 특히 고소인단

체는 1월 15일 자 출금 230,000원 및 281,000원 두 차례는, 처음에는 고소했다가 이후에 취소하였습니다. 피고인은 나머지 돈을 잘 보관하고 있다가 모두 반환하였습니다.

원심 판단 ③에 대한 비판

원심은 K볼펜문학회가 2021년 1월 10일 설립되지 않고 4월 2일 설립되었다는 심히 무리한 판단을 하였습니다. 증거 1과 같이 북달구 세무서에 등록된 K볼펜문학회의 사업자 등록 증명에는 사업 개시 일자가 2021년 1월 13일이라고 명기되어 있습니다. 그럼에도 불구하고 단지 신고하러 간 4월 2일이라는 날짜를 설립 일자로 판단함은 잘못입니다. 신생아의 출생일은 실제로 출생한 날이지 동사무소에 출생을 신고하러 간 날짜가 아닌 것과 같음을 다시 한번 반복합니다. 심지어 고소인단체의 회장 직무 대리인 김운식도 신규단체 K볼펜문학회의 설립일자가 2021.1.13. (사업 개시)라고 하였습니다. 김운식을 회장 직무 대리로 선임한 기관은 바로 같은 지방법원의 민사법원이었는데, 같은 지방법원의 형사법원인 원심재판부에서 같은 지방법원에서 선임한 사람을 믿지 않는다니 놀라울 따름입니다.

·입증. 2021. 11. 26. 자 김운식의 사실 확인서 (회장 직무대행)가 형사소송 기록 237쪽에 있습니다. 사정이 이러함에도 불구하고 원심이 나열하는 증거는 아래와 같이 모순투성이입니다.

a. 피해자가 2020년 이전부터 "대구볼펜문학"이라는 제목의 정기간행물을 발간하고 있었으므로, 'K볼펜문학회'라는 단체 명칭에 고유성과 독창성이 있다고 보기 어려운 점이 있다고 한 것은 잘못입니다.
"서울뚝배기"라는 정기간행물이 있다고 하여 "서울뚝배기식당"이라는 식당이 없다는 것입니까? 식당의 명칭에 고유성과 독창성이 없다는 이야기는 식당의 실재 자체와는 상관없습니다. 식당이 실재로 영업을 하고 있다는 사실이면 족하지, 식당 명칭의 고유성과 독창성은 논의될 필요조차 없는 것입니다. 문학단체도 마찬가지입니다.

b. 박홍자는 증인으로 출석하여 2021. 3. 31까지는 K볼펜문학회가 피해자인 줄 알았다고 진술한 점을 들고 있으나, 박홍자는 이미 2021년 1월 10일 인터넷회의에서 월드볼펜클럽 대한본부로터 독립된 신규단체 K볼펜문학회의 창립에 "예"라고 제일 먼저 동의하였습니다. K볼펜문학회가 아니고 고소인단체가 신규 창립했다는 이야기입니까? 말도 되지 않는 이야기이고 새삼스럽게 "예"라고 답변할 필요도 없었을 것입니다. 박홍자는 위증죄로 수사 받게 되었습니다. 또한 박홍자는 3월 3일 번역 비 30만 원을 지급받는 것도 김성규가 새로 설립한 K볼펜문학회로부터였다고 시인하였습니다. 며칠 전부터 즉, 적어도 류호철이 번역 비를 받던 2월 24일부터는 알고 있었음도 시인하였습니다.

c. 김중원은 법정 진술에서 기존 단체에 회의를 느끼고 있었던 피고인이 2021. 1. 10. 종전의 고소인 단체와는 독립된 새로운 단체 K볼펜문학회를 설립하여 박홍자 씨를 비롯한 다수의 문인들이 바로 이 K볼펜문학회에 동참했고, 증인은 고문님이 되었다고 증언했습니다. 또한 피고인하고 K볼펜문학회 회원들은 박홍자 씨가 보관하던 통장의 돈은 모두 K볼펜문학회의 자금이라고 믿었다고 명백하게 증언하였습니다.
김중원 증인신문조서 2쪽에도 나와 있는 이야기입니다. 이후 김중원의 법정 진술 일부에서 'K볼펜문학회가 새로운 단체가 아니라 피해자가 명칭을 바꾼 것일 뿐'이라고 오해를 사는 발언도 하였으나(증인신문조서 제7쪽에 나옵니다) 김중원은 곧바로 이 말을 번복하고 K볼펜문학회는 새로운 단체로서 새로운 정관과 새로운 임원과 새로운 회비를 모금해서 문학회를 운영했다고 하였습니다. 증인신문조서 8쪽에 나오는 이야기입니다. 김중원은 이를 분명히 하기 위하여 공증 증서도 작성하여 제출하였습니다. 나아가서 이 점을 분명히 하기 위하여 본 사건의 2심 재판부에 다시 출석하겠다고도 하였습니다. 만약 두 단체가 이름만 바뀐 것이라면 별개의 사업자등록번호가 존재할 수도 없습니다.

d. 피고인이 2021. 1. 15. "제6대 달구볼펜클럽 회장 김성규"라고 기재된 서면(증거 기록 제1권 213쪽)을 발송함으로써 K볼펜문학회가 피해자와 연속성이 있는 단체임을 스스로 공표하였다고 하나, 피고인은 당시 K볼펜문학회의 회장이기도 하고 동시에 제6대 월드볼펜클럽 대한본부 달구지역위원회의 회장이기도 한 데에 따라, 사무 실무자인 박홍자의 단순 오기에 기인한 것입니다.
K볼펜문학회 회원들은 박홍자의 실책에도 불구하고 K볼펜문학회가 기존단체에서 독립된 새로운 단체임을 잘 알고 있었기에 모두 새로운 단체 K볼펜문학회에 회비를 내었다고 하였습니다. 설사 이 문안의 K볼펜문학회가 월드볼펜클럽 대한본부 달구지역위원회였다고 칩시다. 그렇다면 더욱 문제가 없습니다. 피고인은 2021. 4. 15.까지 동 단체의 회장이기도 하였으므로 동인지 책 발간 등 동 단체의 회장으로서의 업무도 누구보다도 더 잘 이행하였기 때문입니다.

e. 피고인이 2021년 2월 이후 발송한 e-메일에서 피해자의 명칭을 사용하기도 한 점(증거기록 제1권 439쪽)이란 재판관님이 전혀 잘못 아신 증거입니다. 증거기록은 제1권이 아니라 제2권이 아닌지요? 증거기록 제 439쪽의 E-메일은 피고인이 보낸 e-메일이 아니고 박홍자가 보낸 e-메일입니다. 다만 피고인이 수취하는 e-메일주소가 kballpointpen@naver.com인 바와 같이 신규단체 K볼펜문학회는 아예 수취하는 e-메일주소의 아이디마저 kballpointpen이라고 정함으로써 K볼펜문학회가 독립된 신규단체임을 더욱 확실히 하고 있을 뿐입니다.

f. 원심 재판부에서 말씀하시는 증거 기록 제1권은 제2권의 오기인 듯합니다. 439쪽의 K볼펜문학회 회의록 역시 기존 단체의 "수정" 회의가 아니고 "창립" 회의임을 명기하고 있다는 점, 그리고 회비는 2021년 1월 1일 이후 납부한 사람은 K볼펜문학회의 회원이라고 명기됨으로써 실제 창립일은 4월 2일 이전부터임이 확실하다는 증거입니다. 원심 재판부는 증거 채택을 정반대로 하셨습니다.

g. 또한 K볼펜문학회의 연간지 책 발간은 K볼펜문학회의 자체계획에 따라서 2021. 4. 4. 순조롭게 완료되었습니다. 그런데 이미 약 3주 전에 K펜문학회의 책 발간이 완료된 4. 23.에야 고소인단체는 내부회의를 가지며 "책 발간을 준비한다."는 이야기가 있었는데, 앞서 살펴본 바와 같이 이는 K볼펜문학회와는 전혀 상관조차 없는 일입니다.

h. K볼펜문학회의 책 디자인비, 번역료, 우편료 등은 모두 K볼펜문학회의 내부업무입니다. 따라서 K볼펜문학회의 계획과 목적에 따라 정당하게 지출된 것이며 피해자와

는 상관없는 일입니다. 또한 그런 지출 시에 피해자 내부에서 무슨 정당한 절차라는 것도 존재하지 않습니다. 그냥 주인을 찾아주기만 하면 되는 것입니다. 앞서 살펴본 바와 같이 피해자 단체에서의 김신중의 회비 반환 사례, 동동시비동산이라는 단체에서의 금전 반환 사례에서 보는 바와 같이 별도의 절차가 필요 없습니다. 이들 단체는 각각 본 사건 고소인인 이동호 씨가 회장 또는 감사인 단체입니다. 더욱이 원심 재판부는 피고인더러 4. 2.까지는 피해자의 대표자 지위만을 보유하였다고 합니다. 그렇다면 피해자 단체에서 매년 발간되는 동인지 발간을 누구보다도 더 빨리 더 잘 해낸 것은 잘못은커녕 상을 받아야 할 일입니다.

그럼, 이제 원심 재판부의 판단 ④에 대한 비판을 해보겠습니다.

a. 우선 재판관님의 계산부터 완전히 틀렸습니다.
본 사건 대구은행 계좌에 2021년 1월 1일부터 3월 8일까지 총 입금되어 있던 돈은 9,200,000원이었습니다. 즉, 2020년도로부터의 이월금 4,700,000원과 2021년도 K볼펜문학회 회원들의 연회비 4,500,000원을 합한 돈입니다. 한편 2021년 1월부터 4월간에 본 사건 계좌에서 지출된 건수는 모두 29건이었습니다.
·증거 2. 표 달구은행 505-10-164302-0 지출내역(원)

b. 그런데 고소인은 지출 29건 중에서 15건을 제외한 14건을 고소하였습니다. 고소하지 않은 15건은 모두 정당한 업무였다는 것입니다. 업무상 정당하였다는 이 15건에는 지출번호 5번 K볼펜문학회의 우편료 14,900원 그리고 박홍자가 곽구성에게 지출한 K볼펜문학회의 번역 비 60,000

원도 포함되어 있습니다. 그 외 다른 우편료, 포장료, 커피 값 등이 더 포함되어 있습니다. 그런데 고소인의 14건 고소는 완전히 자의적이었습니다. 심지어 박홍자가 현금으로 인출 해먹은 지출번호 3번까지 고소했다가 수사 중에 취소하는 해프닝을 벌였습니다.(-230,000원). 박홍자의 현금인출을 고소에서부터 취소하면서 피고인이 현금 인출한 지출번호 4번까지 함께 취소하였습니다. (-281,000원)이 두 가지는 모두 뒤늦게나마 정당한 업무였다는 것입니다.

c. 그래서 총 기소 건수는 12건뿐이었습니다. 이중 원심재판부가 K볼펜문학회의 존재를 인정하지 않았다는 기본적인 큰 과오가 있으므로 K볼펜문학회의 회비 4,500,000원은 왈가왈부할 성격조차 아닙니다. 나머지 돈 역시 모두 고소인 측의 지시 등으로 정당하게 인출되고 보관되었기에 과오가 없음은 위 A, B, C 각 항목에서 확인된 바와 같습니다.

d. 또한 원심은 이 사건 계좌가 K볼펜문학회의 계좌가 아니고 피해자의 계좌라고 판시하나, 앞서 본 바와 같이 오판이십니다. 2021년, 이 계좌는 오직 K볼펜문학회의 회원들만 사용하는 계좌였기 때문입니다. 2021년 피해자의 연회비는 이 사건 계좌로 회비를 받는 것이 아니고 농협은행 계좌로 받았으며, 특히 피해자 단체의 회장, 부회장, 이사 등 임원들의 회비는 애당초 이 사건 계좌에는 돈을 넣어 본 적도 없고 오직 허서경 명의의 다른 달구은행 계좌로 돈을 넣었기 때문입니다.

e. 더욱이 이동호는 수사 과정에서 2021. 1. 19. 이후 이 사건 계좌에 회비를 입금한 이은경, 최수중, 김관종, 이상

직, 박재민, 박옥기 등은 모두 피해자의 회비를 납부한 것이라고 진술하였고, 그중 이은경과 김관종은 수사기관과의 전화 통화 도중 자기들의 연회비가 피해자의 연회비라고 직접 진술하기도 한 점 등을 고려하여보면 위 4,500,000원은 K볼펜문학회의 회비로 납부된 것이라고 볼 수 없다. 라고 오판하신 과오가 있습니다. 오판이라는 이유는 먼저 위 d에서 본 바와 같이 2021년도 피해자의 회비는 모두 농협으로만 받았으며 만약 임원회비(이은경, 이상직 각 10만 원)를 내는 것이라면 이분들은 이 사건 계좌가 아니라 허서경 명의의 다른 달구은행 계좌로 납부하였을 것이기 때문입니다.

더욱이 이들 6명은 다른 K볼펜문학회 회원들과 마찬가지로 K볼펜문학회에다가 원고를 제출하여 자신들이 쓴 작품을 2021. 4. 4. 발간된 K볼펜문학책에 싣기도 하였고, 소정의 번역 서비스와 번역비용을 지원받기도 하였으며, K볼펜문학회가 발간하는 연간지 책과 선물(타올과 과자 등)도 챙겼습니다. 만약 K볼펜문학회 회원이 아니라면 그렇게 할 수 없는 일이었습니다. 또한 이들 6인 전원은 농협은행 계좌에다가 피해자의 2021년도 연회비를 납부한 2중 가입자입니다. 당연히 피해자에다가 탈퇴서를 낼 리가 없었습니다. 원심재판부의 오판이 분명하십니다. 실제로 문인들의 대부분은 복수단체의 회원입니다.

f. 그래서 이들은 박홍자도 증언했다시피 K볼펜문학회에 낸 돈을 돌려달라고 하지도 않았고, 피고인에게도 회비는 그냥 두겠다고 할 수밖에 없었던 것입니다. 또한 문인들이 하나의 단체에서 탈퇴할 때에는 그냥 회비를 안 내고, 작품도 안 내면 되는 것이지 일반적으로 무슨 특별한 절차

같은 것은 밟지 않습니다. 결국 이들 6명이 낸 돈은 K볼펜문학회의 회비입니다.

g. 설사 이들 이중 단체 가입자 6명이 전부 K볼펜문학회의 회원들이 아니라고 한다 치더라도 나머지 19명조차도 K볼펜문학회의 회원이 아니라는 원심 재판부의 판시는 대단히 무리한 논리의 비약입니다.

h. 다만 피해자는 K볼펜문학회라는 신규단체는 인정하나 위 25명 중 6명만은 자기들의 회비를 K볼펜문학회에 잘못 입금되었다고 주장하였을 뿐입니다. 원심 재판부의 고소인 측에 대한 과잉친절이 있었다고 해야 할 것입니다.

i. 그렇다면 이들 6명은 자기들이 K볼펜문학회에 낸 회비를 돌려달라고 하였을까요? 전혀 그런 적이 없습니다. 고소인 측이 더 잘 알고 있었습니다.
 ·입증 : 수사 기록 359쪽(고소인 피고소인 대질신문) : 이은경, 최수중, 김관종, 이상직, 박재민, 박옥기 등 6명은 회비를 양대 단체에다가 납부한 2중 가입자입니다. 그러므로 돈을 돌려달라고도 않았습니다. 100개가 넘는 이 지역의 문학단체 중에서 복수의 회원 가입은 매우 흔한 일입니다. 이들 6명은 고소인단체의 2021년도 회비를 농협 계좌 301-0291-1082-9 대표자 이동호 앞으로도 납부하였습니다.
 ·입증 : 박홍자 증인신문조서 13쪽 밑에서 넷째 줄부터

　　판사 문 : "그 사람들은 새로운 단체의 회원이니까 월드볼펜클럽 대한본부 달구지역위원회에다가 돈을 낼 것이 아니었다. 그렇게 말하면서 돈을

돌려달라고 말한 사람이 있었나요?"
증인 답 : "없었습니다"

j. 이들 6명은 K볼펜문학회에다가 원고를 내고 K볼펜문학책에다가 게재하였거나, K볼펜문학회로부터 번역비 지원을 받거나, K볼펜문학회가 발간한 책 그리고 타올 같은 선물을 받는 등 K볼펜문학회의 다른 회원들과 꼭같은 행동을 하였습니다. 그러므로 K볼펜문학회에 낸 회비를 돌려달라고 할 수 없었던 것입니다.
·증거 4. 고소인단체 (피해자) 발간 2023년도 연간지 358쪽

2021년도 고소인단체 회원명부에는 양개 단체의 회원으로 가입한 위 6명의 이름만 포함되어 있습니다. 2021년 3월까지 회비를 납부한 25명 중에서 6명을 제외한 K볼펜문학회 회원들 나머지 19명의 이름은 없었음을 다시 한 번 확인합니다. 즉, 이들 19명은 오직 별개 단체 K볼펜문학회의 회원이라는 점 그리고 피해자는 이미 신규단체 K볼펜문학회가 별도로 존재함을 인정하였다는 증거입니다.

k. 따라서 김성규 회장의 회장선납금 100만 원, 이종철, 윤정희 등 부회장들과 감사회비 각 40만 원씩 등 25명의 450만 원은 모두 K볼펜문학회의 회비임이 당연합니다. 모두, 책 발간을 위하여 사용되었습니다.
한편 원심재판부는 '2021년 1월경부터 3월경까지 이 사건 계좌를 통해 피해자의 회비가 아닌 K볼펜문학회의 회비를 납부하였다'는 내용의 각 진술서 (정순남, 윤홍걸, 김옥분, 이순재, 이애정, 양혁동, 우가형, 이금자, 정숙재, 신군자, 김정자, 윤정희 명의의 진술서를 말합니다. 증거 기록 445~455쪽, 477~485쪽)는 모두

이 사건에서 문제 되는 시점으로부터 8개월 이상 경과한 2021년 12월경 또는 2022년 1월경 피고인의 부탁에 따라 작성된 것으로 보여, 그 기재 내용을 믿기 어렵다고 하였습니다. 누구보다도 올곧은 K볼펜문학회 회원님들의 진술을 이상한 이유로 믿기 어렵다 하심은 정말 잘못입니다. 피고인과 K볼펜문학회 회원들의 정당한 문학 활동에는 근처에도 따라 오지 못하는 자들이 질투에 눈이 멀어 터무니없는 법적 시비를 걸어왔습니다. 그래서 피고인이 처음 경찰서에 소환된 것이 2021년 11월 18일(1차) 그리고 12월 6일(2차)이었습니다.

1. 수사 과정에서 피고인은 처음으로 난데없이 900만 원이라는 돈을 횡령하였다는 터무니없는 혐의를 받고 있는 것을 알게 되었습니다. 즉, 이들은 자기들이 보관하라고 지시한 돈을 돌려주고자 해도 받지 않더니, 그것도 모자라서 우리 K볼펜문학회 회원들의 피 같은 회비 450만 원도 뺏어 먹겠다는 사악한 의도를 가진 것을 간파하였습니다. 이 사실을 알게 된 우리 K볼펜문학회 회원님들이 너나없이 분개하여 하루속히 진실된 이야기를 수사기관에 제출하기로 의견을 모아서 위와 같은 사실 확인서를 제출하게 된 것입니다. 그런데 K볼펜문학회 회원들은 재판부에서 말씀하시는 2021년 12월 혹은 2022년 1월에 앞서서 K볼펜문학회 회비에 대한 확인서를 작성하여 수사기관에 제출하였습니다.
·입증. 이금자, 윤홍걸, 정숙재, 김신중, 윤정희의 각 진술서가 형사소송 기록 235쪽~244쪽에 나타나 있습니다. 이는 모두 피고인이 1차로 경찰에 다녀온 직후인 11월 26일 이전에 작성한 것입니다. 8개월 뒤가 아닙니다. 누가 부탁을 했다는 운운은 더욱 아닙니다. 설사 피고

인이 부탁하였다고 하더라도 진실 된 이야기가 아니면 K볼펜문학회 회원님들이 사실 확인서를 작성해 줄 사람들이 아닙니다. 재판부께서 저희 K볼펜문학회 회원님들의 인격을 너무 낮추어보셨습니다.

m. 그리고 이와 동일한 내용인 김운식 (증거 기록 460쪽), 윤홍걸의 일부 법정진술도 믿기 어렵다고 하셨습니다. 그렇다면 김운식과 윤홍걸은 도대체 무슨 진술을 하였을까요? 김운식은 월드볼펜클럽 대한본부 달구지역위원회가 아닌 K볼펜문학회에다가 부회장 회비 40만 원을 내었다고 사실대로 말한 내용이 확인됩니다. 무엇을 못 믿는다는 것인지요? 다만 김운식은 2021년 2월 3일 피고인의 신한은행 개인 계좌로 납입하였는데, 수사관이 근거 없이 월드볼펜클럽 대한본부 달구지역위원회의 계좌에다가 2월 4일 입금시켰다고 참으로 황당하게 오기하였습니다. 그리고 김운식은 당시 민사소송 재판부가 임명한 월드볼펜클럽 대한본부 달구지역위원회의 회장 직무대행이었습니다. 담당 재판부가 회장직무대행으로 임명한 사람의 무슨 진술을 못 믿겠다는 것인지요?

n. 한편 윤홍걸의 법정 진술은 이동호가 압류할 위험으로부터 회피하기 위하여 1월 22일~23일 이 사건 달구은행 계좌의 자금을 안전하게 옮겼다고 진술했고 4월 7일~8일에는 달구문화재단으로부터 지원금을 받기 위하여 김성규로 하여금 이 사건 달구은행 통장을 '0'으로 비우도록 했다는 것인데, 두 가지 다 박홍자의 지시에 의한 것이었다고 사실대로 말한 것입니다. 틀린 내용이 전혀 없습니다. 더욱이 윤홍걸의 법정 진술은 박홍자의 법정 진술 및 수사기관에서 진술과 정확히 일치합니다.

이는 앞에서 다 입증된 바와 같습니다. 두 사람이 꼭 같은 진술을 했는데 박홍자의 진술은 믿을 수 있고 윤홍걸의 진술은 믿을 수 없다는 것은 전혀 타당하지가 않습니다.

D. 결론

원심판결 오류의 시작은 2021년 1월 10일 김성규 회장과 동료 회원들이 만든 별도의 단체인 K볼펜문학회의 존재를 부정하였다는 데에 있습니다.

단체의 이름과 임원의 숫자, 사업자등록번호, 주소, 회비 액수 기타 정관의 내용부터 모두 다릅니다. 신규단체 K볼펜문학회는 2021년 3월 책을 발간하겠다는 계획이 있었으며, 1월 13일 사업을 개시하여 자기들의 회비를 모았으며 4월 4일 책을 발간하였습니다. 이 과정에서 피해자의 돈은 한 푼도 손대지 않고 압류의 위험으로부터 안전하게 보관되어 있었습니다. 다만, 박홍자 사무국장이 별도의 은행 계좌를 만들었으면 좋았을 것인데, 그는 기존 은행 계좌에서 대표자 이름만 바꾸어서 신규단체의 회비를 받는 게으름과 무능함을 보였습니다.

박홍자의 실책으로 다소의 혼란도 초래되었고, 또한 사기번역 등의 범죄행위로 말미암아 김성규 회장과 사이가 좋지 않게 되었습니다. 그런 상황에서 K볼펜문학회 회원들은 사무국장 박홍자가 안내하는 대로 회비를 납부하였습니다.

또한 하나의 은행 계좌에 복수 단체 성격의 돈이 운영될 수도 있습니다. 흔히 있는 일입니다. 정당한 주인을 찾아주면 되는 것이고 그 과정에 특별한 절차도 없습니다. 기존 단체의 이월금은 한 푼도 손대지 않은 채 잘 보관되고 있었습니다. 게다가 고소인단체의 2021년도 연회비는 농협은행 계좌로만 받았습니다. 그러므로 2021년도 1월부터 3월간에 이 사건 달구은행 505-10-164302-0계좌로 들어온 회비는 전부 신규단체 K볼펜문학회의 돈일 수밖에 없는 것입니다.

한편, 2021년 1월 18일 이동호가 월드볼펜클럽 대한본부 달구지역위원회로 민사소송을 걸어와서 통장을 압류한다는 소문이 퍼졌습니다. 동호회 집행부의 가장 첫째 의무는 민사 압류 등 외부의 위험으로부터 회피하기 위하여 회비를 잘 보관하는 것부터입니다.

피고인은 회장으로서의 기본 의무를 가장 충실히 이행하였을 뿐입니다. 그래서 통장에 든 회비를 잘 보호하기 위하여 고소인단체의 박홍자가 피고인을 은행에 직접 데리고 갔고 자기가 상시 보유하던 통장과 도장을 이용하여 회비를 다른 데로 잘 보관하도록 시켰습니다. 바로 박홍자가 자신이 그렇게 하라고 시켰다고 경찰서에서 진술한 기록이 있습니다. 또한 책이 발간된 이후 돈을 남겨두어도 되는데, 박홍자는 피고인에게 달구문화재단으로부터 지원금을 받아야 되니 통장을 '0'으로 만들라고 지시했습니다. 피고인은 박홍자의 지시대로 따랐습니다. 자기들이 시켜놓고는 고소하다니요? 이는 무고일 뿐입니다.

한편, 피고인의 금전 반환 노력에 대하여 말씀을 좀 올리도록 하겠습니다. 피고인은 전년도 이월금 잔액을 여러 차례나 고소인 측에 반환하기 위해 만나자고 했습니다. 그러나 돈을 반환하겠다고 해도 고소인 측이 받지 않겠다고 하였습니다. 고소인 측이 받지 않겠다고 한 증거가 다수 제출되어 있습니다. 김중원, 이순남 등 원로 5인도 피고인이 돈을 주겠다고 하니 만나라고 권유하였는데, 이동호 씨가 이를 거부한 것입니다.

·입증 : 이동호의 증인신문조서 12쪽에 나와 있습니다. 또한 형사 소송 증거 기록 443쪽에는 이동호가 만남을 거부하겠다는 폰 문자도 증인신문조서 10쪽과 김중원의 증인신문조서 있습니다.

·입증 : 이동호의 3쪽 그리고 김중원의 공증 인증서에서도 같은 취지를 확인하실 수가 있습니다. 나아가서 김창식 대나무문학회 회장이 만나서 김성규로부터 돈을 받으라고 해도 이동호 씨가 거부하였고, 박희방과 심훈섭 등 전현직 달구문인협회 회장들도 김성규가 돈을 돌려준다고 하니 만나라고 해도 이동호 씨가 이를 거부하였습니다. 결국 피고인은 충분한 돈을 법원에 공탁하였고 여분으로 더 많은 돈을 현금으로도 지불해놓았습니다.

그런데 도대체 불법영득의 의사가 있는 사람이 상대방보고 돈을 줄 터이니 자꾸만 만나자고 합니까? 불법영득의 의사가 있다는 사람이 정기예금 통장이나 자기앞수표나 현금을 갖고 다니면서 돈 좀 받아달라고 합니까? 피고인에게 불법영득의 의사가 있다고 한 원심은 명백한 오판일 뿐만 아니라 이 사건은 오히려 고소인 측의 악의적인 무고입니다.
존경하는 재판장님! 원심판결을 파기하시고 너무나도 억울하게 고생한 피고에게 무죄를 선고하여 주시기 바랍니다.

피고인 김성규 배상

9. 변호인 의견서

사　　건　　2023노2400
피 고 인　　김 성 규

위 사건에 관하여 피고인 김성규의 변호인은 다음과 같이 변호인 의견서를 제출합니다.

다　　음

1. 공소사실의 요지

이 사건 공소사실은 다음과 같습니다.

피고인은 2021. 1. 1. 월드볼펜클럽 대한본부 달구지역위원회[1] 회장으로 추대되었으나, 2021. 4. 15. 달구지방법원으로부터 직무집행정지가처분 결정을 받았다.

  피고인은 2021. 1. 1.경부터 2021. 4. 8.경까지 피해자 명의 달구은행 계좌(505-10-164****)[2])에 있던 돈 8,496,174원을 2021. 1. 20.경 손지혜 명의 계좌로 600,000원을 송금한 것을 비롯하여 개인적인 용도로 임의 소비함으로써 횡령하였다.

2. 공소사실에 대한 피고인의 입장
공소사실 전부를 부인합니다.

① 2021년 1월 4일까지 달구은행 관련 계좌에는 전년도 이월금 4,700,000+4,500,000=9,200,000원이 입금되어 있었는데,(표1 입금내역 참조) 이 돈은 모두 29회에 걸쳐서 지출되었습니다. 이중 월드볼펜클럽 달구지역위의 필요로 사용한 돈을 제하고 모두 14건을 고소했다가 2건을 취소하여, 총 12건이 기소되었습니다. 금액으로는 8.496,174원입니다. 총지출 건수 29건 중 17건이 기소되지 않은 것과 하등의 다른 이유가 없음에도 불구하고 왜 이 12건을 기소한 것인지 전혀 논리도 없는 마구잡이 한풀이식 기소였습니다.(표2 지출내역 참조 하십시오)

② 피고인이 2021. 1. 20.경부터 같은 해 4. 8.경까지 총 12회에 걸쳐 위 8,496,174원을 다른 계좌로 이체하거나 현금으로 인출한 사실은 인정합니다. 다만 월드볼펜클럽 달구지역위의 이월금은 단체의 이익을 위하여 그리고 단체 박홍자의 주도와 지시에 따라 이를 안전하게 보관하

---

1) 이하 '월드볼펜클럽 달구지역위'라고만 합니다.
2) 이하 '이 사건 달구은행 계좌'라고만 합니다.

였던 한편, K볼펜문학회의 회비는 K볼펜문학회의 책 발간을 위하여 정당하게 사용하였을 뿐입니다.

③ 공소장 기재 횡령 금액은 총 8,496,174원입니다. 이중 월드볼펜클럽 달구지역위와 상관없는 신규단체 K볼펜문학회의 회비는 4,500,000원입니다. 그러므로 월드볼펜클럽 달구지역위의 자금은 K볼펜문학회비 4,500,000원을 제한 3,996,174원뿐이었습니다.

④ 그런데 이 돈 3,996,174원을 피고인은 월드볼펜클럽 달구지역위가 시키는 바에 따라 보관하였고, 안전하게 보관하던 중 적어도 7차례나 월드볼펜클럽 달구지역위에 돌려주려고 하였습니다. 그러나 월드볼펜클럽 달구지역위 측은 소송이나 하겠다면서 조기 수령을 끝내 거부하였고, 피고인은 할 수 없이 법원에다가 4,000,000원을 공탁하였습니다. 3,996,174원 중에서도 과오납 찬조금, 과오납회비 등 피고인이 정산 받아야 할 돈도 많이 있었으니 그런 것은 제쳐놓고 오히려 현금 80만 원까지 추가로 지급해 주었습니다. 이자 운운 등 다툼의 싹조차 없애고자 하였기 때문입니다.

⑤ 이렇게 480만 원이나 지급해 주기 전까지는 3,996.174원을 피고인이 안전하게 보관하고 있었습니다. 충분한 금액을 다양한 형태로 즉, 현금으로 혹은 정기예금통장으로 혹은 수표로 안전하게 보관하며 언제라도 지급을 준비 중이었습니다. 새마을금고 정기예금 500만 원이 있다는 것도 밝혔는데 여러 회원들이 그 통장까지 확인하였습니다. 다만 박홍자만은 모른다고 발뺌하였나(?) 그렇다고 해서 그 정기예금이 없어졌던 것이 아닙니다.

변칙 회계 운운은 적용될 여지가 전혀 없습니다.
(증거서류 제 477면~485면 각 자필 사실 확인서 -신군자, 윤홍걸, 이종철, 이애정, 김정자, 이금자, 윤정희, 정숙재, 김옥분)

3. 원심 판단 및 이에 대한 변호인 의견의 요지

가. 원심은 피고인이 이 사건 계좌에 예치된 돈을 기존에 있던 피고인 개인 계좌로 이체해 사용한 사실을 증거에 의하여 인정하며 이로써 피고인의 불법영득의사가 분명히 드러난다고 보았습니다.

나. 그러면서 피고인이 공소장 기재 횡령 금액 중 4,731,354원에 관하여 회계담당자인 공소외 박영자의 동의를 얻어 변칙적 회계 처리를 한 것이라는 주장에 관하여 그와 같은 동의를 한 적 없다는 취지의 증인 박홍자의 진술 증거에 근거하여 인정하지 아니하였으나, 이는 2021. 1. 초 K볼펜문학회의 태동 시기에 그 회원이었다가 추후 입장을 바꾸는 등 피고인과 이해대립관계에 있는 박홍자가 그와 같은 동의를 한 적이 없다는 진술 증거만으로 믿기 어렵다고 판단한바 합리성이 상당히 낮습니다. 상기 2의 ⑤에서 본 바와 같이 박홍자의 동의 여부와 상관없이 그러한 정기예금도 존재하고 있다는 뜻이고 불법영득의사가 있는 사람이 현금 또는 정기예금이나 수표를 보여주며 돈을 주겠다고 따라다닌 것은 말도 되지 않습니다. 참고로 그 정기예금은 아직도 존재하고 있습니다.

다. 3,996.174원 이외 나머지 4,500,000원에 관하여 2021. 1. 10.경 설립한 단체로서 피해자 단체와는 별개 단체인 'K볼펜문학회'의 회비인바 피해자의 재산이 아니고, 이는 K볼펜문학회 운영 목적으로 사용한 것이라는 주장에 대하여도, K볼펜문학회는 피해자와 동일한 단체라는 전제 아래에 피해자의 2021년 운영계획에 전혀 포함되지 않은 명목으로 사용하였고 정당한 피해자 내부 절차도 없었던 걸로 보이며, 이은경, 최수중, 김관종, 이상직, 박재민, 박옥기 등 회비 납부자가 피해자 회비를 납부한 것이라 진술(증기 1권 356쪽)한 점, 이은경 및 김관종은 직접 'K볼펜문학회'가 아닌 피해자의 연회비라고 진술한 점, 피고인이 K볼펜문학회 회원이라 주장하는 이들은 본래 피해자 회원이고 그들이 피해자 회원 지위에서 벗어나겠다는 의미로 정식 탈퇴 절차를 밟았다고 보이지도 않는 점 등을 근거로 K볼펜문학회의 회비라 볼 수 없고 피해자 돈을 위와 같이 정당 절차 없이 사용한 것이라고 보았습니다. 그러면서 피고인이 제출한 참고 자료인 K볼펜문학회의 회비를 납부했다는 정순남 외 13명의 진술서(증거기록 445~ 477면)는 문제 된 시점으로부터 8개월 지난 2021. 12.~ 2022. 1.경 피고인 부탁에 따라 작성된 것으로 보여 그 기재 내용을 믿기 어렵다고 배척하였습니다.

라. 그러나 이하 상설하는 바와 같이 K볼펜문학회는 분명히 피해자 단체와 별개의 단체이고, 공소사실에 부합하는 듯한 증거만을 아무런 합리적 근거 없이 판단의 근거로 삼는 등 그 판결 이유에 상당한 비합리성과 모순이 있으며 이에 따른 판단에는 분명한 사실오인이 있다고 하겠습니다.

4. 'K볼펜문학회'는 2021. 1. 10 창립된 단체로서 '사단법인 월드볼펜클럽 대한본부 달구지역위원회'와는 별개의 고유 단체입니다.

가. 원심 판단

피해자는 2020년 이전부터 "달구볼펜문학"이라는 제목의 정기간행물을 발간하고 있었으므로, 'K볼펜문학회'라는 단체 명칭에 고유성과 독창성이 있다고 보기 어려운 점, 박홍자는 이 법원에 증인으로 출석하여 2021. 3. 31.까지는 K볼펜문학회가 피해자인 줄 알았다'고 진술한 점, 김중원 역시 이 법원에 증인으로 출석하여 'K볼펜문학회는 새로운 단체가 아니라 피해자가 명칭을 바꾼 것일 뿐'이라고 진술한 점, 피고인은 2021. 1. 15. 제6대 달구볼펜문학회 회장 김성규"라고 기재된 서면(증거기록 제1권 213쪽)을 작성하여 발송함으로써 K볼펜문학회가 피해자와 연속성이 있는 단체임을 스스로 공표한 점, 피고인이 2021년 2월 이후 발송한 e-메일에서 피해자의 명칭을 사용하기도 한 점(증거 기록 제1권 439쪽), 피고인은 2021년 4월경 K볼펜문학회를 정식 창립한 것으로 보이고(증거 기록 제1권 430쪽), K볼펜문학회 명의의 고유번호증도 2021. 4. 2.자로 발급된 점, 달리 2021. 1. 10.경 피해자와 별개인 새로운 단체로서 K볼펜문학회가 결성되었다는 객관적인 자료를 찾을 수 없는 점 등에 비추어 보면, 피고인의 'K볼펜문학회와 피해자가 별개의 단체'라는 주장은 받아들일 수 없고, 피고인은 2021년 4월 무렵까지 피해자의 대표자 지위만을 보유하고 있었다고 볼 수 있다고 판단하였습니다.

나. 2021. 1. 13. 개업한 사실

'K볼펜문학회'는 2021. 1. 13. 개업하여 같은 해 4. 2.에 별도로 사업자등록이 이루어져 220-80-11587이라는 고유한 사업자등록번호를 가진 별개의 법인격을 가진 단체입니다(항소심 증 제1호 사업자등록증명). 원심은 고유 번호증 발급 일자를 기준으로 단체의 개시시기를 판단하였으나, 고유 번호증의 발급 일자는 국세청에 고유번호를 신청한 일자에 따른 것이고 실제 설립과 활동 개시 일자 이후에 신청이 이루어진 것일 뿐이며 당해 신청서에도 개업일이 2021. 1. 13.으로 명기되어 있습니다(증거 기록 제1권 421면). 실제 사업개시일과 관공서에 대한 각종 등록, 신고 또는 신청일이 일치하지 아니하는 일은 비일비재한 일인바 저와 같은 원심의 판단은 타당하지 아니합니다. 이는 마치 1월 10일 출생한 신생아가 1월 13일 병원에서 퇴원한 뒤 4월 2일 구청에다가 출생신고가 되었으니 그 신생아의 출생한 일자가 1월 10일이 아니고 4월 2일이라고 우기는 것과 마찬가지입니다.

다. 설립 취지 및 경위

피고인은 2020년까지 월드볼펜클럽 달구지역위의 사무국장이었다가 2021. 1. 10. K볼펜문학회의 사무국장으로 임명된 공소외 박홍자를 포함해 여러 문인들에게 메일을 통하여 새로운 단체인 'K볼펜문학회'의 임원으로 참여하여 달라고 요청하였고(증거기록 제1권 433~437면), 'K볼펜문학회'는 이에 따라 같은 날 인터넷 회의를 통해 별개의 주소지, 별개의 회칙, 임원, 기존 피해자의 회비 액수보다 높은 회비 액수를 책정하여 결성된 단체입니다(항소심 증인 윤정희의 증언 녹취서 2면). 무엇보다도 그 회칙(정관) 상 단체의 이름은 "K볼펜문학회"단 여섯 글자뿐이고, 월드볼펜클럽 대한본부 등 어디에도 소속되지 않는 완전히 독립된 별개의 단체인 것입니다.

2021. 1. 1. 월드볼펜클럽 대한본부 달구지역위의 회장으로 취임한 피고인이 바로 이와 같은 새로운 단체를 결성한

것은 피고인이 회장으로 취임하자마자 직무집행 가처분의 소에 피소되었던 사실에 비추어도 알 수 있듯 월드볼펜클럽 달구지역위 내부에 정치적 분란과 금전 다툼이 비일비재하였습니다. 실제로 이동호는 자기가 모시던 직전 회장 박옥주에게 자기를 지지하지 않는다고 현금 1억 원을 요구하는 협박성 내용증명을 보내다가 뜻대로 되지 않자 이후 전임 회장을 아예 "제명"해 버렸습니다. 또한 초대 회장 박걸곤, 유명 시인 서정훈 등 다수의 떠들썩한 성 추문 사건이 있었는가 하면 그 정관 규정상 주된 사업인 '문학의 국제 교류와 번역'이 거의 제대로 이루어지지 않았던 탓에 회의를 느끼고 있었던 까닭이었습니다(증거 기록 제1권 354면; 참고인 이애정에 대한 진술조서, 증인 윤정희에 대한 증언 녹취서 3면).

라. K볼펜문학회의 첫 동인지와 사단법인 월드볼펜클럽 달구지역위 동인지의 차이점에 대하여 살펴보겠습니다

그 설립 취지에 부합하게 'K볼펜문학회'는 설립 직후에 가입에 동의한 회원들로부터. 회비를 받아 약 3개월 동안 2021. 1. 10 경 별개의 단체를 설립하는 데에 뜻을 모은 임원들과 함께 번역, 편집, 인쇄, 배포 등의 과정을 거쳐 'K볼펜문학'이라는 창간호를 발행하였습니다(증인 윤정희에 대한 증언 녹취서 3~4면).

월드볼펜클럽 달구지역위도 K볼펜문학회가 설립되기 이전부터 그 동인지의 명칭으로 '달구볼펜문학'이라는 제목을 사용하기는 하였으나, 이는 월드볼펜클럽 달구지역위의 약칭이 월드PEN 대한본부 지역위원회 규정상 '달구 PEN'임에 따라 (증거기록 532면) '달구볼펜의 문학'이라는 의미로 쓰여진 동인지의 제목일 뿐이며, 월드볼펜클럽 달구지역위가 발간한 동인지는 표지의 하단과 편집 후기 페이지의 상단에 '월드볼펜클럽'로고와 곳곳에 '사단법인 월드볼펜클럽 대한본부 달구광역시 지역위원회'라는 발간 주체가 명시되어 있습니다(증거 기록 제1권 64~77면). 반면 'K볼펜문학회'가 발간한 동인지는 하단에 'The Dalgu Ballpoint PEN Literary Society'라고 발간 주체가 분명히 달리 명기되어 있고 월드볼펜클럽 100주년을 기념하며 발간한 첫 동인지로서 발간 호수는 별도로 기재가 되어 있지 않은 바 만일 'K볼펜문학회'가 달구지역위와 같은 단체라면 '제21호'로 기재되어 있어야 함이 마땅한 것입니다.

마. 형식상 '볼펜문학'이라는 문자(文字)가 혼용되었을 뿐입니다.

'K볼펜문학회'는 피해자 단체와 마찬가지로 국제적인 문학단체인 '월드볼펜'의 헌장에 입각하여 설립된 단체인바(증거 기록 제1권 423면) 피해자 단체와의 명칭에 있어서 유사성이 있어 'K볼펜문학회' 설립 전부터 혼용된 점이 있는 것은 사실입니다.

비록 2021. 1. 13 개업하여 220-80-11587이라는 사업자등록번호를 가진 이 고유한 단체의 명칭이 비록 월드볼펜클럽 달구지역위가 약칭하여 사용하던 그 명칭과 문자(文子)상으로 같은 것은 사실이나, K볼펜문학회는 상기 살펴본 바와 같은 설립 경위와 과정이 있고, 그 회원들이 위와 같은 취지에서 전혀 다른 정체성을 가지고 설립한, 이른바 동명이인(同名異人)의 단체이고, 단순히 그 쓰인 명칭이 같다고 하여 같은 단체로 보는 것은 합리적이라 할 수 없습니다. 그러한 까닭에 사무적으로 강력한 권한을 행사한 박홍자의 무분별한 뜻에 따라 2021. 1. 15. 제6대 달구볼펜문학회 회장 김성규라고 기재된 서면을 작성하여 발송하였고, 피고인이 2021년

2월 이후 발송한 e-메일에서 피해자의 명칭을 사용하였던 것일 뿐으로 피고인이 K볼펜문학회가 피해자와 연속성이 있는 단체임을 스스로 공표하였다고 볼 수는 없는 것입니다.

백 보를 양보하여 월드볼펜클럽 달구지역위의 일부 주장처럼 2021년 입금된 회비가 전부 월드볼펜클럽 달구지역위의 회비이고 평소보다 훨씬 더 일찍 인 4월 4일 발간된 책 또한 번역도 완벽하면서 더 훌륭한 월드볼펜클럽 달구지역위의 책이라면 당시 달구지역위의 회장직도 보유하고 있던 피고인의 출중한 능력을 입증할 뿐이지 자기 단체업무를 충실히 이행한 사람을 비난할 여지는 더욱 없는 것입니다. 이동호 씨 등의 질투가 심한 탓이었다 아니할 수 없습니다.

바. 통상적인 회비 납부 시기와 동인지 출간 시기의 상이함.

오랜 기간 사무국장을 지내온 박홍자가 '책은 우리가 10월, 11월에 내기 때문에 사용한 적이 없고, …, 회원들이 알아서 그해 12월 이전으로 회비를 납부하며 되는 것입니다.'라고 한 바와 같이 월드볼펜클럽 달구지역위의 회비는 12월 연말 전까지 납입을 하면 되고 책은 10, 11월에 발간되나(박홍자에 대한 증인신문조서 4면), K볼펜문학회는 새로운 정체성을 가지고 진정으로 사업 목적에 부합하도록, 즉 번역이 잘 이루어진 K볼펜문학회만의 동인지를 만들기 위하여 결성된 것인 바 2021. 1.에 결성되자마자 새로운 단체를 위한 회비를 거두고 4월에 책을 발간하였습니다.

사. 양 단체의 개별성을 뒷받침하는 증거이자 공소사실에 반하는 수인의 진술증거가 있습니다.

피해자 단체와 'K볼펜문학회'가 전혀 다른 별개의 단체라는 점에 관하여는 이미 수사 과정에서 '달구볼펜문학회'의 부회장이었던 공소 외 김운식(증거 기록 458~459면), 공소외

신군자, 윤홍걸, K볼펜문학회 2021년도 부회장 이종철, 이애정, 김정자, 이금자, K볼펜문학회 2021년도 부회장이자 항소심 증인인 윤정희, 2021년도 이사인 정숙재, 김옥분 등 수인의 진술(증거기록 285~288면, 475~484면)과 K볼펜문학회 이사인 원심 증인 윤홍걸(증인 윤홍걸에 대한 증인신문조서 2면), 항소심 증인 윤정희의 증언(증인 윤정희에 대한 증인신문조서 3면), 심지어 K볼펜문학회가 아니라 월드볼펜클럽 달구지역위의 회원이라고 스스로의 정체성을 확고히 한 공소외 이은경도 '나중에 알고 보니 협회가 두 군데 분리가 되어 있더라구요.'라고 진술한 점(증거 기록 제1권 357면), K볼펜문학회 회원인 공소외 이애정도 수사기관의 물음에 '월드볼펜클럽 쪽과 의견이 맞지 않아서 김성규 회장님이 문학을 이렇게 해서는 안 된다고 했었고 다른 분들과도 그러한 논의가 있었습니다. 그래서 그전 월드볼펜클럽 문학회 쪽과는 생각이 달라서 이쪽으로, 김성규 회장님과 다른 단체로 하게 된 겁니다.'라고 진술한 점(증거 기록 제1권 354면) 등 수인의 진술증거로 명백히 드러납니다.

원심은 이들의 진술 내지 '자필'로 기재된 사실 확인 내용을 이 사건에서 문제되는 시점으로부터 8개월 이상 지난 시점에 작성되었다는 이유만을 들뿐 아무런 합리적인 근거도 없이 피고인의 부탁에 따라 작성된 것으로 보인다는 이유로 그 내용에 대한 신빙성을 인정하지 아니한 잘못이 있습니다. 더욱이 이 8개월이란 피해자의 고소 사건이 있음을 확인한 직후의 이야기이므로 더 일찍 그런 진술서를 쓸래야 쓸 수도 없던 것입니다.

아. 'K볼펜문학회'의 고유성과 독립성을 인정하지 아니한 원심 판단 근거로서 원심 증인 박홍자 및 김중원 증언의 신빙성은 낮습니다.

원심은 원심 증인들의 증언 중 특히 박홍자가 이 법원에 증인으로 출석하여 2021. 3. 31.까지는 K볼펜문학회가 피해자인 줄 알았다'고 진술한 점, 김중원 역시 증인으로 출석하여 'K볼펜문학회는 새로운 단체가 아니라 피해자가 명칭을 바꾼 것일 뿐'이라고 진술한 점을 근거로 들었습니다.

① 그러나 박홍자는 피고인의 원심 변호인 의견서의 기재로 밝힌 바와 같이 당초 독립적인 단체인 K볼펜문학회의 설립에 가장 먼저 (1월 10일 당일) 장원계, 이호전, 이상직과 함께 인터넷회의에서 "예"라고 찬성하고 앞장섰다가 (증거기록 433면) 추후 모종의 이해관계에 따라 K볼펜문학회를 인정할 수 없다는 입장으로 돌아선 자로서(증거기록 제1권 431면), 피고인과는 이 사안에 있어 대립관계에 있는 자이자 2020년까지는 월드볼펜클럽 달구지역위의 재정 관련 사무를 담당했던 책임자여서 그 책임을 회피하거나 전가할 가능성이 있는 자이므로 그 진술의 객관성이 매우 의심됩니다.
즉, 2021년 1월 10일 박홍자가 인터넷 회의 상에서 "예"라고 동의할 당시의 첨부 서류인 K볼펜문학회 정관에는 분명히 새로운 단체의 이름이 "K볼펜문학회"라는 단 여섯 글자뿐이고, 달구볼펜클럽이든 어디든 간에 어디에도 구속받지 않는 전혀 독립된 단체임이 확실히 규정되어 있습니다. 자기가 인터넷 내용을 직접 확인해 놓고도 자신은 K볼펜문학회 설립에 찬동하지 않았다는 말은 너무나도 새빨간 거짓말임이 입증된 것입니다.

② 한편, 김중원이 법정에서 검사 측 질문에 동일한 취지로 답변을 한 사실이 있기는 하나 그 전후로 변호인의 '… 고소인 단체와는 독립된 새로운 단체 K볼펜문학회를

설립하여 박홍자 씨를 비롯한 다수의 문인들이 K볼펜문학회에 동참했고 증인은 고문님이 되었지요?'라는 질문에 그렇다고 답하였고(증인 김중원에 대한 증인신문조서 2면), 피고인이 '새로운 단체입니다, 완전히, 그렇지요?'라는 질문에 또 다시 '예. 나중에 이야기 들었지요.'라고 답하는 등 같은 현장에서조차 일관하지 않은 진술을 하였고 증언 당시 87세의 고령이라는 점까지 고려하면, 그 진술을 쉬이 신빙하기 어렵습니다. 증인 김중원은 이와 같은 비일관 된 진술 이후 증언 당시 자신의 취지에 맞지 않았던 진술을 확실히 하기 위해 재차 공증을 받은 사실 확인서까지 제출하였습니다. 그럼에도 원심은 이와 같이 객관적 신빙성이 담보되지 않은 일부의 진술증거(그것도 김중원 자신이 곧 수정하였음에도 불구하고) 주요 판단 근거로 하여 K볼펜문학회의 독립성을 인정하지 아니한 잘못이 있습니다.

자. 이외 공소사실에 부합하는 듯한 관련자들 진술증거의 신빙성 -조직 내 정치적 입장의 개입에 따른 것이므로 객관성 결여입니다.

K볼펜문학회의 최초 설립 및 사업 진행 과정의 외견적인 양태가 월드볼펜클럽 달구지역위의 활동과 별개의 활동인지 여부에 있어 다소간 불분명해 보였던 것은 K볼펜문학회의 구성원이 설립 취지상 기존 월드볼펜클럽 달구지역위의 회원들과 일부 겹치는 점. 피고인이 K볼펜문학회 설립 및 활동 당시 불안정하나마 월드볼펜클럽 달구지역위의 회장직도 겸하고 있었던 점. 그리고 상설한 설립 취지 그 자체에 비추어 불가피한 측면이 있었습니다. 특히 각기 다른 입장을 지닌 'K볼펜문학회'의 회원이 아닌 '월드볼펜클럽 달구지역위'의 회원이나 임원들의 관점에서는 더더욱 불분명해 보였을 것이

고, 또 일부는 피고인과 월드볼펜클럽 달구지역위 내부에서 정치적 갈등 및 이해관계가 있었기 때문에(증거 기록 제1권 431~432면, 440~444면) 증인들이 공소사실에 부합하는 듯한 증언을 한 것으로 보입니다. 고소인인 이동호 역시 원심 증인신문에서 검사의 '월드볼펜클럽 달구지역위원회하고 K볼펜문학회하고 피고인이 따로 설립해서 운영하고 있다는 사실을 일반 회원들은 언제 알게 되었나요?'라는 질문에 '그것도 거의 그 후에 안 것이지 그 당시에 그것이 분리되었다고 생각은 아마 저로서는 명확하게 아니라고 말씀드리기는 어렵습니다.', '그것은 인정할 수 없지요.'라고 답한 점(증인 이동호에 대한 증인신문조서 6면), 사무국장인 박홍자가 'K볼펜문학회를 별도로 했는지, 안 했는지를 말해주세요.'라는 원심 변호인의 질문에 '저는 대한본부 단체인지 알았지요.'라고 하여 '그런데 아니었다.'는 취지로 답한 진술 등을 보면 이들이 어떠한 단체 내부 정치적 입장을 지니고 있고 이에 입각해 K볼펜문학회의 정체성을 비롯한 전체적인 상황을 주관적으로 달리 조망하고 있음이 드러납니다.

따라서 K볼펜문학회와 월드볼펜클럽 달구지역위의 정체성을 같은 것으로 인식하고 있는 관련자들의 진술과 동시에 이와 불일치하는, 즉 K볼펜문학회를 별개의 독립된 단체로 인식하였던 관련자들의 진술 역시 이 사건 소송기록에 다수 드러난 상황에서 공소사실에 부합하는 듯한 주관적인 관련자들의 일부 진술만을 주요 판단의 근거로 삼아 피고인에게 불리한 사실을 인정한 것은 인과에 의해 직접적으로 범죄사실의 인정으로 이어지는 사실에 대해 합리적인 의심이 없을 만큼 증명이 된 사실을 인정하였다고 보기 어려우므로 명백히 부당한 것입니다.

차. 소결

결국 상기 살펴본 바와 같이 K볼펜문학회와 월드볼펜클럽 달구지역위가 별개의 단체라는 점에 대한 객관적인 증거들에 비추어, K볼펜문학회는 분명코 월드볼펜클럽 달구지역위와는 다른 법인격을 가진 개별 단체입니다. 따라서 이와 다른 전제에 따라 피고인의 횡령 고의를 인정한 원심의 판단은 그릇되었다고 할 것입니다.

5. 공소사실 기재 금액 중 전년도 이월금인 4,700,000원에 관하여.

가. 사무국장 박홍자의 주도 아래 변칙적으로 처리된 금원, 관련된 박홍자 진술증거의 신빙성은 너무도 희박합니다.

1) 박홍자는 월드볼펜클럽 달구지역위의 회계 및 사무국장 업무를 수년간 담당하며 월드볼펜클럽 달구지역위의 예금통장과 인장을 전적으로 관리해 왔고(증인 이동호에 대한 증인신문조서 8면 등) 박홍자도 원심 증인신문에서 '…이 돈을 뺄 때는 사무국장이 빼야 되고 진실이든 아니든 간에 사무국장의 허락을 받고 인출해야 되는데…'라고 하여(증인 박홍자에 대한 증인신문조서 3면) 회비나 예산의 지출에 관하여 사무국장인 자신의 '허락'을 받아야 할 정도로 전적인 지배와 권한을 가진다고 진술한 바 있습니다. 심지어 박홍자는 재정과 관련된 사항 외에도 K볼펜문학회 회장 명의로 나가는 모든 통지문을 본인이 직접 만들어 회장에게 공표하게 할 정도로 지배력을 가지고 영향력을 행사하였습니다(증거 기록 제1권 387면, 437~439면).

2) 박홍자도 인정한 바와 같이 피고인이 회장으로 취임할 당시 인계된 위원회의 전년도 이월금인 4,700,000원은 관례대로 박홍자의 전적인 지배 관리하에 있었고, 박홍자를 통하여 공금의 출입이 가능하였습니다. 박홍자는 회장이 바뀜에 따라 월드볼펜클럽 달구지역위의 달구은행 예금통장의 대표자 명의를 전임 회장 박옥주에서 김성규로 바꾸어 관리하였습니다. 박홍자는 자신이 통장과 인감을 가지고 있었다고 하면서도 피고인이 임의로 그 통장에 연결된 체크카드를 만들었다고 반복하여 주장하였으나(같은 증인신문조서 3~4면 등), 통상적으로 통장과 인감 없이 체크카드를 개설하는 것은 불가능한 일인바 체크카드의 개설과 관련해 박홍자가 전혀 관여하지 아니하였다고 할 수 없는데도 마치 피고인이 전적으로 자의에 따라 체크카드를 개설해 임의로 사용하였다고 주장하고 있는바 거짓된 말임이 분명합니다.

3) 위 전년도 이월금이 예금되어 있는 이 사건 달구은행 계좌는 당시 법적 분쟁 중이던 전임 회장 공소외 박옥주로부터 압류를 집행당할 위험이 있는 상황이어서 이를 피하기 위해 임시로 피고인 명의의 계좌로 이전 및 보관을 해둔 것이고 재정 책임자인 박홍자의 주도하에 이와 같은 경위로 피고인 명의의 계좌로 이전된 것입니다. 박홍자 역시 원심 변호인의 '2021년 3월 30일 이전에 이 돈(월드볼펜클럽 달구지역회 회비와 전년도 이월금)을 뽑아서 피고인 달구은행 통장으로 입금이 되는 돈이 있어요, 그런 식으로 한 이유가 있지요?'라는 질문에 ' 그것은 그때 박옥주가 침삼동에 있는 달구은행지점의 우리 돈을 못 찾게 만들어 놓아

요.'라고 답하였고, 이어진 '그때 당시에 박옥주와 법적 분쟁 때문에 월드볼펜클럽 대한본부 달구지역위원회 통장이 가압류될 수 있어서 미리 돈을 쓰기 위해서 빼놓은 것 아닙니까? 피고인 명의 통장으로. 혹시나 묶이면 돈을 못 찾으니까 그것 때문에 피고인 명의로 일단 옮겨놓은 것 아닙니까? 그때는'이라는 질문에 '예. 그랬어요. 박옥주가 그 돈을 침삼동 달구은행에서 못 찾게 했습니다.'라고 명확히 대답한 바 있고 금원 이전 과정에서 피고인과 달구은행 침삼동 지점에 동행한 사실 그리고 뒤이어 수창구청지점에 같이 간점도 명백합니다(증인 박홍자에 대한 증인신문조서 7~8면).

3-1) 그리고 이 돈은 피고인의 독자적인 결정으로 옮긴 것이 아니라 재정적 주도권을 쥐고 있던 박홍자가 직접 피고인에게 돈을 다른 곳으로 보관하라고 시켜서 옮긴 것입니다. "김성규가 이 돈을 찾아서 안전한 통장에 돈을 넣어놔야 되겠다고 했었는데, 나는 그때 너무 놀란 상태에서 그러면 이게 풀릴 때까지 다른 통장에 넣어놓으라고 한 거예요"(박홍자의 달구북부경찰서 진술내용. 형사기록 315쪽) 더욱이 2021년 1월 18일 이동호까지 월드볼펜클럽 달구지역위원로 쪽을 상대로 하여 소송을 제기해 온 사실이 알려짐에 따라 기존 달구은행 계좌에 대한 압류의 위험이 더욱 커졌습니다. 그래서 1월 20일 박홍자는 피고인을 대동하여 직접 달구은행 수창구청지점으로 가서 자기가 관리하던 달구은행 통장과 도장을 이용하여 돈을 인출, 이체토록 하였는데 이때 수수료가 들지 않은 역시 같은 달구은행 통장을 사용하는 다른 예술단체인

산맥예총 (대표 김성규) 의 "달구은행 통장"으로 이체하여 보관하게 시킨 것입니다.

4) 다만 박홍자는 위 진술 과정에서 '그런데 다른 은행에서는 다 찾을 수 있는데 그 돈을 왜 그렇게 옮겼는지 저는 법을 몰라서 그렇게 해야 하는 갑다 생각했지만, 지금 생각하니까요, 법을 잘 아는 사람이 다른 은행에서는 그 돈을 달구볼펜클럽 돈을 찾을 수 있었는데 왜 옮겼는지 그것이 참 궁금하네요.'라든지, '당시 달구은행 침삼동 지점을 방문했을 때 나는 피고인으로부터 조금 멀리 서 있었고, 피고인이 침삼동 달구은행에서 돈을 못 찾게 해놓았다고 하데요.'라던지, '참 이상하다고 했어요. 침삼만 못 찾게 해놓았어요. 나도 무슨 말인지 잘 모르겠어요.'라던지, 피고인이 달구은행 수창구청지점 방문일과 관련하여 '카드로 어떻게 405만 원을 찾습니까?'라는 질문에 '모르겠어요. 그런데 나한테 통장을 달라고 해서 피고인이 그 은행에 가지고 갔겠지요.'라던지, 원심 재판부의 '그렇게 해서 즉, 압류되거나 할 수 있으니 옮겨놓아야 한다고 해서 찾은 돈이 어디로 입금되었는지 아나요?라는 질문에 '그것은 몰라요. 어디로 넣었겠지요. 그것을 저한테 안 보여줬기 때문에 저는 모르지요.'(증인 박홍자에 대한 증인신문 조서 7, 8, 14, 15면)라는 등으로 진술한바, 본인이 월드볼펜클럽 달구지역위의 사무국장으로서 재정의 출입금을 전적으로 관리하고 있는 자이고 피고인이 직접 카드를 만들어 인출하는 것은 전례없이 이상하다고 생각하였으며 피고인의 통장 인출 내역을 보고 용처를 물어보고 하나씩 적었다고 하였으면서(같은 증인신문조서 3면) 회원들의 회비에 해

당하는 전년도 이월금을 다른 통장으로 이전하는 현장에 동행하여 통장과 인감을 교부하기까지 해놓고(같은 증인신문조서 14~15면) 그에 대해서 마치 책임이 없는 제삼자의 입장에 있는 것과 같이 진술하고 있어 상당히 모순적이며, 이외에도 당해 증인신문 당시 증인 박홍자의 진술 전 취지가 이와 같습니다.

5) 박홍자가 피고인이 2021. 1. 10. K볼펜문학회 결성에 관한 이사회 소집 메일을 보내었을 때 '예.'라고 답한 것에 관하여 월드볼펜클럽 달구지역위 회장으로서 보낸 것으로 알았는데 나중에 다른 회원들로부터 "박홍자 씨 지금 큰 잘못을 하고 있습니다."라는 말로 시작하여 피고인의 회장 직위의 부당성에 관한 이야기를 듣고 입장을 바꾼 점(증인 박홍자에 대한 증인신문 조서 10~11면), 2021. 4. 8.경 '정관에 대한 이해 부족으로 인하여 커다란 실수를 했음에 달구볼펜클럽 회원님들에게 머리 숙여 사죄하며 용서를 구합니다.'라는 문구로 시작하여 "박홍자 씨는 어쩌면 피해자"라고 '이동호 씨가 해주신 충고가 생각나 용기를 내어 양심선언 합니다. 김성규 측과는 결별을 통보했습니다.'라는 등의 내용을 담고 있는 '양심선언'이라는 문건을 작성한 점 등에 미루어 비추어 보면, 박홍자는 피고인과 대립관계에 있는 이동호와 피고인 사이에 직무집행정지 가처분 등 법적 분쟁을 비롯해 조직 내 정치적 갈등 상황 속에서 재정 책임자로서 죄책감을 가지는 동시에 그 책임을 회피하고자 하는 동기가 있음이 넉넉히 추단됩니다.

박홍자의 진술 대부분은 이와 같은 책임 회피 동기 등 전적으로 박홍자의 편향된 주관에 의한 것으로 보아야 할 것인바 그 진술의 객관성과 신빙성이 담보되지 않으므로 공소사실에 부합하는 증거로서 그 진술증거를 인정하기에는 지극히 불합리하다고 할 것입니다.

6) 그런데 원심은 박홍자가 수사기관에서부터 일관되게 피고인의 계좌로 이전해 보관 중인 이월금 500만 원에 대해 들어본 적이 없다는 취지로 진술하였고, 설령 박홍자의 동의가 있었다고 하더라도 피고인이 주장하는 것과 같은 변칙적 회계 처리가 정당하다고 할 수도 없다.'라고 하여 금원 이전 사실로부터 피고인의 불법영득의사를 인정하였습니다. 그러나 이 사건 수사는 박홍자가 위와 같이 입장을 변경한 이래인 2021. 9. 이래로 진행된바(증거 기록 제1권 2면) 그 진술의 일관성만으로 객관성이 담보되긴 어렵고, 상기 상세히 살펴본 바와 아래에 살펴볼 바와 같이 피고인이 아니라 박홍자가 월드볼펜클럽 달구지역위원회의 재정 담당 사무국장이었다가 2021년부터는 K볼펜문학회의 사무국장으로서 재정에 대한 권한을 가지고 있던 자인바, 가사 피고인이 박홍자의 주장대로 전임 회장들과 달리 체크카드를 임의로 개설한 것을 사실이라고 전제하더라도 이 사건 공소사실 기재 금원의 이전 및 사용에 대한 박홍자의 지배력과 권한을 부정할 수 없는 한 피고인 명의의 계좌로의 이 사건 공소사실 기재 금원 이전 사실로서 피고인의 명백한 불법영득의사가 객관적으로 실현되었다는 것을 인정하기에는 그 사실이 결코 합리적 의심의 여지가 없이 증명되었다고 볼 수 없습니다.

나. 이외 공소사실에 부합하는 듯한 관련자들의 진술증거의 신빙성

상기 제4항의 9) 항에 기재한 바처럼 피고인이 월드볼펜클럽 달구지역위 명의의 계좌에 있던 금원을 자신의 계좌로 이체할 때는 피고인이 월드볼펜클럽 달구지역위에서 회장이라는 불안정한 지위를 유지하고 있을 때였고, 따라서 공소외 이동호, 박홍자, 김중원, 윤정희 등 각자 월드볼펜클럽 달구지역위 내부에서의 지위 또는 입지나 동 단체에 대한 입장, 이해관계에 따라 '피고인이 피해자 명의의 계좌에 있던 금원을 피고인의 계좌로 옮긴 사실'을 달리 조망될 개연성이 높으므로 각 진술들은 범죄사실을 인정할 근거가 될 만큼 객관적이라고 보기 어렵습니다.

다. 범죄일람표 11, 12 관련-출금을 지시한 것은 월드볼펜클럽 달구지역위 측입니다

특히 범죄일람표 11, 12번의 2021. 4. 7.~8.자 이체 건은 사무국장 박홍자가 윤홍걸 등에게 직접 연락을 취해 '달구문화재단 지원금을 받아야 하니 기존 달구은행 회비 통장을 비워야 한다.'라며 통장 잔액을 없애달라고 요청함에 따른 것이고, 이에 윤홍걸이 피고인에게 이를 알림에 따라 당시 당해 통장을 소지하지 않고 있던 피고인이 분실신고 후 통장을 재발급 받아 통장의 잔액을 없앤 것이며, 이는 윤홍걸의 구체적인 내용의 자필 진술(증거 기록 제1권 478면), 김중원의 법정진술(증인 김중원에 대한 증인신문조서 4면), 윤홍걸의 자필 사실 확인서(증거 기록 제1권 478면)뿐만 아니라 심지어 박홍자의 법정진술(박홍자에 대한 증인신문조서 16면)에 의하여도 명백히 확인되는 사실입니다. 이는 월드볼펜클럽 달구지역위의 전임 회장인 박옥주 등이 압류 신청할 것을 우려하여 이를 막기 위해 임시로 금원을 옮겨둔 것이며 이때 박홍자도 동행하였고(증인 박홍자에 대한 증인신문조서 7~8면), 더욱이 이동호는 월드볼펜클럽 달구지역위에다가 민사소송까지 제기해 놓은 터라 통장 압류의 위험성이 더욱 높아져 있는 상태였으므로 피고인은 박홍자의 지시에 따라서 그리고 당시까지 월드볼펜클럽 달구지역위의 회장으로서 단체의 회비를 잘 보관하여야 할 마땅한 의무를 충실히 수행하였던 것일 뿐입니다.

라. 피고인은 금원을 여러 차례 반환하려 하였으나 피해자 측이 받지 아니한 점을 반드시 주목해야 합니다.

피고인은 2021. 초 경 월드볼펜클럽 대한본부에서 임원을 역임하고 월드볼펜클럽 달구지역위의 창립부터 관여하였던 원심 증인 김중원(증인 김중원에 대한 증인신문조서 2면)을 비롯한 원로 5명의 명의로 내용증명을 보내고, 피고인의 직무집행이 정지된 이후 피해자의 회장 직무 대행직을 하던 공소 외 지행운, 김운식에게 이월금을 정산하고 수령하여 가라고 고지하고 수표를 지참하여 자택을 방문하기까지 하였으나 거부하였고(증거 기록 제1권 231면; 원심 변호인 성무균의 변호인 의견서 7면 참조), 고소인이자 전임 부회장인 원심 증인 이동호도 피고인이 반환 만남을 요구하였으나 거부하였음은 이동호 스스로가 시인한 사실입니다.(증인 이동호에 대한 증인신문조서 11면). 이는 여타 원심 증인 김중원, 항소심 증인 윤정희 등 증인들의 법정진술로도 명백히 밝혀진 사실입니다(원심 증인 김중원에 대한 증인신문 녹취서 3면)

마. 여러 문인들의 중재 중이었음에도 불구하고 끝내 반환하였다는 점

피고인은 월드볼펜클럽 달구지역위가 돈을 수령하도록 당시 달구문인협회 심훈섭 등 여러 문인들이 열심히 중재 중이었던 2021. 11. 25.경 달구지방법원 서부지원 2021년 금 제2302호로 4,000,000원을 공탁하였고 2022. 1. 17. 이 사건 계좌로 800,000원을 입금하여 피해자가 수령해 가지 않은 이월금에 해당하는 금원을 훨씬 초과하여 반환한바 이 사건으로 인한 실질적인 피해액이 없습니다.

바. 피고인이 사용한 사실이 없고 착복할 동기도 없었다는 점입니다.

K볼펜문학회라는 새로운 단체를 이끌어갈 회장이자 사회적 지위가 분명한 피고인으로서 약 4~500만 원에 불과한 돈을 개인적으로 착복할 이유도, 동기도 없으며, 아무리 반환하려고 해도 받아주지 않는 문제의 그 금원에 대하여 그 금액을 초과하는 금원을 법원 공탁 및 현금입금으로써 전액 초과하여 반환하였습니다. 피고인이 당해 금원을 자기의 이익에 따라 사용한 것이 아니라 단지 압류로부터의 안전을 위하여 자신의 통장에 보관만 해두었다는 사실, 그리고 그러한 사실을 잘 확인하였음을 수인의 K볼펜문학회 회원들이 자필로 진술하였고(증거 기록 475~484면), 나아가 K볼펜문학회 회원인 원심 증인 윤홍걸과 김중원이 진술하기를 이월금을 피고인의 정기예금으로 보관하기로 했다는 사실에 관하여 분명히 그렇다고 대답한 바 있습니다(증인 윤홍걸에 대한 증인신문조서 4면, 증인 김중원에 대한 증인신문조서 3면).

6. 'K볼펜문학회' 회비인 나머지 4,500,000원에 관하여.

가. 원심 판단

원심은 나머지 3,764,820원(틀렸습니다. 4,500,000원입니다)에 관하여, K볼펜문학회는 피해자와 동일한 단체라는 전제 아래에 피해자의 2021년 운영계획에 전혀 포함되지 않은 명목으로 사용하였고, 정당한 피해자 내부 절차도 없었던 걸로 보이며, **이은경**, 최수중, 김관종, 이상직, 박재민, 박옥기 등 회비 납부자가 피해자 단체에다가 회비를 납부한 것이라 진술(증거기록 1권 356쪽)한 점, 이은경 및 김관종은 직접 'K볼펜문학회가 아닌 피해자의 연회비라고 진술한 점, 피고인이 K볼펜문학회 회원이라 주장하는 이들은 본래 피해자 회원이고 그들이 피해자 회원 지위에서 벗어나겠다는 의미로 정식 탈퇴 절차를 밟았다고 보이지도 않는 점 등을 근거로 K볼펜문학회의 회비라 볼 수 없고, 피해자 돈을 위와 같이 정당 절차 없이 사용한 것이라고 보았습니다. 그러면서 피고인이 제출한 참고자료인 K볼펜문학회의 회비를 납부했다는 정순남 외 13명의 진술서(증거기록 445~477면)은 문제된 시점으로부터 8개월 지난 2021. 12.~2022. 1.경 피고인 부탁에 따라 작성된 것으로 보여 그 기재 내용을 믿기 어렵다고 배척하였습니다.

나. 원심 증거 채택의 불합리성

그러나 상기 피해자의 회비를 납부하였다는 회비 납부자의 진술 증거로 거시된 증거기록 제1권 356면을 보면 당해 회비 납부자들(공소외 **이은경**, 김관종)의 직접 진술 증거가 아니라 고소인에 의해 진술된 내용으로서 심지어 그 내용도 단지 '2021. 1. 1. 이후에 회비를 입금한 월드볼펜클럽 달구지역위 회원들'로 제시된 것에 불과하고 그중 **이은경**과 김관종이 직접 진술하였다는 부분은 심지어 재전문증거에 해당하여 그 자체로도 증거력이 낮습니다. 더욱이 원심은 위 증거들이 현출된 조사일 당일에 공소사실에 반하는 진술로서 K볼펜문학회와 피해자 단체가 별개의 단체라고 진술한 회비 납부자들의 진술들이 동시에 있었음에도 불구하고 아무런 합리적 근거 없이 상기 나열한 증거만을 판단의 근거로 삼아 2021. 1. 이후 납부된 4,500,000원 전액에 관하여 K볼펜문학회의 회비가 아닌 월드볼펜클럽 달구지역위의 금원이라고 판단한바 이러한 증거 채택은 그 합리성이 현저히 결여되어 있는 것입니다.

다. 사단법인에 있어 정식 탈퇴 절차는 필요 없는 점

K볼펜문학회와 같이 사인들이 자발적으로 뜻을 모아 결성한 문학 단체나 사단법인에는 별도의 공식 탈퇴 절차가 없는 것이 통상적이고, 으레 회비를 납부하지 아니하고 활동을 중단하면 자연히 탈퇴로 간주함이 일반적이며, 이는 박홍자가 그간 월드볼펜클럽 달구지역위의 경우에도 회원들이 그해 12월까지 연회비를 자발적으로 납부하는 방식이었다고 한 점에 비추어도 알 수 있는 사실입니다(증인 박홍자에 대한 증인신문조서 2면). 따라서 월드볼펜클럽 달구지역위에 2021년도 회비를 납부하지 않고 K볼펜문학회에 회비를 납부한 자들은 월드볼펜클럽 달구지역위에 대한 별도의 탈퇴 절차 없이 탈퇴가 되었다고 봄이 타당한 것입니다.

라. 증인 윤정희 증인 신문 관련

증인 윤정희에 대한 항소심 증인신문에서 검사 측이 윤정희에게 제시한 월드볼펜클럽 대한본부 달구지역위의 회원명부는 2021년 명부가 아닌 제5대 임원 및 회원명부로서 2020년 명부이며, 2023년 당시 월드볼펜클럽 달구지역위의 회장직무대행자이자 감사였던 공소외 지행운이 확인한 2021년 월드볼펜클럽 달구지역위의 회원 명부에는 검사가 동일 증인신문에서 언급한 이종철, 정순남 등의 이름이 존재하지 아니합니다(공판 기록 편철 -증 2023년 월드볼펜클럽 달구지역위 명부).

검사 측은 이종철, 정순남 등이 'K볼펜문학회에 납부한다는 인식으로 이 사건 달구은행 계좌에 회비를 납입하였는지'에 관하여 반복하여 윤정희를 신문하였으나(증인 윤정희에 대한 증인신문조서 11~12면), 윤정희는 평소 K볼펜문학회 모임에 출석하는 당해 인물들이 자신들도 K볼펜문학회에 돈을 내었다고 진술한 사실을 들은 대로 증언하였을 뿐입니다. 그 이상으로는, 당해 인물들의 주관적 인식을 윤정희를 통해 객관적으로 확인하여 인정할 수도 없는 일일뿐더러, 윤정희는 2021. 초 K볼펜문학회의 부회장 중 1인에 불과하여 K볼펜문학회 업무의 전체적 흐름 외에 구체적이고 세세한 업무 집행과 개별 회원들의 회비 납입 현황에 대해 낱낱이 알지 못하는바 그에 관한 증인 윤정희의 답변에 의하여 2021년 이후 이 사건 달구은행 계좌에 금원을 납입한 이들의 주관적 인식에 대한 객관적인 사실을 추궁한다는 자체가 무리한 일이라고 하겠습니다.

마. K볼펜문학회의 회비라는 인식으로 이 사건 달구은행 계좌에 회비를 납입하였다는 수인의 진술들이 존재합니다.

오히려 증거 기록상 2021년 K볼펜문학회의 회원 명부상의 회원인 이호전, 김신중, 윤홍걸, 정숙재, 이금자, 김옥분 (증거기록 제1권 283면)에 의하여 수차례의 자필 또는 단체 연명 사실 확인서, 원심 증인 윤홍걸, 김중원의 법정 진술 등 (증인 윤홍걸에 대한 증인신문조서 3~4면, 증인 김중원에 대한 증인신문 조서 2면)을 통해 그들이 이 사건 달구은행 계좌에 납부한 금원은 명백히 K볼펜문학회의 회비를 낸다는 인식으로 납부하였다는 사실이 드러나 있습니다(증거기록 제1권 285~288면, 475~488면). 이와 같이 수인이 수차례에 걸쳐 수사기관 및 법정에 제출한 증거들이 피고인의 부탁에 의해 작성된 것이라는 판단은 아무런 합리적인 근거가 없는바 지극히 부당한 판단입니다. 오히려 이와 같이 공소사실에 반하는 증거들이 너무나 많이 현출되어 있는 상황에서는 피고인의 범죄사실을 증명할 보다 분명한 증거를 필요로 할 뿐입니다.

K볼펜문학회와 사단법인 월드볼펜클럽 대한본부 달구지역위의 개별성에 관해 혼동하였던 일부 회원들이 2021년 이래 기존의 회비 납입 계좌였던 이 사건 달구은행 계좌로 회비를 납입하였을 수는 있으나, 자신이 월드볼펜클럽 달구지역위의 회원이라고 소속을 분명히 한 이은경과 김관종도 결국에는 양자에 회비를 납입한 것이었고 문인 한 사람이 다수 단체의 회원이 되는 경우는 매우 흔한 일입니다. 월드볼펜클럽 달구지역위가 콕 찍어 지정한 6명 역시 결국 K볼펜문학회의 2021년 4월 발간호에 작품을 실은 등의 이유로 중복 납입된 회비는 반환을 요구하지도 않았습니다. 오히려 월드볼펜클럽 대구지역위 스스로는 이들 6인 외 나머지 19인이 오로지 K볼펜문학회만의 회원임을 잘 알고 있었음을 자인한 것입니다. 파렴치한 고소였습니다.

바. 소결

결국 피고인이 월드볼펜클럽 달구지역위의 전년도 이월금 4,700,000원 중 월드볼펜클럽 달구지역위의 업무로 사용하고 남은 돈 일금 3,996,174원을 다른 달구은행의 계좌로 이체한 것은 불법영득의사에 따른 것이 아니고 박홍자의 주도와 지시 하에 부당한 압류로부터 안전하게 보관하기 위하였음이 분명합니다. 또한 4,500,000원을 K볼펜펜문학회의 동인지 발행에 사용한 것은 월드볼펜클럽 달구지역위의 돈이 아닌 K볼펜문학회의 돈을 정당하게 사용한 것임이 명백합니다.

5. 결어

피고인이 단체의 회장직을 맡은 자로서 무능하고 부도덕한 사무국장을 믿다가 회계 처리를 보다 확실하게 관리하지 못한 아쉬움이 있기는 하나, 상기 상세히 살펴본 바와 같이,

① K볼펜문학회는 상기 제시한 여러 객관적인 증거들에 비추어 월드볼펜클럽 달구지역위와 완연히 다른 법인격과 정체성의 별개의 단체이고, ② 공소사실 기재 금액 중 전년도 이월금인 4,700,000원 중에서 월드볼펜클럽 달구지역위가 사용하고 남은 돈 3,996,174원과 K볼펜문학회의 회비 4,500,000원을 포함한 모든 금액은 2021년 당시 K볼펜문학회의 사무국장으로서 수입 및 지출 담당자였던 박홍자가 스스로 지시하였다고 인정한 바와 같이(박홍자의 달구북부경찰서 진술 참조) 박홍자의 주도하에 박옥주나 이동호 등으로부터의 부당한 압류의 위험을 피하기 위해 보호 내지 임시 보관 목적으로 이전된 것이라는 점(박홍자 증인신문조서 15쪽 참조), ③ 이에 반하고 공소사실에 부합하는 듯한 박홍자의 진술 일부는 진술 전체적으로 모순적일 뿐만 아니라 그 지위에 비추어 책임 회피의 동기가 상당한바 신빙하기 어려운 점, ④ 오히려 위 금원을 보관 목적으로 이전하였다는 사실에 관하여 수인의 K볼펜문학회 회원들이 자필 진술 등으로 증거하고 있는 점, ⑤ 공소사실 기재 금액 중 K볼펜문학회의 회비인 4,500,000원의 경우, K볼펜문학회의 사업 개시 초기 그 정체성이 외견상으로는 혼란스러운 면이 있었지만 적어도 입금 자들은 "K볼펜문학회"에 납입함을 분명히 인식하였기에 달구은행 계좌에다가 회장 선납 연회비 100만 원, 감사 연회비 40만 원, 부회장 연회비 각 40만 원, 이사 연회비 각 10만 원 등 월드볼펜클럽 달구지역위에는 전혀 존재하지 않는 연회비들을 입금시킨 것입니다. 그럼에도 불구하고, 1차적으로 원심의 판단은 K볼펜문학회와 월드볼펜클럽 달구지역위의 개별성을 인정하지 않는 전제에 서 있었던 것으로 부당하고, ⑥ 원심이 당해 금원을 K볼펜문학회의 회비로 볼 수 없다는 근거로 채택한 주요 근거들은 재전문증거로서 그 자체로도 증거력

이 낮을 뿐만 아니라 그 채택에 있어 합리성을 찾기 어려우며, ⑦ 오히려 K볼펜문학회의 회비를 낸다는 인식으로 이 사건 달구은행 계좌에 회비를 납입하였다는 수인의 진술이 기록상 수차례나 드러나고 윤홍걸과 김중원과 윤정희는 아예 법정에서 선서증언까지 하였던바, 동 금원이 K볼펜문학회의 회비가 아니라 월드볼펜클럽 달구지역위의 재산이라는 점에 관한 증거가 합리적 의심의 여지 없이 증명되었다고 볼 수 없습니다. 따라서 결국 이 사건은 범죄사실의 증명이 없는 때에 해당한다고 할 것이고 피고인은 이 사건 공소사실과 같이 월드볼펜클럽 달구지역위의 금원을 횡령한 사실이 없음이 분명합니다. 그러므로 원심을 파기하고 피고인에게 무죄를 선고해 주시기 바랍니다.

2024. 10.   .

피고인의 변호인
법무법인 현호 담당변호사 김권재, 김정민

달구지방법원 제4형사부 귀중

첨부 1. 달구은행 505-10-164302-0, 대표자명 김성규 입금 내역(원)

(2021년 01월 04일부터-04월 08일까지 K볼펜문학회 회비)

날짜	내역	금액	
01-12	김성규 (회장 회비 선금)	1,000,000	
-12	김옥분 (이사 회비)	100,000	
-12	박홍자 (이사 회비)	100,000	
-13	이희명 (이사 회비)	100,000	
-13	류숙희 (이사 회비)	100,000	
-13	이종철 (부회장 회비)	400,000	
-13	배한열 (부회장 회비)	400,000	
-16	윤정희 (부회장 회비)	400,000	
-18	이호전 (감사 회비)	400,000	
-19	이은경 (이사 회비)	100,000	* 양 단체
-19	이순재 (이사 회비)	100,000	
-20	윤홍걸 (이사 회비)	100,000	
-21	최수중 (회비)	50,000	*
-23	박순영 (회비)	50,000	
-23	정리서 (이사 회비)	100,000	
-23	류복우 (이사 회비)	100,000	
-24	정순남 (부회장 회비)	400,000	
-28	김관종 (회비)	50,000	*
02-02	정숙재 (이사 회비)	100,000	
-04	우정이 (회비)	50,000	
-04	이상직 (이사 회비)	100,000	*
-12	이호재 (회비)	50,000	
03-02	조혜숙 (회비)	50,000	
03-05	박재민 (회비)	50,000	*
03-08	박옥기 (회비)	50,000	*

K볼펜문학회 회비 (25인) 총액은   4,500,000
그러므로 2021.01.01-04.08 총 입금되어 있는 돈은
  = 전년도 이월금 4,700.000 + 4,500,000 = 9,200,000 원 입니다.
* K볼펜문학회에다가 납부한 회비를 반납 요청하는 자는 없었습니다.

10. 피고인 마지막 변론하다

    존경하는 재판장님! 소송이 지연되어 대단히 죄송합니다. 그렇지만 본 사건 원심은 너무 잘못되었기에 변소하지 않을 수가 없습니다. 먼저 피고인이 제출한 항소이유서를 한 번 더 살펴봐 주십시오. 그리고 변호인께서 너무 바쁘셔서 피고인이 직접 증거와 피고인 변론서를 제출하라고 허락하여 주셨습니다. 꼭 증거와 대비하여 잘 확인해 주시옵길 부탁드립니다. 증인 출석 연기신청도 변호인님의 권유를 따랐습니다. 변호인님께도 감사드립니다.

    1. 피고인이 고소인 측에 "여러 차례"에 걸셔서 돈을 돌려주려고 한 증거가 많이 있습니다. 그러나 모두 고소인 측이 수령을 거부했습니다. 피고인의 불법영득의사란 천부당만부당합니다.

    2. 애당초 문제된 돈의 인출은 모두 "고소인 측의 지시"입

니다. 자기가 돈을 인출하라 해놓고는 고소했으니 이는 명백한 "무고"입니다. 피고인은 어지간하면 잘못을 시인하며 선처를 부탁드리겠지만, 이 사건은 이와 같은 이유로 너무나 잘못되었기에 억울함을 호소하지 않을 수 없습니다.

2024년 8월 14일
피고인 김성규 배상

·첨 부 : 피고인 변론서

사　건　2023노 2400
피고인 김성규

피고인 변론서

　재판장님, 여러 가지 사정으로 재판이 지연되어 죄송하게 생각합니다. 그러나 피고인은 너무도 억울합니다. 먼저 피고인이 제출한 항소이유서를 꼭 한 번 더 확인해 주십시오. 그리고 항소이유서를 보완하는 피고인 변론서를 증거와 함께 제출하오니 잘 살펴봐 주시옵길 바랍니다.

항소심 증거 1. 북달구세무서 사업자 등록 증명
　　　　　　　　(K볼펜문학회 사업개시 일자가 2021년 1월 13일이라고 명기되어 있습니다.)
　　　증거 2. 표.달구은행 505-10-164302-0 지출내역(원)
　　　　　　　2021년 1월~4월 간 29건 지출 중 12건이 자의적으로 기소되어 있음을 알 수 있습니다.
　　　증거 3. 고소인단체 발간 2021년도 연간지의 판권 쪽 고소인단체 회비 계좌번호 농협 301-0291-1082-0 이라고 되어 있습니다.

증거 4. 고소인단체 발간 2023년도 연간지 358쪽
2021년도 고소인단체 회원명부가 나와 있는데 여기에는 김성규, 윤정희, 이종철, 정순남 등 K볼펜문학회의 회원 이름은 없습니다.

1. **K볼펜문학회의 사업개시 일자는 2021년 1월 13일입니다.**
증거 1. 사업자 등록증명에 나와 있습니다.

(가) 동호회는 사업자등록증이 없어도 존재합니다.
원심은 K볼펜문학회의 시작이 2021년 4월 2일이라고 단정하셨으나 이는 잘못입니다. 음악 동호회이든 동네 축구 동호회이든 대부분의 동호회는 사업자등록증 (또는 고유번호)도 없습니다. 사업자등록증이 없어도 회비 내고, 대표자 있고, 콘서트홀에서 연주회하고, 이웃 동네와 축구 시합까지 하면 그 동호회는 분명히 존재하는 것입니다.

(나) 그럼에도 K볼펜문학회는 사업자등록도 하고 개시 일자도 명기했습니다. K볼펜문학회의 경우는 코로나가 한창이던 2021년 1월 10일 인터넷 회의로 독립단체를 설립하였으며 임원을 정하고, 회비 받고, 원고를 받고, 책 전체를 영어로 번역하고, 열심히 편집하여 4월 4일 책까지 발간하였습니다. 이런 과정 중에 서류를 구비하여 북달구세무서에 사업개시일도 신고하였는데, 그 개시 일자는 1월 13일이라고 명기되어 있습니다. 4월 2일이란 북달구세무서에 신고하러 간 날짜일 뿐입니다. 흔히 거론되는 사례가 있어 다시 보고드

립니다. 만약 산부인과에서 신생아의 출생일이 1월 10일이고 당일 아기의 부모는 예컨대 김 볼펜이라는 이름까지 아기에게 지어주었습니다. 그리고 이름까지 있는 그 아기가 1월 10일 출생하고 1월 13일 병원에서 퇴원하였다는 입원 증명서가 있다고 칩시다. 나아가서 그 부모가 4월 2일 동사무소에다가 아기의 출생신고를 하러 갔다면 그리고 그 출생신고서에다가 출생 일자를 1월 10일이라고 적어 놓았다면 그 신생아의 출생 일자가 단지 출생신고를 하러 간 날짜에 불과한 4월 2일이 되는 것입니까? 아니면 실제로 출생하고 출생신고서에 1월 10일이라고 날짜까지 적혀있는 1월 10일이 되는 것입니까? 그러므로 K볼펜문학회의 시작 일자가 2021년 4월 2일이라는 전제 하의 원심의 모든 판단은 잘못입니다.

2. 전체 출금 29건 중 17건이 특별한 절차 없는 정당한 업무였습니다.

(가) 중요한 점은 기소 않은 17건 전부가 이사회결의 등 특별한 절차 없이 출금된 정당한 업무였다는 것입니다. 따라서 나머지 12건 출금 역시 특별한 절차가 필요 없는 정당한 업무이기는 마찬가지인데 원심은 자의적으로 기소한 잘못이 있습니다.

(나) 먼저 처음 6건 출금부터 모두 정상 업무라서 불기소되었습니다.
·고소 안 함 : 지출번호 1번과 2번, 각 01/04 지행운 및 장삼구 감사 교통비 각 30,000 원 씩 2 회
·고소 후 취소: 3번, 01/15 박홍자 현금 출금 230,000원

·고소 후 취소 : 4번, 01/15 김성규 현금 출금 281,000원
·고소 안함 : 5번, 01/18 우편료 14,900원, 6번, 01/18 곽구성 2건 번역료 60,000원

(다) 특히 위 5번 우편료와 6번 번역료 출금은 모두 K볼펜 문학회의 업무였는데, 고소인 측이 모두 "<u>정당한 업무</u>"로 인정하였습니다.

3. 6번 출금 곽구성의 번역 비 지출이 정당하므로 다른 번역의 지출도 정당한 것입니다

(가) 6번 출금 곽구성의 번역 비 2건이 불기소되었습니다. 정당한 업무이기 때문입니다. 그렇다면 13번 출금 류호철의 번역 비 5건과 15번 출금 곽구성의 추가 번역 비 4건 그리고 16번 출금 박홍자의 번역 비 10건 역시 모두 꼭 같은 정당한 업무입니다. 불기소라야 됩니다.

(나) 특히 동일 인물 곽구성이 받은 번역 비 중에서 6번 번역비 2건은 불기소하고 15번 번역 비 4건은 기소하였는데, 도대체 무슨 원칙인가요?

·불기소 : 지출 번호 06번 01/08 곽구성 2건 번역료 60,000원
·잘못된 기소 : 13번 02/24 류호철 5건 번역료 150,000원,
　　　　　　　15번 02/28 곽구성 4건 번역료 120,000원,
　　　　　　　16번 03/03 박홍자 10건 번역료 300,000원

(다) 더욱이 곽구성, 류호철, 박홍자 3인은 모두 고소인측 회원입니다.
　　K볼펜문학회 측에서 준 번역료 57만 원을 고소인 측

회원들이 꿀꺽 삼키고는 남보고 횡령했다니 도대체 말이나 됩니까? 이들은 자기들 주장에 따른다면 장물을 취한 것입니다. 그럼에도 불구하고 장물인 번역비를 돌려달라고 해 보았으나 이들은 그 장물을 돌려주지도 않았습니다.

(라) 이 번역료의 출처는 1월 12일 K볼펜문학회 회장인 김성규가 회장 회비 선납금으로 납부한 돈 100만 원입니다. 그런데 이 번역료가 들어있던 곳이 사무국장의 실수로 양개 단체가 함께 사용하는 고소인단체 명의의 달구은행 계좌였다는 이유로 무조건 고소인단체의 돈인가요? 그건 아니지요. 각 주인을 찾아주면 되는 것입니다. 실제로 이동호 씨가 회장인 고소인단체에서 김신중 씨의 돈을 돌려줄 때에도 아무런 절차가 없었지만 주인에게 바로 돌려주었고 이동호 씨가 감사인 동동시비동산이라는 단체에서 김성규의 회비를 찾아줄 때에도 이동호 감사는 아무런 제지를 않았습니다.

·입증 ① 이동호 증인신문조서 12쪽에 다 나와 있습니다.

(마) 고소인단체는 피고인이 고소인단체의 회장으로서 문서 발송 등 업무를 했다고 주장한 적도 있습니다. 피고인은 2021년 4월 15일까지는 고소인단체의 회장 지위를 유지하고 있었기에 당연한 이야기입니다. 만약 피고인이 고소인단체의 회장으로서 고소인단체의 회비를 모아서 고소인단체의 책을 발간하였다고 칩시다. 그렇다면 더욱 문제 될 수 없는 것입니다. 문학동인지의 발간은 어느 문학단체이든 간에 매우 고유한 업무이니까 어느 쪽으로도 당연한 일을 한 것입니다.

4. K볼펜문학 우편료, 포장료도 정당한 업무라서 불기소한 적이 있네요

지출번호 5번   01/06   우편료   14,500원
         12번 02/08   우편료   3,000원
         14번 02/25   우편료   4,280원
         17번 03/24   우편료   5,750원
         18번 04/05   우편료   4,000원
         18번 04/05   포장료   500원
         21번 04/06   우편료   36,000원
         22번 04/06   포장료   2,300원

(가) K볼펜문학회의 동인지 책을 발간하는 과정에서 출금한 상기 우편료, 포장료 등 8건은 정당한 업무라며 불기소되었습니다. 그렇다면 하기 2건의 정당한 우편료는 왜 기소했나요? 검찰 측의 기소는 여하한 기준도, 원칙도 없이 자의적입니다.

지출번호 20번   04/05 우편료 100,000원 잘못된 기소
        23번   04/06 우편료 50,750원

(나) 고소인측은 K볼펜문학회가 고소인단체의 연속적인 단체로서 고소인 측의 돈으로 고소인단체의 책을 만들었다고 주장하고 싶은 모양입니다. 그렇다면 위 3에서와 같은 이유로 위 (나)의 우편료 2건은 더욱 기소될 이유가 없다 하겠습니다.

5. 04월 07일 고소인 측 박홍자의 지시에 따른 6건 출금에 대하여 지출번호 24번 04/07 산맥예총보관금 700,000원 지

시 불인정, 29번 04/08 1,024,920 도 지시 불인정
　　25번 04/08 우편료　23,450원　　지시 인정
　　26번 04/08 포장료　 1,000원　　　　"
　　27번 04/08 커피숍　 9,500원　　　　"
　　28번 04/08 커피숍　 9,000원　　　　"
　　29번 04/08 산맥예총 보관금 1,024,920원 지시 불인정

(가) 2021년 4월 4일 K볼펜문학 책이 발간되었기 때문에 더 이상 지출이 필요하지 않았습니다. 그럼에도 불구하고 고소인 측 박홍자는 4월 7일 굳이 김성규에게 지시하기를 달구문화예술재단의 지원금을 받아야 하니 통장을 '0'으로 만들라고 하였습니다. 위 6건의 출금은 고소인 측의 모두 똑같은 지시에 따른 것입니다. 그런데 검찰은 4건은 지시에 따랐다고 불기소하면서 2건은 기소하였습니다. 여하한 원칙도 없는 대단히 자의적인 기소입니다. 더군다나 고소인 측 지시로 출금한 2건도 개인사용은 전혀 없습니다. 다만 압류 회피를 위해 회장이 "안전하게 보관"하였을 뿐입니다. 회원들의 회비 보관은 회장의 마땅한 의무이기 때문입니다.

·입증 ② 윤홍걸 증인신문조서　4~5쪽
　변호인 문 : "박홍자 씨가 증인한테 전화해서 통장에 잔고가 남아있으면 지원금을 못 받으니까 통장 잔고를 '0'으로 만들어야 한다고 김성규 회장한테 그렇게 전해달라고 전화한 적 있나요?"
　증인 답 : "나한테 부탁을 해서 제가 김성규한테 전화를 했습니다. 통장을 '0'으로 만들라고 그래야 이 돈을 입금시켜준다고 그 이야기를 했어요."

·입증 ③ 윤홍걸의 자필 사실 확인서(수사 기록 478쪽)
　　"2021년 4월 초 박홍자 사무국장이 저에게 전화를 걸어와서 달구문화재단 지원금을 받아야 하니 기존 달구은행 회비 통장을 비워야 한다고 김성규 씨에게 말 좀 해다오 라고 부탁하였습니다. 그래서 제가 김성규 씨에게 전화를 걸어 박홍자의 말을 전달하였고 …중략…박홍자의 요구대로 통장을 비웠다는 사실을 알고 있습니다."

·입증 ④ 박홍자 증인신문조서 16쪽
　　피고인 문 : "2021. 4. 7경 K볼펜문학회 이사인 윤홍걸 시인에게 증인이 전화해서 뭔가 요청했지요?"
　　증　인　답 : "윤홍걸에게 전화했지요."

·입증 ⑤ 김중원의 증인신문조서 4쪽
　　변호인 문 : "2021년 4월초에 이동호 씨와 박홍자 씨가 통장　에 있는 돈을 인출하고 장부를 '0'으로 만들어라고 한 사실을 증인은 혹시 들어서 알고 있나요?"
　　증　인　답 : "예"

·입증 ⑥ 김중원의 2023년 5월 8일 공증 인증서
　　"또한 2021년 초 김성규는 이동호 씨 측에 전년도 고소인단체 측의 회장직과 전년도 이월금 전액을 인도코자 하였으나 **이동호** 측이 이를 거부하였고, 2021년 4월 7일경 달구은행 통장 잔액도 이동호, 박홍자 측이 전액 인출토록 지시하였음을 확인합니다."

(나) 위와 같이 고소인 측이 지시해서 통장을 '0'으로 만들

라고 지시해놓고는 고소 대리인은 피고인이 직무 정지가 예상되어 통장을 '0'으로 만들었다는 역겨운 주장을 하였습니다. 법조인 이전에 한 인간의 인간성이 이래서야 되겠습니까? 동료 법조인들이 욕하는 것을 많이 들었습니다.

6. 고소인 측도 산맥예총이라는 달구은행 계좌에의 보관 외 13건은 모두 정상적인 업무라고 했습니다. 즉, 디자인 비, 번역료, 우편료, 포장비, 커피숍 비용 등 13건은 모두 고소인단체의 "정상적인 업무"라고 인정하였습니다. 다만 김성규가 안전하게 보관한 산맥예총(대표 김성규) 계좌의 돈 7,174,924원만 문제 삼겠다고 했습니다. 모두 6건입니다. 다만 2만원의 차액이 발견되었으나 이는 고소인 측의 계산 착오였습니다.
 ·입증 ⑦ 2021.12.28 달구북부경찰서 피의자신문조서(대질조서) 359쪽, 이동호의 진술 부분을 참조하시면 됩니다.

한편, 산맥예총에 보관된 자금은 6건입니다.
  a. 압류회피를 위한 4건(지출번호 8번~11번) 그리고
  b. 지원금수령을 위한 2건(지출번호 24번, 29번)입니다.

그런데 디자인 비, 번역료, 우편료, 포장비, 커피숍 비용 등 13건은 모두 K볼펜문학이라는 책을 발간하기 위해 지출되었습니다. 그러므로 K볼펜문학이라는 동인지 책을 K볼펜문학회에서 발간하든 아니면 고소인 단체에서 발간하든 간에 어느 쪽으로도 "정상적인 업무"이기는 마찬가지라는 것입니다. 더욱이 피고인은 2021년 4월 15일까지 양개 단체의 회장직을 맡고 있어 더욱 그러합니다.
한편, 2021년 1월 12일부터 3월 8일까지 K볼펜문학회에 회비를 낸 25명은 모두 K볼펜문학회 회원들이라서 2021년도 고소인 단체의 회원명부에 이름이 없습니다. 다만 이은경, 김관종 등 6

명은 이름이 있습니다. 이들은 양쪽 단체에다가 모두 회비를 납부한 양대 단체의 회원이기 때문입니다. 문학 단체가 100개가 넘는 지역 문단에서 복수단체에의 가입은 매우 흔한 일입니다.

· 입증 ⑧ 수사 기록 359쪽(고소인 피고소인 대질신문) : 이은경, 김관종 등은 회비를 양개 단체에 2중으로 납부함

· 입증 ⑨ 박홍자 증인신문조서 13쪽 밑에서 넷째 줄부터
 판사 문 : "그 사람들은 새로운 단체회원이니까 달구지역위원회 돈을 낼 것이 아니었다 그렇게 말하면서 돈 돌려달라고 말한 사람이 있었나요?"
 증인 답 : "없었습니다"

증거 4. 고소인단체 발간 2023년도 연간지 358쪽 (2021년도 고소인단체 회원명부인데 이에는 K볼펜문학회 회원들의 이름은 없고 이은경, 김관종 등 6명은 이름이 있음.)

7. 고소인 측의 횡설수설 고소와 기준 없는 검찰 기소에 대하여.

그런데 고소인 측은 산맥예총이라는 이름의 달구은행 통장에 보관된 6건만 문제 삼는다더니 실제로는 14건을 고소했습니다. 애당초 고소인 단체가 고소한 14건 중에서 고소인단체의 박홍자가 직접 출금해 먹은 250,000원도 포함되어 있었습니다. 세상에 자기가 돈을 **빼먹고는** 죄 없는 남을 고소하다니요? 이는 고소인 측이 자의적이고 파렴치한 고소를 하였다는 증명입니다. 이후 검찰은 2건(지출번호 3번, 4번)을 "정당한 업무"라며 취소 하여 나머지 12건을 기소했습니다.

고소인과 검찰 측은 이토록 헤매고 횡설수설하고 있습니다.

그나마 검찰이 기소한 12건에는 여하한 원칙도 찾아볼 수 없습니다.

특히 위에서 본 바와 같이 고소인 측이 이미 정상적인 업무라고 하며 문제 삼지 않겠다던 디자인 비 1건, 번역 비 3건, 우편료 2건도 고소해 놓았습니다. 6건입니다. 이 6건을 포함한 기소 12건 모두 사실은 "정당한 업무"입니다. 검찰 측 기소가 모두 잘못되었음을 하나하나 순서대로 입증하겠습니다.

  a. 먼저 정당한 업무라고 하다가 뒤늦게 번복, 기소한 6건입니다.
    * 번역료 3건(지출 번호 13번 류호철, 15번 곽구성, 16번 박홍자) * 우편료 2건(지출 번호 20번, 23번) * 디자인비 1건(지출 번호 7번)

  b. 다른 고소는 고소인 측의 지시로 출금하여 보관한 6건입니다. 대단히 야비한 기소입니다.
    * 압류회피를 위해 보관한 돈 4건(지출 번호 8번, 9번, 10번, 11번)
    * 달구문화재단지원금을 받기 위한 출금 2건(지출 번호 24번, 29번)

8. 위 3가지 중에서 번역료 3건부터 살펴보겠습니다.

지출 번호 13번(류호철), 15번 (곽구성), 16번 (박홍자)도 모두 정당한 업무입니다. 정당하다는 이유는 지출번호 6번(곽구성)의 번역료가 정당한 업무라고 하여 기소하지 않은 이유와 마찬가지입니다. 불기소라야 합니다. * 위 3에서 상세히 입증된 바 있습니다.

9. 우편료 2건 : 지출번호 20번, 23번도 정당한 업무입니다.

지출 번호 12번, 14번, 17번, 18번, 19번, 25번, 26번 등도 다른 우편료, 포장료가 기소되지 않은 것과 마찬가지 이유입니다. 불기소라야 합니다. * 위 4에서 이미 상세히 입증된 바 있습니다.

10. 지출 번호 7번(01/20) 디자인 비 60만 원도 불기소라야 합니다.

디자인 비용은 애당초 고소인 측이 문제 삼지 않겠다고 한 "정당한 업무"이므로 잘못된 기소입니다. 문학 동호회의 가장 주된 업무는 동호회의 문학책을 발간하는 일입니다. K볼펜문학회가 책 디자이너 손지혜 씨에게 디자인을 맡겨서 지불한 용역비 60만 원은 너무도 당연한 "정당한 업무"입니다. 더욱이 디자인 비 60만 원은 K볼펜문학회 김성규 회장이 01/12 납부한 회장 선납회비 100만 원 중에서 지출되었습니다. 문학단체에서 동인지를 발간할 때 사용하는 디자인비 등 비용을 회장과 회원들이 납부한 회비로 충당하는 것은 절대 잘못일 수가 없습니다. 그래서 애당초 고소인단체도 문제 삼지 않겠다고 한 적이 있는 것인데, 뒤늦게 검찰 측에서 이를 번복하며 기소하다니 매우 야비한 짓입니다.

11. 김성규 회장의 100만 원이 고소인단체의 회장 회비인가요?

김성규 회장이 낸 선납 회비 100만 원은 K볼펜문학회의 회장 회비입니다. 그런데 그 100만 원이 고소인단체의 회장 회비라는 말인가요? 그래서 고소인단체의 회장 회비로 고소인단체의 책을 발간하였다는 말인가요? 그렇다면 더욱 문제가 될 수 없습니다. 김성규 회장은 4월 15일까지 K볼펜문학회뿐만 아니라 고소인단체의 회장직도 겸하고 있었기 때문입니다. 그렇다고 하더라도 피고인은 통상 11월에 발간되는 고소인 단체의 동인지 책 발간을 7개월 이상이나 더 일찍 발간 하였습니다. 놀라운 실력입니다. 더욱이 피고인은 완전 무료 번역 봉사에다가 오역도 한 자 없이 전체 책을 번역하는 등 회장 업무와 번역가로서의 업무를 누구보다도 더 헌신적으로 빼어나게 잘 수행했습니다. 본 사건은 그런 능력이 없는 사람들의 질투에서 비롯하였습니다.

12. 회비를 압류로부터 "안전하게 보관할 회장의 첫째 의무"가 있지요.

2020년 말 전년도에서 넘어온 돈과 2021년 새로이 들어온 K볼펜문학회의 회비는 단 한 푼이라도 압류 등의 위험으로부터 안전하게 보관하여야 하는 것은 집행부의 최우선 의무입니다. 만약에 회비 등을 안전하게 회피 시켜놓지 않고 압류나 당하였다면 어떡할 뻔 했겠습니까? 그래서 책의 발간도 못 하고 번역비도 못 주었다면 어떡할 뻔했겠습니까? 그렇다면 회장은 배임 등의 혐의로 더욱 비난받았을 것입니다. 그러므로 피고인은 바로 이 회비의 안전 보관의 의무를 완벽하게 이행하였을 뿐입니다. 당연히 처벌이 아니라 큰 상을 주어야 했을 것입니다.

·입증 ⑩ 박홍자 증인신문조서 15쪽
　판사 문 : "그때 그 돈을 인출한 것이 압류되거나 할 수 있으니 옮겨놓아야 된다고 해서 돈을 찾은 것인가요?"
　증인 답 : "위험하다고 하고 안전한 데로 해야 된다고 해서 찾았습니다."
·입증 ⑪ 윤홍걸 증인신문조서 4쪽~5쪽
　변호인 문 : "당시에 민사소송을 제기했던 이동호가 책 발행을 방해하기 위해서 가압류한다는 소문이

돌앉기 때문인가요?"
증인 답 : "예"

·입증 ⑫ 김중원의 증인신문조서 3 쪽
변호인 문 : "이때 박홍자가 직접 피고인을 데리고 달구은행으로 가서 박홍자가 보관하고 있던 통장과 도장을 이용하여 K볼펜문학회 회원들이 납부한 회비 등의 자금을 이체하였다고 하지요?
증인 답 : "예"

·입증 ⑬ 김중원의 2023년 5월 8일 공증 인증서
"또한 2021년 초 김성규는 이동호 측에 전년도 고소인단체 측의 회장직과 전년도 이월금 전액을 인도코자 하였으나 이동호 측이 이를 거부하였고, 2021년 4월 7일경 달구은행 통장 잔액도 이동호, 박홍자 측이 전액 인출토록 지시하였음을 확인합니다."

13. 고소인 측이 돌려받아야 할 돈도 잘 보관되어 있었습니다.
2021.01.12부터 03. 08. 일까지 입금된 K볼펜문학회의 회비는 모두 25건 450만 원입니다. 이 돈은 K볼펜문학회가 책 발간을 위해서 자유로이 집행부가 쓸 수 있는 돈입니다.
또한 압류를 피하여 따로 보관되어야 할 귀중한 자금이기도 합니다. K볼펜문학회 회비가 압류로부터 안전하게 보관되었듯이 고소인단체로부터 물려받은 돈도 안전하게 보관되어야 합니다. 다만 물려받은 돈 4,700,000 원 중에서 박홍자가 직접 인출하는 등 문제없다고 인정한 17건 744,680원을 제외하여야 하고 다시 K볼펜문학회 측이 정산받아야 할 과오납 찬조비 등을 제외하면 고소인단체가 받아야 할 돈은 불과 100만 원 정도밖에 되지 않습니다. 그 돈도 모두 잘 보관되어 있었다는 말입니다.

14. 7회 이상이나 돈을 돌려주겠다고 했으나 고소인 측이 거부했습니다.

그런데도 불구하고 피고인이 고소인 측이 받아야 할 돈보다도 더 큰 금액을 상시 휴대하며 돌려주겠다고 했으나 고소인 측이 매번 이를 거부하였습니다. 예컨대 피고인은 500만 원짜리 정기예금 통장과 450만 원짜리 자기앞 수표를 상시 휴대하여 고소인 측을 만나자고 하였으나 고소인 측은 피고인을 단 한 번도 만나주지 않았습니다. 고소인 단체의 대표 이동호 씨는 자신의 폰 문자로 만남을 정면 거부하기도 했습니다. 심지어 고소인단체의 회장 직무대행 김운식 씨의 경남 창녕의 자택으로는 피고인이 자기앞수표를 직접 들고 만나서 수표를 받아달라고 하였으나 보기 좋게 퇴짜당하고 말았습니다. 책임지기 싫다는 이상한 핑계에서였습니다. 정기예금 통장과 자기앞 수표 사본은 수사기관에도 제출되어 있습니다. 또한 피고인이 고소인 측의 만남 거부에 대한 잘못을 지적하는 내용증명 편지의 사본도 수사기관에 제출하였습니다. 그래 놓고는 고소인 측은 뒤늦게 피고인의 자택으로 직접 찾아왔다느니, 내용증명 편지를 보냈다느니, 메일을 보냈다느니 하고 쇼를 하고 있습니다.

·입증 ⑭ 이동호 증인신문조서 12쪽과 형사소송 증거 기록 443쪽(이동호의 만남거부 폰 문자)에 다 나와 있습니다.

김중원, 이순남 등 원로 5인도 피고인이 돈을 주겠다고 하니 피고인을 만나라고 권유하였는데, 이동호 씨가 이를 거부한 것입니다.

·입증 ⑮ 이동호의 증인신문 조서 10쪽
⑯ 김중원의 증인신문 조서 3쪽
⑰ 김중원의 공증인 증서에 모두 다 기재되어 있습니다.

나아가서 김창식 대나무문학회 회장이 중재할 당시에 서로 만나서 김성규로부터 돈을 돌려받으라고 해도 이동호 씨가 거부하였고 박희방 씨와 심훈섭 씨 등 전·현직 달구문인협회 회장들도 김성규가 돈을 돌려준다고 하니 만나서 돈을 받으라고 해도 이동호 씨가 이를 거부하였습니다. 모두 이미 제출된 증거 기록에 잘 나타나 있습니다.

15. 이제 1심 판결문 4쪽 원심 "판단"에 대한 반박을 해보겠습니다.

원심 판결문에도 명시되어 있다시피 피고인은 2021년 1월 1일부터 4월 14일까지 자칭 피해자 단체의 회장 지위를 유지하였습니다. 그러나 동시에 2021년 1월 10일 피해자 단체와는 별도의 단체인 K볼펜문학회를 만들어서 별도로 운영하였던 사실도 있습니다. 원심은 무리하여 이런 객관적인 사실을 애써 외면하였습니다. 그러므로 피고인은 같은 기간 두 개 단체의 회비를 잘 보관해야 할 책임과 의무가 있었고 그 의무를 다하였습니다. 특히 원심 판결문은 증거 기록 제1권 89쪽을 거론하면서 "이 사건 계좌에 예치되어 있던 돈은 모두 K볼펜문학회를 위하여 사용하였음을 스스로 인정하였다."라고 쓰셨는데, 피고인은 그런 사실을 인정한 적이 전혀 없습니다. 증거 기록 89쪽의 피의자 진술서에는 피의자가 구태여 자필로 "월드볼펜클럽 대한본부 달구지역위원회 돈은 따로 보관되어 있었습니다."라고 명기해놓았습니다. 즉, 피고인이 인정한 바 없는 사실을 인정하였다고 재판관님께서 새빨간 거짓말을 하신 것입니다. 어떻게 이런 거짓말을 하실 수가 있습니까? 사법부의 수치입니다. 그러므로 피의자가 쓴 돈은 오로지 K볼펜문학회의 돈일뿐이고, 고소인 단체의 돈은 한 푼도 안 쓰고 보관하고 있었던 것이 명백합니다. 또한 K볼펜문학회의 설립 일자를 2021년 1월 10일이 아니고 4월 2일이라고 판단하신 것도 잘못임이 명백하십니다. 기타 원심의 판단 오류에 대해서는 별도의 반박문을 제출하겠습니다.

16. 결론

위에서 본 바와 같이 피고인은 2021년 1월 10일 K볼펜문학회를 설립하였고 4월 14일까지는 K볼펜문학회와 고소인단체 등 양대 단체의 회장으로서 남보다 우수한 동인지를 남보다 더 빨리, 더 잘 발간하는 등 충실하게 의무를 이행하였습니다. 한편, 이동호 씨가 고소인단체를 상대로 행할 민사압류에 대비하여서도 자금을 다른 곳으로 안전하게 보관시켜 놓는 등 회장으로서의 의무를 다 하였습니다. 박옥주 씨로부터의 압류에 대하여도 적절히 대비하였음은 마찬가지입니다. 자금의 안전한 인출과 보관은 고소인 측의 지시에 의한 일이었으며 고소인 측의 박홍자 씨가 달구은행 통장과 도장을 갖고 은행에 직접 동행한 일입니다. 피고인은 이동호 씨 등 고소인 측에게 이월 받은 자금을 돌려주기 위하여 적어도 7회 이상 연락, 방문하였으나 매번 거부당하였습니다. 결국 돌려주어야 할 돈보다 훨씬 큰 금액을 법원공탁 및 현금으로 돌려주었습니다. 고소인 측은 어느 모로 해도 피해 본 적이 전혀 없습니다. 그럼에도 불구하고 단지 피고인을 괴롭히기 위하여서 고소 짓을 하였으니 오히려 무고행위에 대한 책임을 져야만 할 것입니다. 그러므로 피고인은 명백한 무죄입니다. 원심을 파기하고 피고인의 억울함을 풀어주시기 바랍니다.

2024년 8월 14일
피고인 김성규 배상

11. 참된 승리란 무엇인가?

(1)

　위의 재판이 어떻게 귀결될 것인가에 대하여 더 이상 집착할 필요는 없다. 당연히 사필귀정이 되어야 하겠지만 재판이라는 것은 이미 사실관계를 떠난 하나의 유기체 생물과 같은 것. 진실과는 다르게 제멋대로 움직이는 경우가 허다하기 때문이다. 예컨대 김기웅 순경 살인사건이 있다. 1992년 11월 서울 관악구의 한 여관에서 18살 여성이 숨진 채 발견됐다. 당시 경찰은 현장을 최초로 목격하고 신고한 피해자의 남자친구인 김기웅(당시 27살) 순경을 범인으로 지목했다. 경찰은 김 순경에게 가혹행위를 하며 "자백을 하면 폭행치사나 과실치사로 조사하고 탄원서도 내주어 집행유예로 2개월 이내에 나가게 해주겠다."고 회유해 자술서를 받았다. 이후 경찰은 폭행치사 혐의로 이 사건을 검찰로 보냈다. 그러나 서울중앙지검에서 사건을 담당한 김홍일 주임 검사는 경찰보다 더 높은 살인죄의 죄목으로 김기웅 순경을 기소하여 결국 1심과 2심에서 유죄판결을 받게 하였다. 그러나 대법원 계류 중 진범이 잡혀서 김기웅 순경이 1년 만에 풀려난 경우이다.

김홍일 검사가 누구인가? 윤석열 대통령이 가장 존경한다는 선배 검사이고 김홍일은 국민권익위원장을 거쳐 방송통신위원장이라는 막중한 공직까지 맡았던 자가 아니던가?

재판과정 중 경찰의 가혹행위로 범죄를 자인했다는 김기웅 순경의 강한 주장이 있었다. 그럼에도 불구하고 당시 서울형사지법 1심 재판부는 김 순경의 살인 혐의를 유죄로 인정하고 징역 12년을 선고했고 서울고법도 항소를 기각했다.

대법원에서 주심을 맡은 고 박준서 대법관은 당시 전속 연구관이었던 유승정(69·사법연수원 11기) 법무법인 바른 변호사(전 서울남부지법원장)와 박해성(69·10기) 법무법인 율촌 변호사(전 대법원 수석재판연구관)에게 "아무래도 이 사건 이상하다. 잘 검토해 봐라"고 지시했고, 유승정 변호사 등은 오랜 검토 끝에 무죄를 확신하고 무죄 취지의 보고서를 올려 박 대법관과 상의해서 무죄로 파기하기로 결론을 냈다고 한다.

그러나 그 직후인 1993년 11월 비슷한 장소에서 소매치기 혐의로 검거된 서모 씨가 수사를 받던 중 자신이 이 사건의 진범이라고 자백하고, 그 내용이 확인되면서 김 순경은 누명을 벗을 수 있었다.

대구 경북고 54회 출신인 유승정 변호사는 "진범이 잡혀 진실이 밝혀져 다행이었지만, 대법으로서는 무죄 판단을 해 놓고 미리 선고할 기회를 놓쳐 아쉽기도 했다"며 "박 대법관님께서는 이 사건 외에서 사건의 실체적 진실을 위해 늘 고심을 많이 하셨다"고 말했다.

또한 1989년 경기도 화성에서 당시 12세 김현정 양 성폭행 살인사건의 누명을 쓰고 무기징역을 선고받았다가 20년간 억울한 옥살이를 한 후 모범수로 출소하였던 윤성여 씨 사건이 있다.

배우 송강호가 주연한 영화 "살인의 추억"의 대상이 되는 사건이기도 하다. 윤성여 씨는 자신의 부인에도 불구하고 혈액형 등의 의심으로 범인으로 몰렸던 것인데, 이후 화성 연쇄살인범 이춘재가 자기가 한 일이라고 자백함으로써 재심을 청구하여 누명을 벗은 사건이다.

당시 이 살인 사건을 해결했다고 1계급 특별승진까지 받았던 5명의 경찰관들이 중요한 증거를 숨겨가면서까지 자신의 잘못된 수사를 덮기에 급급하였다고 한다.

누명을 벗은 이들 두 사례는 엄청나게 운이 좋은 사례이다. 수많은 엘리트 경찰, 검찰, 판사들이 있었지만 끝내 진실이 묻힐 뻔했던 윤성여 씨 사건은 전라남도 섬 출신의 고졸 재심 전문 변호사의 끈질긴 노력 끝에 좋은 결과를 볼 수 있었던 것이다. 그러나 억울하게 법의 심판을 받게 된 수많은 경우. 그리고 반면에 교묘하게 사건을 빠져나와 밝은 세상에서 활개 치는 범죄자들도 많을 것이 아닌가? 1962년 당시 4세이던 서울의 조두형 어린이 유괴 사건은 아예 아직도 오리무중이며, 1981년 대구 와룡산 개구리 소년 5명의 죽음에 대해서는 아직도 실마리조차 찾지 못한 상태이다. 잃어버린 딸을 찾다가 평생 한을 풀지 못한 채 사망하고만 안타까운 아버지의 이야기도 있다.

(2)

사법적인 정의 찾기도 중요하겠지만 문인은 역시 문학작품으로 이야기해야 한다.

마찬가지로 번역가는 일단 번역이라는 실력과 성과로 답을 해야 한다. 2002년 국제볼펜클럽 대한본부 달구지역위원회의 추신호 번역가께서 말씀하시길 번역가는 전인격적으로 번역해야 한다고 하였다. 맞는 말씀이다. 영어 선생님으로서 중학교 교장까지 역임한 시인 겸 번역가인 이분은 자신도 모르게 큰 실수를 한 적이 있었다.

  2002년 연간지인 달구볼펜문학 책에 발표한 자신의 작품 시와 번역문을 글자 하나 틀리지 않고, 2008년 같은 연간지 책에 또 발표한 것이다. 그가 김성규와 대화하면서 단순한 실수였다고 변명하며 자신의 잘못에 대하여 부끄럽다고 하였다. 몰랐다는 것이 쉽게 믿기도 어려운 말씀이기도 하나 추신호 교장은 자신의 실수를 부끄러워라도 하니 그나마 괜찮은 사람이다. 시의 제목은 "산벚꽃". 번역된 제목은 "Wild Cherry Blossom"이었다.

  그런데 2020년 11월 박홍자는 같은 연간지 책에다가 "푸른 세월의 나이테"라는 제목의 수필을 발표하였다. 함께 게재된 영문번역문의 제목은 "An Annual Ring of Blue Years"이었다. 그런데 박홍자는 불과 5개월도 안 되어 K볼펜문학 책에다가 꼭 같은 작품을 토씨 하나, 영어 스펠링 하나 틀리지 않고 게재하였다. 파렴치하기가 짝이 없는 수작이다. 왜 그랬을까? K볼펜문학회에서는 자기작품이라도 번역을 하면 번역 비를 주기 때문이다. 그 푼돈이나마 악착같이 털어먹기 위하여 이 추접한 짓거리를 하고 있는 것이다. 박홍자의 가증스러움은 이에 그치지 않는다. 그녀는 K볼펜문학회에 발을 들였다가 금방 배반하고 돌아선 불여우 같은 작자이다. 그럼에도 불구하고 자신이 배신해 버린, 자신과는 적대적인 바로 그 단체에다가 원고를 싣는다고? 어쩌면 그렇게도 후안무치할 수가 있을까? 그리고 번역 비를 챙겨 먹은 것이다. 그런데 이 마귀할멈 같은 할망구는 아예 한 번 더 그 추악한 마각을 드러내어 놓는다.

"아녜요. 저는 K볼펜문학회가 월드볼펜클럽 대한본부 달구지역위원회와 같은 단체인 줄 알았어요."
　허! 그렇다면 같은 단체의 책에 2020년 11월 작품을 실었다가 2021년 4월 불과 5개월 만에 꼭 같은 작품을 한 번 더 내었다는 것 말이 아닌가? 뻔뻔스럽기가 이를 데가 없다. 더욱이 월드볼펜클럽 한국본부 달구지역위원회에서는 자기 작품에 대한 번역 비는 주지 않는데 2021년에는 번역 비까지 챙겨 먹은 것이다. 박홍자는 양개 단체가 같은 단체라고 했다. 즉 원래 번역 비를 안 주는 단체라고 해놓고서는 말이다.

　박홍자보다도 더 희한한 사례는 또 있다. 달구시 동구청 공무원 출신이라는 정정숙 수필가. 그녀는 2023년 월드볼펜클럽 대한본부 달구지역위원회가 발간하는 연간지에 다가 '아메리칸 다문화사회의 천부인권'이라는 수필을 발표하였다. 영어번역문의 제목은 "American Multi-Cultural Society and God-given Rights"이었다.
　작품의 내용에서 나타난 수많은 번역의 오류에 대하여는 아예 언급하지도 않겠다. 문제는 꼭 같은 수필을 한글 토씨 하나, 영어 스펠링 하나 틀리지 않고 바로 전 해인 2022년도에도 게재한 적이 있다는 것이다. 그 후 바로 다음 해에 같은 작품을 또 게재한다는 것도 이상한데 그것이 다가 아니다. 그녀는 꼭 같은 작품 꼭 같은 번역문을 꼭 같은 단체의 2018년도 책에도, 2016년도 책에도 게재한 적이 있다는 것이다. 한 단체에서 같은 작품을 무려 4년에 걸쳐서 싣고 또 실었던 것이다. 과연 정정숙 작가가 모르고 올렸을 것인가? 그렇게 보일 수가 없다. 무려 4개년이나 같은 작품을 싣는다면 말이다. 더욱 웃기는 이야기는 이 단체에는 편집인이라는 작가들이 있다. 주간도 있다. 회장도 있고 부회장도 있다. 게다가 이들은 매년 같은 출판사인 "그리고"라는 잡지사에서 책을 발간하고 있다. 이 잡지사에서 같은 직원들이 책을 검토하고 편집한다. 그런데 이 잡지사의 직원들은 도대체 무얼 하고 있었단 말인가? 한마디로 총체적인 부실과 윤리 부재라고 아니할 수 없다.

  반면 김성규의 경우 한 해에 같은 책에다가는 하나의 작품만 발표하였는데 물론 번역문도 함께 게재하였다. 예컨대 "알베르 카뮈의 소설 '페스트'의 도시 오랑과 대구"라는 작품이 그러하다. 김성규는 당연히 영어번역문도 함께 게재하였다. "Oran, the city of Albert Camus's Novel 'The Plague' and Daegu"이었다. 그런데 아예 일을 좀 더 하였다. 프랑스어 번역까지 마쳐서 함께 게재한 것이었다. 물론 두 번, 세 번 써먹지는 않았다. "Oran, la ville du roman d'Albert Camus 'Pest' et Daegu"이다. 여기에서 우선 두 단체의 윤리적 승패, 실력의 차이가 극명하게 드러났다고 하겠다.

(3)

  K볼펜문학회의 책 발간을 전부 영어로 번역하여 실시하고 다수의 외국작가들의 작품까지 함께 게재하고 있다는 말은 이미 언급되었다. 그럼, 시 전시회와 시낭송회는 어떻게 하나? 당연히 영어, 일본어, 중국어, 프랑스어, 독일어 등 외국어로 번역하고 난 뒤에 시 전시회와 시낭송회를 실시하고 있다. 원어민 교수들이 직접 참가하는 경우가 대부분이다. 그리고 미얀마, 우크라이나, 팔레스타인, 아프리카, 네팔, 국경없는 의사회 등에의 후원도 꾸준히 하고 있다. 문학 답사는 어

떻게 하나? 국내에서도 부산의 유엔묘지, 칠곡의 한미 우정의 공원, 왜관 낙동강변의 엘리엇 중위 기념비 등을 참배하며 국제단체로서의 면모를 확실히 다지고 있다.

국제 문학 세미나도 마찬가지이다. 미국, 프랑스, 독일, 캐나다, 러시아 등의 원어민 교수를 초빙하여 동시통역 또는 순차 통역으로 행사를 진행한다. 문학상을 받을 때에도 마찬가지이다. 국내인 뿐만 아니라 다수의 외국인들도 상을 받았다. 지금은 우리가 돈이 없어서 그랬지 완전한 국제 문학상인 박경리 문학상을 따라갈 날이 머지않았다.

해외 문학 답사는 더욱 그러하다. 이미 일본, 중국, 대만, 호주, 스페인과 포르투갈 등 국제적인 교류를 활발히 하고 있다. 그러나 단순히 현지를 방문하고 관광만 하고 오는 것이 아니다. 우리의 문학 작품을 현지어로 번역하고 전시물까지 만들어서 방문하며, 가급적으로 현지 문인들과의 사전 협의 하에 함께 낭송회와 전시회를 갖는 것이다. 그래서 현지 사람들이 우리의 작품성을 높이 평가한 경우에는 그 나라 사람들의 이름으로 문학상까지 수여받는 것이다. 해외를 방문하는 단체가 없지도 않은 모양이다. 그러나 현지 사람들과 함께 현지 언어로 통번역을 하면서 행사를 진행하는 경우는 매우 드문 듯하다.

서울에 계절 문학이라는 잘하는 단체가 있는데, 이들도 호주, 뉴질랜드, 스페인, 포르투갈 등을 방문하며 해외문학을 호흡하기 위하여 노력하는 듯하다. 그러나 이들은 현지인들과 함께 현지어로 작품을 낭송하고 전시하는 것은 아니므로 우리 K볼펜문학회가 제일 잘하고 있다고 칭찬해 주었다. 실제로 K볼펜문학회가 2023년 여름 일본 홋카이도 아사히가와 시에 소재한 미우라 아야꼬 문학관을 방문하였을 때 우리는 작품을 번역하여 현지에서 전시하였고, 일본 현지어로 직접 또는 번역문을 곁들여서 낭송회를 가졌다. 이때 우리들의 활발한 민간외교를 격려하기 위하여 삿포로 주재 배병수 대한민국 총영사님께서 직접 행사장을 방문하셔서 한국어와 일본어로 격려사까지 들려주신 것이었다.

  우리가 약간의 찬조금을 지급하였을 때 점잖게 생기신 미우라 아야꼬 기념사업회 이사장님께서는 허리를 완전히 90도로 꺾어서 봉투를 받았다. 그뿐만이 아니다. 일본 시인 한 분은 일본이 한국에 대한 과오를 사과한다면서 완전히 두 무릎을 꿇고 잘못을 빌었다. 참으로 가슴이 뭉클한 시간이었다. 그래 우리나라 어느 단체, 어느 기관에서 이런 진지한 사과를 일본으로부터 받을 수 있었단 말인가?

  명작소설 "빙점"을 써서 세계 100개국에 번역하고 보급시킨 미우라 아야꼬 작가. 그녀는 일본에서는 보기 드문 진정한 기독교인이었고 휴머니스트였다. 울창한 수풀 속에 자리잡은 미우라 아야꼬 문학관을 다시 찾고 싶은 마음이 드는 이유일 것이다.

  대만에서는 교과서에서 배웠던 세계적인 작가 임어당 문학기념관을 찾았다. 그들은 우리가 올 것을 기대하고 있었기에 우리들의 시 작품을 모두 출력하여 벽에 전시해 두고 있었다. 대만 현지 문인들과는 정말로 다정하게 시낭송회와 시 전시회를 잘 하고 왔다. 임어당 문학관 정원에 있는 특별한 용수(榕樹) 나무 즉, Banyan tree 가 인상적이었고 그들이 수여해 준 임어당 문학상을 감사하게 받고 왔다. 이어서 방문했던 대만 국립문학 기지를 인상 깊게 보았다. 대만 국립문학 기지 측은 우리가 좀 더 오래 머물러 있어 주기를 원했지만 우리의 예정된 일정상 더 있을 수가 없어서 참으로 아쉬웠다.

  우리가 대만 문학 기지를 다녀온 후에 한국의 다른 문학 단체가 다녀간 것을 알 수 있었다. 대만의 고궁박물관은 물론 훌륭했다. 그러나 우리는 특별한 우리들만의 코스를 즐기고 왔는데, 바로 아시아권 최고의 여가수 등뤼진의 무덤을 답사하고 온 것이었다. 대만 답사 순방 중의 관광버스 안에서 그리고 귀국 이후에도 그녀의 주옥같은 명곡들을 듣고 또 들었다.

중국에서는 칭다오 맥주박물관과 5.4 광장 그리고 칭다오 해변에 있던 루쉰공원을 찾았다. 중국 현대문학의 아버지인 루쉰의 동상 앞에서 사진을 찍은 것이 좋았다.

루쉰은 그 유명한 소설 아큐정전을 지은 작가이다. 그러나 뭐니 뭐니 해도 칭다오시에서부터 택시를 두 대 대절하여 인근 까오미 시에 있는 중국의 노벨문학상 수상 작가 모옌의 생가를 방문한 일은 무엇보다도 잘한 일이었다. 모옌은 루쉰으로부터도 문학을 배웠다. 모옌이 다니던 초등학교를 개조하여 만든 노벨상 박물관이라던가, 영화 '붉은 수수밭'의 촬영지라던가 '붉은 수수밭' 기념관을 관람한 것도 참 좋았다. 문학을 하는 사람들의 기쁨이 이런 것이 아닐까?

2024년 6월 호주를 방문하였을 때에는 호주 시드니의 젊은이가 유창한 한국어로 우리들의 시를 낭독해 주었고, 본다이 비치의 아름다운 비키니 아가씨들의 모습과 함께 참으로 즐거운 기억이 남는 문학 기행이었다. 시드니 곳곳에서 노벨문학상 작가 패트릭 화이트의 자취를 살펴보았다.

스페인 각 도시에서의 대성당들과 수도원 그리고 피카소, 고야 등의 대화가들의 작품들. 예컨대 피카소 작 게르니카와 고야 작의 나부 등을 직접 감상한 프라도 미술관, 소피아 미술관, 고야 미술관의 관람은 또 얼마나 좋았던가? 톨레도, 마드리드, 그라나다, 바르셀로나, 세비야, 사라고사, 론다 등에서 보았던 멋진 장소들은 비단 돈키호테의 세르반테스 작가가 아니더라도 문학적인 영감이 쑹쑹 솟아날 수밖에 없었을 것이다. 그리하여 스페인에는 노벨문학상 수상자가 5명이나 있던 것이고…. 특히 세비야 대성당에 잠들어 있는 크리스토퍼 콜럼버스의 관을 직접 본 것도 대단한 감동이었다. 그는 20세기에 달 표면을 밟았던 미국의 우주비행사 닐 암스트롱에 비견되는 인류사적인 영웅이 아닌가? 그라나다의 알람브라 궁전에서 맞은 석양과 함께 샹그릴라 와인의 달콤한 기억도 잊을 수가 없다.

그리고 헤밍웨이가 사랑했던 투우의 도시 론다에 있던 까마득한 절벽 위의 누에보 다리도 깊이 인상에 남는다. 게리 쿠퍼, 잉그리드 버그만 주연의 영화 '누구를 위하여 종은 울리나'라는 작품 속의 다리와 매우 흡사하였다. 더욱 놀라운 것은 스페인을 다녀온 후 대구 북구청의 민원실에 들렀는데, 민원실에 있는 시민용 컴퓨터의 화면에 바로 이 론다에 있던 누에보 다리가 나타나 있던 것이었다. 어쩜 우연도 이런 기막힌 우연이 다 있을까?

"여기는 이 땅의 끝, 대양의 시작." 유라시아 대륙의 서쪽 끝에서 대서양을 바라보는 포르투갈의 카보다로사 곶을 방문했던 감동도 새롭다. 그곳에는 포르투갈 문학의 아버지 루이스 드 카몽이스의 시구가 돌 십자가 탑에 새겨져 있었다. 스페인과 함께 대양을 제패한 포르투갈. 바스쿠 다 가마의 모국 포르투갈, 오래 있을 수가 없어서 아쉬웠지만, 정말 꼭 가봐야 할 나라를 잘 다녀왔다는 생각이다.

포르투갈의 수도 리스본을 관광할 시에 우리 일행은 별도로 떨어져 나와서 택시 두 대를 잡았다. 택시비 따블!을 부르니 택시 기사들이 친절하게 우리가 가고 싶은 곳을 안내해 주었다. 택시 기사 한 명은 영어도 잘 하였고 미국 액션영화의 멋진 배우 제이슨 스타덤을 닮은 친구였다.

　우리는 포르투갈의 노벨문학상 수상자 주제 사라마구 기념관을 찾았다. 그는 '눈먼 자들의 도시'라는 작품으로 유명하고 나는 이 소설 작품과 함께 이 작품과 같은 이름인 영화도 보았다. 눈먼 자들이 득실대는 우리 사회를 잘도 풍자하였다는 생각이 들었다.

　파티마 대성당에서 받았던 그 풍성하고 그윽한 경건함은 또 어떠한가? 참으로 이곳을 방문할 수 있게 해주셔서 성모 마리아님 감사합니다. 소리가 저절로 나왔다. 심야에 방문하였음에도 불구하고 마지막까지 상점의 문을 열고 있던 기념품점에서 가죽 혁대와 미사 면포, 열쇠고리 등을 비롯한 약간의 기념품을 구입할 수 있어서 참으로 다행이었다. 이렇게 우리는 문학도다운 번역과 국제 교류를 누구보다도 확실히 수행하였다. 할 일은 하고 하지 말아야 할 일은 안 한 것이다. 이것이 참된 문학적 승리가 아닐까?

(4)

　이제 노벨문학상에 대하여 이야기를 좀 해보겠다. 매년 발표되는 노벨문학상 수상에 대하여 그 수상자가 누구인지, 그의 작품이 어떤 내용인지 올해의 노벨수상작 발표가 우리에게 어떤 의미를 갖는 것인지 평을 내어놓는 사람이 그다지 많지는 않다. 서울 지역에는 소수라도 있는 듯 하나 지방에는 그다지 보이지 않는다. 신문으로서는 조선일보가 그래도 좋은 기사를 싣는 듯하다.

　그래도 달구지역에서는 김성규가 어쩌면 외로이? 매년 노벨문학상에 대하여 평을 써서 일간지에 게재하고 있다. 올해도 예외가 없었고, 작년에도, 재작년에도, 또 그전 해에도 지난 10년 동안 거의 빠짐없이 일간지에 계속 발표하였다. 여러 신문에 게재되었지만, 대구 매일신문 2024년 10월 28일 26면 오피니언 코너에 실려 있는 글을 좀 살펴보자.

한강의 노벨상 그리고 번역 사업

김성규, 번역문학가

『K 문학만 제구실을 못하고 있는 모습은 안타까웠다. 같은 아시아권에서도 1913년 인도의 라빈드라나드 타고르, 1968년 일본의 가와바타 야스나리, 1994년 오에 겐자부로, 2012년 중국의 모옌 등을 보면서 우리는 언제나 노벨문학상을 받을 수 있을까 초조하였다. 특히 중국 산동성 모옌의 생가와 노벨상박물관, 대표작 '붉은 수수밭' 영화촬영지 등을 관람하면서 부러운 마음이 더욱 컸었다. 노벨상이 절대적인 것은 아니지만, 1994년 영국의 가즈오 이시구로 (일본 출신, 영어로 씀) 2000년 프랑스의 가오싱젠 (중국 출신, 중국어로 씀) 그리고 2006년 영토의 대부분이 아시아에 속하는 튀르키예의 오르한 파묵까지 노벨문학상을 받았음을 열거하면 동방의 문화국가 한국의 체면이 말이 아니었다. 이런 즈음에 2024년 한강 작가의 노벨문학상 수상은 한국문학이 단숨에 최고 우등생의 자긍심을 느끼게 해 준 쾌거이다. 124년 역사상 노벨문학상을 받은 121명 중 여성으로서는 19번째이고, 아시아 여성으로서는 첫 번째이다. 만 53세 상대적으로 젊은 나이에 선정되었으니 더욱 대단하다.

한국의 경제가 세계 10위권, 동·하계 올림픽에서는 금메달도 척척, K클래식, K팝, K드라마와 K무비에 이어 K푸드와 K패션도 세계에서 약진하고 있는 등 K컬처의 위상이 매우 상승된 분위기에서 노벨상 심사위원들이 한국문학도 제대로 들여다보는 것이 당연하지 않았나 하는 시각은 분명히 일리가 있다. 그러나 역시 문학은 그 작품이 좋아야 하는 것이다. 이는 스웨덴 아카데미가 한강 작가를 선정한 이유를 보아도 잘 알 수 있다. "역사적 트라우마와 보이지 않는 규칙들에 맞서고 인간의 삶의 연약성을 폭로한다. 신체와 영혼, 산 자와 죽은 자 사이의 연결에 대한 독특한 인식을 가지고 있다. 시적이고 실험적인 스타일로 현대 산문의 혁신가가 되었다." 그리고 10편의 작품에 대한 짧지만 정곡을 찌르는 평을 내어놓았다. 제대로 보고 있다는 이야기이다. 특히 2016년 영국의 맨부커 인터네셔널 상을 탄 <채식주의자>, 2017년 이탈리아의 말라파르테 문학상을 탄 <소년이 온다>, 2023년 프랑스의 메디치 외국 문학상을 탄 <작별하지 않는다>를 강조하였다. 다만 이들 작품에서 가해자와 피해자의 지나친 이분법이 작용함은 아쉬운 면이라 하겠다.

 어쨌든 이 작품들의 해외 진출에는 <번역>이라는 중요한 매개가 있었다. 여기에 한국문학번역원, 대산문화재단 같은 기관의 지원이 큰 힘이 되었다. 더욱이 한강에게는 운 좋게도 영국의 데버러 스미스, 프랑스의 피에르 비지우 같은 유능한 번역가들이 있었다. 한국에서 생활한 적이 별로 없던 데버러 스미스의 번역에는 분명 상당한 오류가 있었음을 필자 역시 확인하였다. 상당 부분 기계번역에만 의존한 탓이 있는 듯하다. 그러나 원 작가는 번역가가 자신의 감정과 톤을 제대로 전달하였으니 만족한다고 했고, 어쨌든 그 번역은 해외에서 먹혀들었다. 젊고도 똑똑한 여성 데버러 스미스가 애당초 부유한 나라 한국이라는 틈새시장을 찾았으며, 열심히 홍보하여 포토벨로 출판사와 계약을 맺고, 영국 내 모 기관의 지원금도 얻어내고, 번역자도 상금을 타는 맨부커 인터내셔널 상부터 수상하는 등 번역 사업가로서의 자질도 유감없이 발휘하였다. 깊이 새겨야 할 부분이다.』

하나만 더 살펴보자. 역시 일간지에 발표된 글이다.

2021년 노벨문학상 - 탄자니아의 압둘라자크 구나르

김성규, K볼펜문학회 회장

『2021년 10월 7일 스웨덴 한림원은 탄자니아의 잔지바르 섬 출신인 소설가 압둘라자크 구르나(Abdulazak Gurna, 1948 ~)를 노벨문학상 수상자로 선정하였다. 식민주의의 영향 그리고 문화 간, 대륙 간 격차에서의 난민들의 운명을 비타협적이면서도 공감되게 통찰했다는 공로를 인정하였다. 압둘라자크 구르나는 국내에서는 잘 알려져 있지 않고 번역서도 없다. 그러나 이미 10권의 소설과 기타 산문집으로 부커상 등 다수의 국제문학상 후보에도 오른 큰 작가이다. 그의 영문 저서 일부는 온라인에서도 볼 수 있다.

압둘라자크 구르나의 작품을 이해하기 위해서는 그가 태어난 잔지바르 섬을 포함한 탄자니아의 역사를 좀 살펴보아야 한다. 아프리카 대륙 동중부의 탄자니아는 인구가 6,000만 명 정도 되고, 면적은 한국의 열 배나 된다. 동해안의 옛 수도 다르에스살람에서 인도양 쪽으로 약 40킬로미터 나가면 두 개의 큰 섬을 포함한 잔지바르제도가 있다. 향신료와 노예무역으로 유명했던 잔지바르는 1503년부터 200년간 포르투갈의 식민지였다. 이어서 아라비아의 해양 강국 오만의 통치를 받아 한때 오만의 수도가 되기도 하였다. 그래서 지금도 주민의 대부분은 무슬림이다. 이후 19세기 중엽부터 영국이 점령하여 영국의 보호령이 되고 노예제도를 폐지했다. 잔지바르의 옛 수도인 스톤타운(현 잔지바르시티)에는 영국령이던 당시 1946년 그룹 퀸의 보컬이던 인도계 영국인 프레디 머큐리가 태어난 생가가 있는데, 현재는 호텔로 사용되고 있다.

잔지바르의 면적은 서울의 4배쯤이고 인구는 150만 명 정도 된다. 아프리카 본토의 탕가니카는 1880년부터 1911년까지 독일 제국의 식민지였으나, 1차 대전 이후 영국의 식민지가 되었고 1961년 독립하였다. 1963년 잔지바르도 독립하여 잔지바르 인민공화국이 되었다. 그러나 1964년 사회주의 성향의 탕가니카가 잔지바르를 무력으로 합병하였으며, 오만인 등 많은 아랍인들이 죽거나 추방되었다. 이를 잔지바르 혁명이라고 한다. 이후 잔지바르는 탄자니아의 자치령이 되었고, 탕가니카와 잔지바르가 조합된 이름이 탄자니아 연방공화국이다.

이 무렵 무슬림에 대한 탄압이 심해졌다. 압둘라자크 구르나가 청소년기에 겪었던 이 지독한 식민지적 차별과 전쟁의 경험 그리고 종교적인 탄압은 평생 그의 삶을 지배하며 그의 모든 작품 속에 녹아있다. 1968년 스무 살이 된 압둘라자크 구르나는 영국으로 난민 유학을 가게 된다. 1982년 켄트대학교에서 영문학 박사학위를 받았고 같은 대학에서 영문학 교수로 재직하다가 퇴임하였다. 그의 주된 학문적 관심 분야는 아프리카와 카리브해, 인도 지역에서의 식민주의 담론 및 탈식민지 문학이었다. 국제적인 동시대 문학을 다루는 계간지 와사피리의 부편집장으로도 일했던 구르나는 아프리카 문학에 대한 에세이 등을 통해 동시대 탈식민지 지역의 작가들에 대한 에세이를 남기기도 했다.

　구르나는 1987년 '출발의 기억(Memory of Departure)'이라는 소설을 처음 출간한 뒤 이듬해인 1988년 '순례자의 길(Pilgrim's Way), 1990년 '도티(Dottie)' 등을 발표하였는데, 이러한 초기 작품들은 영국에서 벌어지는 이민자들의 생활을 주로 다루었다. 이후 네 번째 작품인 1994년 작 '파라다이스'(Paradise)와 2005년 작 '탈출'(Desertion)으로 부커상과 위트브레드상 후보에 올랐다. 2001년 '바닷가'(By the Sea)로 부커상 최종 후보작에 오르기도 했다. 그의 최근작 <사후의 삶>(Afterlives, 2020년)은 어린 시절 독일 식민지 군대에 의해 부모를 잃고 몇 년 동안 자국민과의 전쟁 끝에 마을로 돌아온 일리야스에 대한 이야기를 담은 소설인데, 영국 가디언 지는 "잊혀져야 할 모든 이들을 결집시키고, 그들이 이 세상에서 사라지는 것을 거부하는, 설득력 있는 소설"이라고 평가했다. 가디언 지에 따르면 "구르나의 문학 세계에서는 기억, 이름, 정체성 등 모든 것이 변화하고 있다"며 "그는 지적인 열정에 의해 끊임없이 탐험을 하고 글을 쓰고 있고 지금도 마찬가지"라고 말했다.

　아프리카 흑인 출신 노벨문학상 수상자로는 1986년 나이지리아의 소설가 월레 소잉카(Wole Soyinka, 1934 ~) 이후 두 번째이고, 두 사람 다 장기간 영국을 기반으로 하면서 토착어가 아닌 영어로 작품을 썼다는 공통점이 있다. 한편 일본 출신의 두 소설가가 비교되곤 하는데, 한 명은 일본어로 글을 쓰면서 수준 높은 작품으로 폭넓은 독자층을 확보하고 있는 무라카미 하루키(1949~)이고, 또 한 명은 부모님을 따라 영국으로 이주한 뒤 영어로 작품을 쓰고 있는 가즈오 이

시구로(1954 ~)이다. 무라카미보다 5년 어린 가즈오가 2017년 노벨문학상을 먼저 받았는데, 번역이라는 과정을 거치지 않은 날 것의 영어를 사용했기에 좀 더 유리했을 것이라는 분석이 있다. 그만큼 세계인에게 영어 등 유럽어로 대면하는 것이 중요하다는 이야기이다. 아직 노벨상을 접하지 못한 우리나라 작가들에게는 일단 수준 높은 번역인과의 협력이 절대로 중요한 일이다. 혹독한 식민지 및 전쟁의 기억이 있는 대한민국이기에 더욱 아쉽다.』

(5)

이와 같이 김성규는 한강 작가가 노벨문학상을 받기 이전부터 꾸준히 번역의 중요성을 강조하여 왔음을 알 수 있다. 그리고 그가 사는 지역에 있는 달구문인협회에도 꾸준히 그런 주장을 계속하였다. 회원 수가 2,000명이 되는 달구문인협회에는 시 분과, 수필 분과, 소설 분과 등 10개가 훨씬 넘는 분과가 있다. 번역 분과도 있었다. 그러나 다른 분과에는 모두 다 분과위원장과 위원들을 정해놓았음에도 불구하고 번역 분과에는 굳이 공석으로 남겨놓았다. 그만큼 자기들보다 좀 더 잘하는 K볼펜문학회에 대한 견제가 심하였던 것이다. 그러더니 2024년에는 아예 번역분과 자체를 없애버렸다. 한강의 노벨문학상 수상으로 번역의 중요성이 더욱 부각되고 있는 이 시점에 이름이나마 있던 그 부서마저 아예 완전히 지워버린 이 사람들. 문자 그대로 시대 역행이 아닌가? 도대체 정신이 있는 사람들인가. 참으로 구제 불능이 아닌가 한다. 이제 남은 길은 K볼펜문학회 혼자 묵묵히 갈 길을 가야 하는 것 아닌가 싶다. 그것이 참으로 승리하는 길이겠지.